聪明爱：别拿男人不当动物

杨冰阳　著

北京时代华文书局有限公司　博集天卷 CS-BOOKY

图书在版编目（CIP）数据

聪明爱 / 杨冰阳著 . —北京：北京时代华文书局，2015.1
ISBN 978-7-5699-0010-1

Ⅰ.①聪… Ⅱ.①杨… Ⅲ.①爱情－通俗读物
Ⅳ.① C913.1-49

中国版本图书馆 CIP 数据核字（2014）第 292458 号

聪明爱

著　　者	杨冰阳（Ayawawa）
出 版 人	田海明　朱智润
选题策划	李　娜
责任编辑	梁　静
装帧设计	李　洁
责任印制	郭丽芳
营销推广	李　颖

出版发行｜时代出版传媒股份有限公司 http://www.press-mart.com
　　　　　北京时代华文书局 http://www.bjsdsj.com.cn
　　　　　北京市东城区安定门外大街 136 号皇城国际大厦 A 座 8 楼
　　　　　邮编：100011　　电话：010-64267120　64267397

印　　刷｜北京嘉业印刷厂　010-84409925
　　　　　（如发现印装质量问题，请与印刷厂联系调换）
开　　本｜700mm×1000mm　　1/16
印　　张｜19
字　　数｜256 千字
版　　次｜2015 年 1 月第 1 版　　2015 年 1 月第 1 次印刷
书　　号｜ISBN 978-7-5699-0010-1
定　　价｜36.00 元

新版 序

Reprint order

/ 聪明爱：别拿男人不当动物 /

　　这本书第一次出版后，我收到大量的读者来信和留言。很多读者表示，读完这本书，自己也成为了半个情感专家。

　　这就是我想看到的。

　　在韩剧、日剧等纯爱剧风靡的今天，浪漫择偶法则的脚步简直快如闪电，以至于真正对女性有益的两性指导远远被甩在后面。

　　我们没有办法接触到正规的恋爱课程，几乎所有人的恋爱经验都来源于朋友的撺掇、同学的热心、父母偶尔流露的几句细节、各种虐恋情节和充满性描写的言情小说，以及带有不切实际的浪漫色彩的电影、电视剧。

　　恋情成功者不知道为什么成功，受伤者也不知道为什么受伤，更不知道该如何取得成功，如何避免受伤。

这本书，就是为了颠覆这种状况而写的。

虽然我曾经出版过两本专栏结集和一本文集，但是这本书才算是我第一本真正意义上的两性关系专著，我花了大量的心血在它身上。虽然在销售上曾遭遇一些波折，但它长时间在当当网两性关系排行榜占据前几名的位置，甚至一度排到了第 1 名。

在它再版的前夕，我要真心地谢谢我的读者。此时也正逢我的新书出版。毫不谦虚地说，这两本书加起来，足以让一个爱情白痴变成爱情高手，轻而易举地把控爱情走向，得到心仪的恋人和稳定的感情，用最本质的方法抓住他的心。也许你要问，这是怎么做到的？那么，话题就要回到：爱的本质到底是什么？你为什么会爱上他？他为什么会爱上你？为什么你爱的人不爱你？该如何做才可以吸引那些你中意的男人？应该怎样做，才容易避开那些猎艳高手，寻觅到那些永远不会背叛你、可以与你相伴一生的好男人？

这些问题，在本书里都会有详细的答案。

同时，书里对一些有趣的问题做出了解释，如一夫一妻制对谁有利？婚恋市场为什么女多男少？劈腿男为什么这么多？聪明的男人为什么更专一？小三为什么无法转正？更重要的是，该书对一些女性在现实中经常遇到的麻烦问题做了分析与解答，教会女孩如何辨别游走于网络与现实中的感情骗子与泡妞高手，如何回绝毫无诚意的邀约，如何辨别口腔型人格的吸血恋人，如何巧妙地在无婚姻承诺下回绝男方的性要求，如何提升自身的价值，如何挽回爱情，如何巧妙逼婚。另外还告诉女孩在性爱后需要付出的沉重代价，告诉女孩了解自己的恋爱黄金期，并如何防止自己成为优质剩女，等等。

两性这个话题，既古老又神秘，只有糅合多个学科，融汇多个领域，站在多个角度来审视，才能把握其本质。这本《聪明爱：别拿男人不当动物》，就是一本融合了经济学、生物学、社会学、进化心理学等多学科理论的著作。

这本书是从人类的动物本性角度出发，跨越了文化和国界，告诉女孩们男女关系和择偶的终极秘密。并从亲代投资理论切入，引出男女之间在择偶策略、性和婚姻等问题上的矛盾，指出对待采取混合择偶策略的男人处于弱势的女人应该如何自我救赎。

这本书最主要的一个特点是用实例说话，所有案例真实且残酷，深入剖析了一些关于情感方面的常见谬误，完全颠覆了坊间流传的伪幸福理论。

本书还运用了大量的数字和图表，更直观明了地给大家展示各种真实的数据，如花心男性在人群中的百分比、女孩遇到花心男人的概率、男人想娶的女人的年龄、女人想嫁的男人的年龄等，所有数据来源确凿，让人一目了然。

这本书看似是针对女孩择偶而作，其实更重要的目的在于帮助读者深入理解两性关系。建议聪明的男士让自己的女友看一看这本书。看了这本书的女友，不会再对一点小事动辄发难，她会更开明、更聪颖、更宽容。相信女人们看完这本书之后，能够与身边的男性和谐相处，不盲目依赖，不盲目敌视。

还需要说明的是，我在书中所引用的进化心理学理论，人类基因选择、繁殖选择观点以及所列出的部分事实、生理数据和科技报道仅仅是侧重从人类动物本性的角度出发，来阐述事实的真相，至于情感的社会属性和道德属性则没有列为本书的讨论重点。这些理论可能容易引起争论，但是本书绝不是一本替少数男人的劣行开脱的书。相反，揭示他们，是为了让人们认识他们，提防他们，真正找到属于自己的幸福爱情和婚姻。某些事实就像放射性元素，它本来就在那里存在，并非让人用来制造大规模杀伤性武器所使用的。

本书充斥了很多独到的见解，但很多观点并不是我的独家发现。忙于两性研究的专家们还未曾收集到足够的数据并转化为具有可行性的择偶指南；动物行为学家们则痴迷于蚂蚁和猩猩，不愿贸然挑战人类的领域，他们还没有忘记威尔逊曾经因为类似的尝试而沉冤四分之一个世纪的教训；而忙于心理研究的专家们有着更重要的事情要做，他们这些过来人对于小青年如何挑选配偶根本无暇上心……那么，就让我来做这只传播花粉的蜜蜂吧。

　　这本书第 1 章的内容比较晦涩，讲的是人类进化史上的一些遗留问题，以及因为这些问题导致的人类择偶策略的奠定和偏好。由于它是全书的理论基础，所以类似于法律的法理学。在这一章里，我用尽可能简单明了的方式向大家阐述了人类择偶偏好的起源和由此产生的两性择偶策略。如果读者没有接触过达尔文的理论，阅读起来可能会相当吃力。

　　如果读不下去建议跳过，从第 2 章开始看起，产生兴趣之后再回过来读第 1 章。

　　本书的格式灵感参考了罗宾·贝克《精子战争》的模式，用一些趣味性的小故事来引发需要阐述的内容。这也是我的一个小尝试，但愿你们喜欢。

　　本书部分内容参考了杰拉德·戴蒙德的《第三种猩猩》，以及莫利斯的《裸猿》《人这种动物》、里德利的《红色皇后》，还有不少的参考书目收录在最后，有兴趣的读者可以做延伸阅读。

　　最后，感谢博集天卷给了这本书与读者再次见面的机会。

Contents **目录**

Chapter _ 1
想要了解男人，得去动物园看猩猩

偷情的收益是巨大的，完全有可能为他的基因带来意外的收获——纵使他以为自己只是为了爽或者寻求浪漫。但我们都知道，任何行为的背后都是我们的基因在暗中操纵，对于人类自认的"理智"，基因只会发出窃笑。

Chapter _ 2
上帝把好男人都藏在哪儿了

坏男人比好男人多吗？当然不是，好男人要比坏男人多得多，但坏男人擅长四处出击，主动扑向猎物。之所以很多女孩子都有被劈腿的经历，是因为会劈腿和泡妞的男人已然霸占了整个婚恋市场，他们似乎占据了整个星球。

Chapter _ 3
跟男人拍拖的注意事项

如果一个男性误会了对方对自己有意思，那他最多也就浪费了一点时间；但是如果他错过了一个女性，很可能就错过了繁殖的机会。与后者的损失相比，前者的付出来得那么微不足道，所以男性总是喜欢向女性发出进攻和邀约，反正被拒绝也无所谓。

Contents 目录

/ 聪明爱：别拿男人不当动物 /

Chapter _ 4
谁为性福埋单

女人对婚姻的期许与男人对性的渴望并无二致。常把结婚挂在嘴边的女人会把男人吓跑，就好像男人急色的模样会让女人望风而逃。因此，想要得到男人的婚姻，女人应该在性上表现出和男人对于婚姻一样的谨慎态度。就好像男人想要性的话，会表现出对婚姻的期许一样。

Chapter _ 5
性，还是不性？

发生关系后，女性的原始本能就会开始为生育下一代做准备（虽然不一定真怀孕了），这将会面临10个月的相对行动不便时期和6个月的哺乳期，所以她需要有个帮手。于是她会更加依恋男性，会更愿意和对方保持更亲密的关系，在感情纽带断裂时会更加痛苦。

Chapter _ 6
轻松远离坏男人

他们会巧言令色，无所不用其极地用浪漫攻陷她，对她好，吹捧她，给她造成爱的错觉。等到得手之后，才显露真面目。但这时的她已经上瘾，无法摆脱，她甚至会为了摆脱被骗的情绪，而将这段感情合理化为爱情。

Contents 目录

/ 聪明爱：别拿男人不当动物 /

Chapter _ 7
如何捕获安全恋情

深谙如何瓦解女性"反荡妇防卫机制"的泡妞高手，早已丧失爱人的能力。爱情的吸引力像魔术一样神秘，而他们早就洞悉魔术的所有手法，女性的一切举动在他们眼里都是透明的、幼稚的，甚至可笑的。因此他们很容易得到性，从而使他们很难再拥有爱一个人的心境。

Chapter _ 8
恋爱的黄金期，要给值得的那个人

女孩子的择偶期就是比较短，择偶黄金期更短，所以说女孩们的时间是更金贵的，她们的时间比同龄的男性更金贵。不要和不值得的男人纠缠，和他多纠缠一分钟，就浪费你多几倍的生命。必要的时候，对他们的态度恶劣一点也无妨。

Chapter _ 9
挽回爱情与逼婚的艺术

当一个男人在你和她之间犹豫不定的时候，如果你突然剥夺他的选择权，这时，他得到她的快感就远远比不上失去你的挫折感。这时他就会迫不及待地想回到原来的状态，结果就是——你更容易得到这个男人。同理，如果你突然剥夺他的拥有权，你就会更容易收到求婚。

Contents **目录**

/聪明爱：别拿男人不当动物/

Chapter _ 10
如何抓住成功男人

他们会假装惊艳于你的美貌，假装对你动情，看看你会不会上钩。如果你一直保持冷静和理智，他们会更愿意娶这样自持的女孩子为妻。你需要有极强的定力，才可以坚持到最后一刻。

Chapter _ 11
优质美眉的生存法则

女孩们一开始就要躲开那种用市场规范来跟你相处的出手大方、不谈未来的男人，而要选择那些用社会规范来跟你相处的男人，这样做虽然看起来没有大量的短期收益，可是你的回报是实实在在的——一个家庭，一个男人，一个孩子，一辈子的幸福。

Chapter _ 12
做到这些，他会把你当成最爱

一个男人，他只有足够喜欢你，他才会风雨无阻地来见你，才会无时无刻地想着你；一个男人，他只有足够喜欢你，他才会珍视你和你的青春，才能容得下你那些小脾气、小心思；一个男人，他只有足够喜欢你，你的发嗲他才不会觉得肉麻，你的发怒他才不会感到厌烦；一个男人，他只有足够喜欢你，才会想要和你携手走进婚姻殿堂，将自己的下半生忠实地拴在你的左手无名指上。

Chapter _ 1

想要了解男人，得去动物园看猩猩

To Know Him
Is to Love Him

偷情的收益是巨大的，完全有可能为他的基因带来意外的收获——纵使他以为自己只是为了爽或者寻求浪漫。但我们都知道，任何行为的背后都是我们的基因在暗中操纵，对于人类自认的"理智"，基因只会发出窃笑。

人类为什么实行一夫一妻制，同时喜好偷情

在 32 盏聚光灯高悬、亮如白昼的演播厅内，选手们正紧张地在后台候场。

这个挑战比赛规则着实简单。台上一共有 100 名评委，选手只要上台阐述一句话，这句话如果能获得超过六成的评委支持，他就可以拿走巨额奖金。

别看规则简单，倒下的人却不少。在之前的比赛中，有的在"人生而平等"这类四平八稳的话面前倒下了；"男女平等"竟然被评委们嘘下了场；有的选手投机取巧地说"先有鸡还是先有蛋，是个无法解释的谜"，结果他也倒下了；甚至连"评委都是好人"，这种讨好卖乖的话都没有获得半数以上评委的支持。

一个又一个的选手沮丧地下场而去。

台上的 10 万元奖金分文未动。随着时间的流逝，只剩下了最后一名选手。

这位选手不慌不忙地掏出一张小纸片，朗声读道："人——就——是——黑——猩——猩。"

话音刚落，台下的观众忍不住乐开了花。评委席上的一名评委也飞快地掏出了反对牌，他前面的另一位评委稍微迟疑了一下，也掏出了反

对牌。

因为按照规则，如果选手获得支持，本期的 10 万元就将分给获得支持的选手们；如果没有任何选手得到这 10 万元大奖，奖金就将会平分给每一位观众。

键盘手正要奏起悲伤的背景音乐，灯光师也准备将灯光转暗，谁知意想不到的一幕出现了。第 3 名评委掏出了支持牌，第 4 名评委也掏出了支持牌。

然后是第 5 名、第 6 名、第 7 名……第 99 名、第 100 名。

也就是说，除了一开始的两位评委，剩下的整整 98 位评委，全部掏出了支持牌。

选手嘴角挂上一抹笑容，似乎他对这个结果早已成竹在胸。现场观众包括主持人却被大大地震惊了，从主持人召唤礼仪小姐的话音可以听出来，她嗓音里有一丝不解和一丝颤抖："请礼仪小姐送上 10 万元奖金。"

台下的观众原本都呆若木鸡，但听到"10 万元"几个字，他们突然群情激奋起来。到手的钱突然被一句莫名的话顶掉，这让他们情何以堪？

突然，一位时髦女郎尖声叫道："有黑幕啊！"这句话更是刺激了在场的所有人。

接着，一位年轻小伙子粗声大气地吼道："我早就怀疑你们这群人了，你们到底是从哪里来的？你们的评判标准是什么？你们有什么资格做评委？老实交代，否则我们这些被愚弄的观众是不会对你们客气的！"

骚动……

还是骚动……

眼看局面就要进一步失控，剧组人员匆忙上前调停……良久，评委们点了点头。

灯光亮起，音乐响起，只见100名评委沉默地齐刷刷地转过身去，每个人背后都写着鲜红的、一模一样的两个大字：**基因**。

如果你去过动物园，你会发现黑猩猩简直是一种"不知廉耻"的动物。无论是雌性还是雄性，它们都可以随时随地与不同的异性性交。雌性黑猩猩在发情的时候，晃着红肿的屁股，不管逮到谁都当成老公。

呃，倘使人类和黑猩猩一样发情，我们的世界将会多么可怕……

人怎么会和黑猩猩一样呢？也许你对这样的假设嗤之以鼻。但不管是分子生物学还是基因研究，都指向同一个事实：我们和滥交的黑猩猩是亲缘关系极为接近的动物。

英国动物学家莫利斯在对大量的动物进行了观察和实验后，写了一本书，叫《裸猿》，销量直逼《圣经》。美国加州大学生物学教授、美国国家科学院院士杰拉德后来出版了一部《第三种猩猩》，也揭示了我们和猩猩的同源性。

实际上，我们和黑猩猩之间的亲缘关系，比黑猩猩和大猩猩之间的亲缘关系还来得近一些，我们的基因组中，98.4%的基因和黑猩猩一致。倘若外太空人造访地球，他们一定会将我们和黑猩猩关在同一个笼子里。

黑猩猩与人类有多么接近呢？如果你将黑猩猩和大猩猩看作是表兄弟，我们和黑猩猩就是一母所出的亲兄弟。黑猩猩与人类幼儿在智力上的相似程度，显然比外表的相似程度更高。科学家曾经成功地教会一只黑猩猩认识阿拉伯数字，这家伙会将0～9的数字按大小顺序排列，并能记住多达5位的数字。有的黑猩猩经过语言培训后，能听懂几千个英文单词，并能借助键盘等工具"说话"。实际上，黑猩猩幼年时期与人类的幼儿发育类似。有的甚至比人类幼儿更聪明，一直到幼儿能够牙牙学语时，它们才会落败。

从这张进化图（图1-1）中我们可以得知：人类和黑猩猩在生物图谱上是如此相似的近亲。实际上，在大约600万年前，我们才从黑猩猩和人类的祖先那里分化出来，从此走上独立演化的道路。

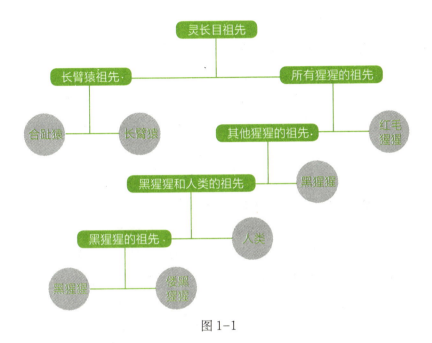

图 1-1

　　仅仅 1.6% 的基因差别，就让我们成了"智人"吗？就决定了我们的外貌、生活习性、智力，还让我们成为非滥交的动物吗？基因告诉我们：1.6% 真的不算什么，它不足以使我们变成万物之灵，红眼绿鹃和白眼绿鹃之间的差异也不止这么多。

　　近年来，随着对基因序列研究的逐步深入，科学家发现人类的 Neuropsin 基因[1]内含子[2]中的一个胸腺嘧啶[3]点突变导致了人类与黑猩猩的分化，而且

Note

[1] Neuropsin 基因：一种丝氨酸蛋白酶，它在动物的学习和记忆功能中发挥着重要作用。

[2]内含子：是阻断基因线性表达的序列，发生改变后能影响人的基因。

[3]胸腺嘧啶：脱氧核糖核酸中的碱基之一，发生突变后会破坏DNA 基因的稳定。

这个突变可以通过科技手段引导改变。在人和黑猩猩的分割线上，起关键作用的只有这么一个小小的剪切点，加上这个剪切点黑猩猩就能变成人，去掉这个剪切点人就与黑猩猩无异。

很多人根深蒂固地想要和黑猩猩划清界限，人类中心论的科学家们更是不遗余力地试图做到这一点。但一切事实都指向同一个结论：我们和黑猩猩并无太大的区别。我们没有理由认为，我们会因为"爱情"的存在而采用与其他动物截然不同的择偶策略。难道没有爱情之前，人类就不繁殖了吗？人类就不抚养子女了吗？当然不是。也许你不知道：人类的祖先在地球上存活已经有500多万年了，而将爱情视为婚姻基础的这个念头，从产生到现在不到200年。这短短的200年，并不足以让人类的本能理解"爱情"这种虚无缥缈的事物。倘若地球人之外的智能生物来到地球，他将会很肯定地告诉我们：我们的"爱情"除了带有一些偶然性或者人为的浪漫装点之外，和黑猩猩追逐雌性发情的红臀部并无不同，它们同样是由基于两性繁殖的一些择偶偏好组成的。

热爱繁殖的祖先孕育了我们。实际上，人类的历史就是一部热爱两性关系的生物进化史。对两性关系无感的生物早就孤独地死去，他们没有给世界留下任何东西。而那些热爱繁殖的祖先，乃至祖先的祖先，他们是用什么原则或者倚仗什么方式来进行配偶选择的呢？这种本能冲动是如何扎根在我们体内，支使我们做出选择的？我们身上带着哪些祖先遗传给我们的择偶偏好呢？这个话题还得回到人类与黑猩猩的共同祖先上。

人类和黑猩猩最显著的不同，是直立行走和脑容量的增加。科技已经证实，人类的很多行为乃至高度发达的社会文化，其实只是直立行走的副产品。

有专家认为，与制造工具相比，直立行走更应该看作区分人与猿的标志，因为它不仅低能耗，还解放了双手、开阔了视野，而且为其他方面的演化奠定了基础，比如人类脑量的膨胀。从某种意义上说，它还是改变我们人类择偶策略的关键。

人类为了直立行走，改变了盆骨形状，女性的产道也随之变窄了（也就是变得不那么圆了）；在最近 200 万年的进化中，人类脑容量扩大了 3 倍，婴儿的头也因此变得很大。这两种改变的叠加结果便是增加了女性分娩的难度——产道变小，但婴儿的头却比以前还要大得多。这就意味着女性不得不采取一些手段来使自己的产道变大，实际上，她们这么做了，她们的产道确实大了一些，但这无异于杯水车薪——人类婴儿出生时候的平均体重在 3 公斤左右，黑猩猩的婴儿只相当于它的一半重。但是你要知道，雌性黑猩猩的体重一般是 90 公斤，接近人类女性体重的 2 倍。也就是说，按体重比来算，人类的宝宝相当于黑猩猩宝宝的 4 倍。实际上，人类婴儿的头实在太大了，人类女性已经在尽可能地生下最大的婴儿。

黑猩猩的孩子断奶之后就可以自行找东西吃，倘若想要生育和黑猩猩的孩子一样成熟的婴儿，人类女性需要怀孕 18 个月——但她们非常容易在这样的生产中死去。在生育辅助技术出现之前，生育对于女性已经是一件非常危险的举动。只要胎儿的双顶径超过 10 厘米，就几乎不可能顺产下来。可以想象，如果怀孕 18 个月（双倍于现在的时间），鬼门关将会变得多么凶险。即使女性本身乐意怀孕 18 个月，用生命或者用近乎毁损的阴道换来头大无比、一断奶就能生活自理的婴儿，男人们也不会答应（你知道原因的）。

最终博弈的结果是，女人们不得不把孩子早点生出来，于是我们都在 9 个多月的时候呱呱坠地。与初生的小猴和猩猩相比，人类的婴儿是如此虚弱不堪。小猴生下来可以牢牢地抓住母亲，但是人类的婴儿 6 个月才能坐起来，8 个月才会爬，12 个月左右才能开始学习走路。多数时候，他们除了会哭和吃奶之外没有任何技能——忘记了，还有排泄，如果这也算技能的话。

实际上，幼猴出生的时候，其大脑已经达到成熟大脑的 70%，其余 30% 将在出生后的半年内发育完成，黑猩猩的婴儿 1 年内可以完成大脑所有的发育，但人类婴儿出生时的脑容量仅有成人的 23%——也就 1/5 多一点，在他过 6 岁生日前，他的大脑会持续发育，但一直到 23 岁才会完成（也就是说，有些人在大脑发育完成之前就结婚了）。

在直立行走的智人女性怀孕后期，她们的行动是如此不便，她们没有办法去参与正常的捕猎或者采集，于是就必须依靠雄性来为她们提供淀粉和蛋白质。在婴儿出生后的一段漫长的时间内，她还得需要雄性来做这些事，因为没有任何灵长类物种比人类的婴儿更依赖母亲。这意味着，母亲必须整天待在孩子身边，对他进行大量的亲代投资 [1]，她无法像其他动物的雌性一样去捕猎或者采集。如果她背着一个随时啼哭的婴儿出去觅食，那无疑是在主动对猛兽说：看这边，买一赠一呢！

出生到成年之前这段漫长的时间内，人类的幼儿需要父母来提供保护和食物，他们无法自己觅食，没有太多生活技能。他们甚至要到 15 岁以后，才能跑得和成年人差不多一样快。而对曾经生活于人类身边的野兽来说，这小东西在漫长的 15 年成长期中，就是一团美味的肉。

为了取得更好的繁衍成果，让孩子活下去，这种可怜的雄性"猩猩"必须做出一点什么来。事实上，在那样残酷的大环境下，如果他们不愿意参与抚育婴幼儿和家庭建设，他们的孩子就会死得很快。他们没有办法做到像黑猩猩和大猩猩那样洒脱。

最好的方法是什么呢？根据亲代投资理论，最好的方法是雄性配合雌性一起抚育、培养、训练（也就是投资）他们的婴儿，让其好好地存活下去。这就是**雄性亲代投资**（Male Parental Inverstment，简称 MPI）。可想而知，愿意

Note | [1] 亲代投资：指亲代为增加后代生存的机会（以让其成功繁殖）而进行的投资，但会以牺牲亲代投资其他适应度成分的能力为代价。适应度的成分包括现存后代的福祉、亲代的未来生殖能力和辅助家族的整体适应度。

对自己的后代实施亲代抚育的雄性，比做完爱拍拍屁股走掉的雄性，拥有更容易存活、吃得更饱、长得更壮的后代。

很明显，在这样的情况下，群婚群居的制度对男性而言是缺乏动力的，这就好像大锅饭一样，若是做好做歹一个样，我为什么要外出狩猎？狩猎消耗体力且存在风险，待在洞穴里和女性交配显然更加吸引人。

这呼唤了一夫一妻制的出现。

实际上，从300万年前开始到现在，只有在15,000年前的农业社会里一度实行过一夫多妻制（而且只有少数地位高的雄性能实现这一点），多数时候，人类都实行一夫一妻制，无论狩猎民族社会，还是现代工业社会，人们都始终如一地奉行着一夫一妻制。

一夫一妻制是如此根深蒂固地扎根在人们的基因里，这是由雄性亲代投资决定的。

然而，雄性亲代投资并不妨碍愿意对家庭负责的好丈夫们偶尔也去拈花惹草。

这可能基于以下两种考量：

第一，雄性永远都没有办法知道孩子到底是不是自己的，除非他愿意24小时不合眼地看守妻子。所以如果错误地抚养了一个孩子，雄性的损失是巨大的。如果他就这么一个孩子的话，他的基因就因此灭绝了。可想而知，只生育一个孩子的制度也许很容易不经意间触发男性的父子关系不确认的焦虑。

第二，对雄性而言，性交是如此隐蔽又没有风险，只要不被自己的配偶发现，他最多损失一点精子，也许还损失一点金钱或者浪费一点甜言蜜语，换来的却有可能是高度的子嗣回报。倘若可以通过不妨碍家庭生活的性行为为自己留下一个后代，这样的收益是巨大的。

实际上，通过对人类雌雄体型以及人类与猩猩睾丸大小的比较，演化生物学家揭示：人类确实是轻微的一夫多妻制物种。轻微一夫多妻制的解释是，在一夫一妻制实行的同时，偷情、通奸以及招妓行为也在大行其道。但正常情况下，这种制度是以一夫一妻制为主的。

一夫一妻制并不能制止男性偷情。

我们上面已经说过，偷情的收益是巨大的，完全有可能为他的基因带来意外的收获——纵使他以为自己只是为了爽或者寻求浪漫。但我们都知道，任何行为的背后都是我们的基因在暗中操纵，对于人类自认的"理智"，基因只会发出窃笑。

我们饿了的时候会想吃东西。身体通过一套特殊的运算，告诉我们应该吃一点高蛋白质的东西，于是我们会想吃鸡蛋；也许我们的身体需要摄入一些淀粉和糖，然后我们会想吃蛋糕；如果我们体内缺水，我们会想喝水。但这一切，都是由我们的身体而不是大脑来决定的。也许我们以为这是自己的主观意识，但实际上这是我们身体的呼唤。就像我们要死要活地爱上某人，那只是基因告诉我们"你和他很配，你们的后代会很强壮"。我们真能操纵自己的意识吗？当然不能。

男人和女人，迥然相反的择偶策略

有 A、B 两个学校，实行两种完全不同的考试制度。A 校实行的是严苛的淘汰制，学生努力学习可能得到满分，不努力则即使天资再聪颖也会被淘汰出局；B 校实施的是宽松的合格制，只要学生不出现严重违规，一般都能合格，当然这种考试也有弊端，无论学生多么努力，最好的学生也只比最坏的学生多考那么几分。

我们来推理一下，这两所学校的学生会有什么不同呢？

A 校的学生应该相当喜欢竞争，他们会琢磨出各种各样的方法来打倒对手和潜在的敌人，B 校的学生应该比较爱好和平；A 校的学生应该更努力，脑子更灵活，B 校的学生相对而言没有那么多野心，性格温和；A 校的学生应该会认真地对待考试，而 B 校的学生应该不在意考试……不要以为这样的学校不存在，不要以为这样的考试很怪异，这两种考试，就是大自然里的生物每天都要面对的常规考试。这个考试的科目叫作繁殖。

1948 年，英国遗传学家贝特曼就在实验室里设立了这样的两所"学校"。他把一定数量的雄果蝇和同样数量的雌果蝇放在一起，让它们随意交配。结果显示，雄果蝇交配的次数和对象越多，它们的后代也就越多；而雌果蝇无论有多少个性伙伴，它们的后代数量也没有太多变化，即使是最性感的雌果蝇，也不会比最不受欢迎的雌果蝇拥有更多的后代。

实验结果告诉我们：雌果蝇后代的数量主要取决于它们的后代成长到繁殖

期并且再繁殖下一代的能力（它的子代的繁衍能力），雄果蝇后代的数量则取决于它乱交的次数（它自己繁衍的能力）。

　　大多数情况下，繁殖是在雌性体内进行的。将一个后代抚养到繁殖期总比射一次精要麻烦得多，因此，雄性的生殖潜能比雌性的生殖潜能大多了。想想看，只要偷一次欢，他的子嗣也许就会直接增加一个，而雌性偷欢并无太多益处。因此，雄性偷欢的收益大、风险低，而雌性收益小、风险高。因此，雄性总是更具竞争力，喜欢乱交；而雌性不善竞争，比较挑剔——反正无论如何她也可以拥有自己的孩子。

　　这个结论被广泛追捧，即使后来某些动物学家认为雌性也同样不太忠实。但铁证是：精子远远没有卵子"值钱"。不忠的雄性比雌性多得多，而且不忠的范围更广，不忠的情况更严重。

　　一个著名的社交调查显示，75% 的男大学生可以欣然接受来自素不相识的、拥有一定魅力的女性发出的一夜情邀约，而 100% 的女大学生拒绝了来自素不相识的魅力男人的一夜情邀约。在其他的地方，我们一样可以看到男性对性总是那么迫不及待，那么热切；而女性，总是被动的、保守的、迟迟不愿意付出的。

　　实际上，正因为卵子是如此珍贵。只要雌性愿意，她完全可以轻易获得一夜情或者通奸的机会，这会导致一些孩子不一定是他母亲的长期伴侣所生。根据英国的一项调查，约有 4% 的英国人是通过母亲偷情来到这个世界上的。或许我们可以把偷情叫得好听一点——精子战争 [1]。

Note ｜ [1] 精子战争：Sperm competition，是由曼彻斯特大学生物学教授罗宾·贝克（Robin Baker）提出的概念，里面提出了一个震惊全球的现象：男性一次射出的精液当中，只有极少量（不到 1%）的精子是拥有生殖能力的"取卵者"（egg-getter）。其余的精子是被刻意制造成不具备受精能力的，它们的主要任务则是阻止他人的精子和卵子结合。作者认为这从侧面反映了人类女性长久以来的偷情偏好。同名书籍《Sperm Wars》在国内有中文译本《精子战争》。

4% 是什么概念呢？这个数字表示大约从 1900 年到现在，英国每个人的祖辈当中都至少有一个人的父亲不是他的亲生父亲。

4% 这个数字并不算高，根据一项世界级的血型研究表示，10% 的孩子不是父亲的亲生子女；而儿童保护机构揭示的非亲生孩子的比例是 15%，美国某地采集来的数据甚至高达 30%。

这些数字很好地说明了为什么在婚姻外偷情的男性比较容易得到原谅，婚外情的已婚女性却很难被赦免，那就是男人对于孩子的父性确认会因为女方出轨而更容易遭到毁损，最极端的例子便是荣誉谋杀 [1]，而男人外出偷情却不容易酿成什么极端后果——只要他注意避孕，又愿意回家。

为什么两性差距如此巨大？

答案是：为了达到生殖目的，两性的最低投资和受骗的风险大不一样。

很显然，性对男性而言，收益是巨大的。春风一度，他就完全可以收获一个孩子；而女性则需要冒着巨大的风险怀孕并生育，还得抚育很长一段时间。因此，男性的生育潜能比女性大得多。如果他愿意，他完全可以在 3 个月内让 100 个女性怀孕，只要有 1% 成活，他的基因扩散度就可以和一夫一妻制的爱家男人打平。而女性即使和 100 个男人上床，她 1 年内也只能生 1 个孩子。所以她必须关注孩子的质量，关注如何才可以获得一个愿意长期守护她和孩子的异性，以便于她的孩子平安成长到繁殖期。

Note ｜ [1] 荣誉谋杀：也称荣誉杀害（honor killing），是指男性成员以"捍卫家庭荣誉"为由，杀害他们认为与其他男子有"不正当关系"的女性家庭成员，盛行于伊朗、阿富汗、土耳其、巴基斯坦等地区。

在过去的狩猎—采集社会里，一个女人最多可以抚养 4 个孩子直至他们长大成人，而男性的子嗣理论上可以无限多，只要成功地花 5 分钟偷情一次，就可以得到 25% 的额外收获。当然我们也知道，偷情也有一定的风险，也许他会被老婆发现，也许情妇的老公或者家人会痛扁他一顿，而且偷情的胚胎很难顺利成长——当女性发现孩子很难成活的时候，她们会选择堕胎或者溺婴，而且偷情出生的孩子因为缺乏父系的扶植，也很难顺利成长。最关键的是，纯粹偶然的性交完全可能无法产生后代。一个到处留情的花花公子的基因可能很快就会灭绝。

因此，对男性的基因而言，最好的选择是什么呢？

答案是：混合择偶策略（Mixed Mating Strategies），也就是在拥有稳定家庭生活的同时，偶尔发生婚外情。

混合择偶策略的意思是同时保留两种择偶策略：一种是长期配偶策略，一种是短期配偶策略。前者性格越忠贞越好，哪怕为了忠贞牺牲一点基因优秀度也没关系；后者一定要放荡，容易被搞到手。更重要的是后者的数量越多越好。

这样的择偶策略对男人有什么好处呢？我们来做一个假设：在我们的祖先中存在 3 个族群，每群都有 10 个这样的男人。

A 群是特别老实、对老婆极度一心一意的男人。

B 群是非常花心、到处留种、从来不会留下来帮忙抚育孩子的男人。

C 群结合上述两者，在保持一夫一妻制的基础上，偶尔拈花惹草的男人。

A 群的男人显然很符合女人们的理想，但他们也很容易因为老婆偷情而濒临绝种。只要他们的老婆不忠，这样的专情基因就很容易散失在风中，失去了遗传的机会。很遗憾的是，人类女性不忠的并不在少数，上面已经提到过那些为别人抚养孩子的可怜父亲的比例。

B群男人其实采用了一个很好的策略，他们对子代的投入如此之少，以至于他们完全可以无限度地传播自己的种子。但不可忽视的是，退回去几百年，人类还生活在物质并不充裕的时代。在那种艰难的条件下生存的雌性，没有能力单独抚养一个婴儿直至成年。所以这些没有父亲的婴儿很可能被引产、被溺毙，或者夭折了，这些可怜的孩子活不到繁衍季节，结果这些男人虽然广种，却薄收。同时，他们还需要冒着被对方的父亲、哥哥、丈夫等人暴打至死，以及传染上疾病死去的风险——在抗生素普及以前，风流的文人们总是被各类性传播疾病困扰着。当然，他们败坏的名声很容易导致女人们望风而逃。此外，近代的女性虽然有了抚养私生子的经济能力，但避孕手段的普及，使得B群男人也很难扩散自己的基因。

好吧，我们再来看C群男人。一方面，他们通过婚姻里反复的性接触基本可以保证自己有一个属于自己的孩子；另一方面，偷情又为他们的基因多买了一份保险。

与忠厚的老实人相比，选择混合择偶策略的男人多一重遗传基因的机会；与浪荡的花花公子比，选择混合择偶策略的男人拥有自己的后代（注意，是能安全成长到繁衍期的后代）的可能性要大得多。这就无怪乎如今C群男人当道了。

需要说明的是，之所以探索人类混合择偶策略的生理和心理基础，并不是在为男人的滥情开脱。C群男人的择偶策略从进化而言很优秀。生物的进化本能无关对错，就像由于远古时期食物的匮乏，我们每个人的基因里都刻着热爱高脂肪和糖类的烙印，以至于很多人管不住自己的嘴，但这种基因或者说本能冲动并不代表大量进食高热量食物是正确的，很可能这种行为和我们的现代文明社会是完全相悖的。

在一夫一妻制下，这种混合择偶策略是不合法的，而且是非常不道德的。人之所以异于动物是因为人类社会有着"己所不欲勿施于人"的文明守则，这需要我们用理性克服每个人骨子里自私的冲动来达到制衡。我们有着内心的原始冲动不代表我们就应该去身体力行地发泄我们的原始欲望。

　　此外，我们阐述的是在没有完善的避孕药物和避孕方法之前所发生的故事——别忘了，避孕是近代才兴起的科技手段，这种漫长的择偶状态早已在我们的基因里打下深深的烙印。即使一个人并不喜欢孩子或者根本不想要孩子，但他（她）依然是那些喜欢繁殖、热衷繁殖、精于繁殖的祖先的后代。

　　男人的本性就像一张底片，这决定着他行为的本质，而呈现关键只在于这张底片被冲印出来了多少张，他无法改变这张底片上原有的刻印内容。后文我们还会提到，男人无法克制自己想要寻觅年轻有繁殖力的女性的冲动，即便他不想现在马上就拥有一个孩子。

一夫一妻制究竟对谁有利

小梁最近在发愁一个问题，他不知道在银银和雪儿两个女孩之间怎么选。

银银是他的同学，今年25岁，身高1.68米，本科毕业，他们一直都是彼此的精神伴侣，非常谈得来。

另外一个女孩是公司新来的同事雪儿，今年23岁，身高1.65米，学历只有大专，但长得非常漂亮，最关键的是雪儿性格非常好，而且挺崇拜小梁，要知道男人最爱的是女人的崇拜。

他每天都在这两个女人之间犹豫，不知道选谁好，放弃雪儿又怕伤了雪儿，放弃银银又怕伤了银银。

他时常在想，要是有一夫多妻制就好了。

小梁可以歇一会儿了，我国从来就没有一夫多妻制，即使是在封建社会，实行的也是一夫一妻多妾制。跟正妻不同的是，妾完全可以被作为财物来进行买卖和赠予，而正妻的地位是不可动摇的。这实际上也就是我们刚刚提到的男人的**长期择偶策略**和**短期择偶策略**的体现。

其他个别国家确实有实行一夫多妻制的，但纵观我国五千年的历史，除了母系氏族外，其他时期基本上都在实行一夫一妻或一夫一妻多妾制。与一夫一妻多妾制伴生的是嫡长子继承制，妾生的孩子是没有资格分到太多的财富与遗产的。

这里显然又暗合了男性长期择偶策略和短期择偶策略的混合运用，长期择偶策略就是把所有的家产都重点投资到长子的身上，以便于他能够获得最好的基因、最好的教育，然后让这个孩子散布更多的基因，获得更多的孙代；短期择偶策略就是纳尽量多的妾，然后把少量的精力和时间投入到她们的身上，让她们生下一些孩子，然后让这些孩子自由繁衍。

与一夫一妻多妾制伴生的嫡长子继承制的意思是：只有正妻的长子能继承家产。这种做法显然是为了平衡正室的心理，因为如果男人的第二个老婆会威胁到前一个老婆的地位，那大老婆在一开始就不会容许男人娶其他的老婆，在这样的情形下打算娶多个老婆的男人就会很快灭绝，因为一开始就没有女人愿意当他的老婆，而且当他想娶新老婆的时候，第一个老婆就会不要他。所以，男人用嫡长子继承制来讨好正妻。

另外请注意，继承财富的人是长子，不是长女。很显然，就连古人也知道，卵子是如此有价值，以至于大多数的卵子都能获得繁殖的机会。缺少财富并不能剥夺卵子的繁殖机会；而精子是如此不值钱，以至于拥有精子的男性必须通过打败竞争对手来获得交配的机会，拥有财富或其他资源的精子的主人会拥有更多繁殖后代的机会，所以将财富留给长子是正确的，这会令他增加市场竞争力。而留给长女完全没有必要，她的卵子已经是一笔极大的财富了。拥有诸多财富的女性和一穷二白的女性留下的后代个数不会有太大差别，而拥有诸多财富的男性和一穷二白的男性留下的后代数目却有着天壤之别。

也许小梁会说："即使实行一夫一妻多妾制也好啊，我可以拥有好几个漂亮小妾了。"但实际上，一夫一妻多妾制并不能让男人拥有更多漂亮的妻子，反而会极度降低妻子的质量（无论长相、学历还是素质），这是为什么呢？

我们都知道，男性之间的资源分配不均衡，有的人食不果腹，有的人拥有私人飞机。倘若实行一夫一妻多妾制，不少女性都能够共享一个拥有更多资源的男性，而一夫一妻制却让她们不得不死守一个相对贫穷的男人。

唯一例外的是极具吸引力的女性，在任何情形下这些尤物都能够跟最富有、最有魅力的男性结婚，但在一夫多妻制下面她们不得不和其他女人共享一个老公。

最具有吸引力的男性呢？他们在一夫多妻制下面可以有很多的老婆，但在一夫一妻制下面他们只能有一个老婆。

所以说，

最具有吸引力的女性受益于一夫一妻制；

其他的女性受益于一夫一妻多妾制或者一夫多妻制；

最具吸引力的男性受益于一夫多妻制或者一夫一妻多妾制；

其他的男性都受益于一夫一妻制。

实际上，一夫一妻制能够保证每一个男性都找到老婆。当然普通男性只能跟普通女性结婚，但是能跟普通女性结婚总比打光棍强多了。

我们假设男女人数都是 50。这时如果有一个综合素质排行第 30 名的女人，抛弃了排行第 30 名的那个男人，转而投向排行第 5 名的男人，当后者的小老婆去了。那么原本排行第 30 名的那个男人只能娶排行第 31 名的女人，他之后所有男性的老婆都得跟着降一级。

在一夫多妻制下，男人们会惊恐地发现：

倘若性资源的分配和其他资源的分配一样遵循帕累托 80∶20 法则，即 80% 的性资源集中在 20% 的男人手里，而剩下的 20% 的女性由剩下的 80% 的男性来分配，当剩下的 20% 的女性分给 80% 的男性之后，至少有 60% 的男性是永远找不到老婆的。

倘若你是最顶尖的那 10 种男性（政界要人、学问大家、亿万富翁、大公司高层……）之一，你就有机会得到 2 个及以上的老婆——注意，这还意味着你娶第 1 个老婆的年龄会非常大，也许超过 30 岁达到 40 岁。除非你十分年轻有为，否则你在青年时期无法吸引优秀的女人。所有一夫多妻制社会里的男性娶妻子的年龄都比一夫一妻制社会里的男性娶妻子的年龄大得多。

当你是一个比大多数普通人强一点，50 人里排名能在第 10 ~ 20 名，成为一个老板或高级金领的时候，你才有机会获得一个老婆。

如果你只是个收入平平的小白领或者小职员，对不起，你不会有老婆。不过你也没什么好抱怨的，因为 50 个男人中，会有 30 个没老婆。

事实上，不管是人类社会还是动物界，在采取一夫多妻制的时候，大多数雄性都没有机会传承自己的后代，直到他们孤独地死去。而且他们必须拥有强大的战斗力，以便在同性争斗中获胜。同时，他们必须承受更短的寿命，因为他们必须把更多的精力耗费在获得异性青睐而不是延长寿命上。自然界里的普遍现象是：雄性生物承受着更高的死亡率和压力。澳大利亚的雄性小袋鼠都会在狂热的交配期间感染致命的疾病，然后死翘翘。睾酮（Testosterone）在血液中含量越高，生物体就越容易感染疾病，至少小公鸡就是这样。这也许就是人们常说的"硬汉易折"的根源，男性的免疫系统和生殖系统存在着深刻的冲突，它们是如此地不可兼得。实际上，我们可以从很多野史上了解到：阉割的男性会比一般男性寿命长一些。

但是，有谁会愿意在 35 岁拥有 5 个老婆，然后 40 岁刚熬到好日子就进棺材呢？

在一夫一妻制社会中生活的男人们经常会幻想，在一夫多妻制的社会中他们的生活是什么样子的。就像我们一开始提到的小梁，他在想两个女人围着自己是什么情形的时候，完全没有意识到对他这样的普通男性而言，一夫多妻制意味着自己根本没机会娶到老婆，即使足够幸运地娶到了，也只能娶到那剩下的 20%。那样的情形下，他们妻子的魅力、长相、学识等一切条件都肯定要低于一夫一妻制下能够娶到的女人。

婚姻表面上是中世纪为了保障离婚和丧偶的妇女能够得到经济保护而出现

的，但实际上它在保护这些三四十岁的女性的同时也保障了 20 多岁男孩们的利益，它让少女们无法随便地攀附那些三四十岁的富有男性，这样她们就会更加愿意去结交 20 多岁的男孩们。它把纯真的女孩子还给了男孩子。

一夫一妻制并不代表男性对女性妥协，而是代表高阶层男性对低阶层男性的妥协，他们把自己在正常状况下所得的老婆让出来给低阶层男性，以免后者起来造反。

当然，所有男性都不愿意承认自己是低阶层的。但实际上，在一夫多妻制下，80% 的男性都是低阶层的。

诚然，在一夫一妻制的情形下采取劈腿或脚踏两只船的男性能够将他们的生殖利益最大化，但实际上，这种行为严重地损害了其他人的利益，公共绿地就是一个很好的例子。如果说有一大片公共绿地，你的羊在上面吃草，当然是羊越多你就越占便宜。劈腿的男性，就像养了很多羊的牧民一样。问题是大家都这么放牧的话，这片绿地很快就会消失。这样的情形需要有公权力的介入来使得所有人都能够得到相对均衡的利益，以达到社会的最优化分配。每人一只羊，你也不占我的，我也不占你的。所谓的公权力介入实际上就是法律，这也就是一夫一妻制度的由来。

不过，有的男人并不愿意遵循这种基于公众利益的约定，他们更愿意像黑猩猩一样发情和交配。值得一提的是，这类蔑视社会规范的男性，往往会采用连续性一夫多妻制。也就是说，有了小三，很可能还会有小四。他的欲望，并不会只为一人停留。

从短期择偶策略看第三者在男人心中的地位

生活中我们经常可以听到下面类似的说法：

"家中红旗不倒，外面彩旗飘飘。"——红旗不能倒，而彩旗也显然不止一种颜色。

"娶妻娶德，娶妾娶色。"——老婆得忠实，妾得漂亮，而且妾是可以有很多个的。

"老婆是固定资产，情人是流动资金。"

"老婆是字画，挂得发了黄也不能换；二奶是年历，每年都得换新鲜。"

"老婆是你的家，温暖舒适而自然；情人是你街上的迪吧，疯狂刺激而陌生。"

或者可以这么说，雄性拿大多数资金做稳定投资，然后偶尔进进赌场，万一赶上手气好捞上一票岂不快哉？

不过很少有人会傻到把全部资金都拿去押大小——那种为了情人离婚的男人，和疯狂的赌徒一样罕见。多数男人凭借本能都知道什么时候该玩玩，什么时候该收手。

混合择偶策略还能解释男性的另一种行为——纯粹的性。女人经常不能理解男性为什么可以将爱和性分开。实际上，单单从生物学上来说，他们是可以做到的。

在科学家看来，所谓的爱不过是一种被过分美化了的性的产物，它并不能产生任何实质性的结果，最多只能让人们感到陶醉——这令我想起那些偷吃酒糟醉倒在屋檐下被人们捡去烧着吃的傻麻雀。人们总是热衷于发明创造各种将自己与动物区分开来的东西，无论是使用的工具，还是所谓的爱情。如果爱情就是白头偕老和长相厮守的话，那么长臂猿[1]和草原田鼠比我们要做得好得多。

从生理上来说，男性对于繁殖的投入比女性少得多，这足以让他们将性独立出来，或者说，这足以让他们将猎获性的工具在同一时间施加到不同的女性身上。

当然，这并不代表这种行为是道德的或者理性的，在当前社会，它和我们的常识以及法律格格不入。就好像进化让我们都爱吃高脂肪的食品和甜食，但这对我们的健康非常不利。进化并不涉及道德或者理性。

此外，混合择偶策略还可以解释一些很冷门的问题。比如说，小三会很纳闷，为什么男人宁愿选择条件不那么好的妻子，也不愿意选择条件绝佳的自己？答案很简单：对于男性而言，他没有办法肯定孩子到底是不是自己的。在这种情况下，有一个十分忠贞的能为自己生下属于自己后代的老婆，哪怕她不是那么出色，也比拥有一个不那么忠贞让自己可能陷入抚养别人儿子陷阱的老婆强。不要以为男人不会瞧不起小三，他们只是嘴上说说罢了，实际上，他们知道小三比原配更不忠实、价值更低（既然她都愿意不要长期承诺就和已婚男人上床，势必代表着她找不到其他足够好的愿意对她进行长期投资的男人，势必代表着她的基因不够好）。他们知道自己的妻子与她们生下的儿子值得长期一对一投资，小三则只值得短线

Note | [1] 本文所指的长臂猿是广义长臂猿，包括合趾猿（Siamangs）在内的一夫一妻制猿种。

持有。

在后面的章节里，我们还可以反推：小三想要登堂入室，至少要等到男人的子女上大学。不过，那时候的小三多半也错过黄金生育期了，而含蓄地说，男人，往往只会喜欢黄金生育期内的女性。

长期择偶策略令男人偏爱更需要他的女人

像"对不起，她更需要我"这样的分手金句，在各大影视、戏剧、小说、漫画乃至我们日常的生活中随处可闻。

类似的还有：

"你没有我也能活得好好的，可是没有我她就活不下去。"

"我很爱你，可是我得对她负责。"

"我爱你，可是她需要我的照顾，我不能抛下她。"

"你比她勇敢，比她独立，没有我你也可以活得很好。"

奇怪吗？一点也不。我们也许需要再复习一遍人类这种特殊动物的混合择偶策略。雄性需要两种雌性，一是忠实的，愿意让他们给予长期投资的雌性，一种是性开放的，愿意让他们播种以便取得意想不到收获的雌性。

如果换了你是雄性，你会如何选择？

从动物学的角度来说，你一定会选择一个非常需要你、没你不行的雌性作为长期投资对象，因为她看起来比较不容易背叛你，能给你留下属于你的后代；而选择一个看起来不怎么计较名分，愿意和你上床的雌性作为短期择偶目标，也许她能让你中一张基因彩票，给你留下一个后代。

为什么男性愿意选择更需要他的女性呢？因为这类女性对他们的需要唤起了深埋在他们基因里的父性确认的连锁反应，他们认为这个女子是如此地需要他，离不开他，那必然是忠实的，很难再会投入其他男性的怀抱。所以，她的孩子一定是他的，他理应照顾她和孩子，否则她和孩子也许都会饿死。而另一个女人，她看起来是如此倔强，很容易一点不合就赌气转投其他男人的怀抱，给他戴上绿帽子，再说，她如此坚强，即使没有他的存在，她也很容易生存下去，并将他们的孩子抚养长大。

在这种情形下，采取离开更强壮的那一方，能使得他的后代数量最大化。而离开柔弱的那一方，他的后代数量会骤减。

他们是如此容易被哄骗的动物。女人的眼泪就像美貌一样，可以迅速打垮他们的理智。这就是为什么男人永远都无法抵抗女人眼泪的原因。

那么，有什么办法可以让你更快地摆脱他呢？答案也很简单：

一、死缠烂打。这种行为相当于告诉对方"我确实是一个劣质基因的持有者，我不得不缠住你免得失去你的扶植"。

二、恐吓他。如"我要揭发你，告你的状，让你臭名昭著"。你向他展示了自己强大的力量，你完全可以独立。

三、试图靠身体留住他。这样就会让他加速厌倦你，因为他播种之后对你的兴趣将会更低。

Chapter _ 2

上帝把好男人都藏在哪儿了

To Know Him
Is to Love Him

坏男人比好男人多吗？当然不是，好男人要比坏男人多得多，但坏男人擅长四处出击，主动扑向猎物。之所以很多女孩子都有过被劈腿的经历，是因为会劈腿和泡妞的男人已然霸占了整个婚恋市场，他们似乎占据了整个星球。

婚恋市场为什么女多男少

　　算上今天的相亲，小美这几个月认识了不少于 30 个男人。

　　说起她的相亲史，旁人都忍不住唏嘘不已。

　　她的第 1 个相亲对象是同事给介绍的。男方穿得人模狗样，但一喝汤便发出巨大的咂巴声。她忍不住逃之夭夭。

　　第 2 个男人是从征婚网站上征来的，看照片倒还过得去，一见面，小美几乎崩溃：这男人身高 1.78 米不假，不过体重起码得有 100 公斤。他不好意思地说："照片是 5 年前的。"

　　第 3 个男人是朋友的同学的哥哥的同事，见面第二次，他很直白地邀请小美去他家过夜，被小美拒绝后，他腆着脸说："何必呢，大家都是成年人。"

　　当然，也有条件好、年貌相当的，但他明确地告诉小美："我是 gay（男同性恋），想找个人结婚，只是为了应对家庭的压力。"

　　最可气的是一个据说身家过亿的男人，他见小美的第一面，就直截了当地告诉她："我年龄大了，想找个女人生孩子。放心，我肯定不会亏待你，生完孩子我给你一间商铺，但婚后你也别管我在外面玩。"当小美严词拒绝时，他很不解地摇了摇头："你不会有神经病吧，很少有男人像我这么真诚。"

多数男人是一见面就被出局的，比如正在寻觅仙女男、仇视女人男、势利男、洁癖男……

小美也不是没有试着去和看上去不讨厌的男人交往，可上床了才发现他还想着初恋女友。小美终于受不了了，她大叫："好男人都到哪里去了？为什么我遇不到好男人？"

和小美差不多年龄的女孩，都经常为身边原来存在这么多不正常的男人而吃惊。她们纳闷的是：为什么我遇到的男人这么变态，这么"极品"呢？为什么我一连相亲许多次，都遇不到一个稍微正常点的男人呢？为什么我会一连遇到两个感情骗子，历任男友都会劈腿呢？

在惊恐和悲伤之后，她们痛定思痛，开始反省：是不是我自己有问题，才让渣男乘虚而入？

不是的。姑娘们遇到的只是一个正常的概率事件。我们来看几个简单的概率问题吧——它对你的择偶非常重要。

联合国明确认定了出生性别比通常值域在102～107之间，也就是说，每出生102～107个男婴，就应该有100个女婴诞生。在我国，男女出生比甚至还要高一些，根据2013年相关数据显示，中国出生人口性别比可达117.6。也就是说，有118个男孩，才对应100个女孩。按理说，女孩这么金贵稀少，不应该面对择偶难的问题呀，怎么还会被剩下？与她们相匹配的男性都到哪儿去了？

答案也许令你吃惊：这些女性是必然会被剩下的，因为男性实在太少了。

为什么呢？

我们先来看看适婚年龄：女性的婚龄是20岁，男性是22岁。也就是说，在100年间，适婚的男性有4.5代，女性有5代，女性比男性多出大概10%。这样一来，男女比例可以被修正为108：100。

其次，男女同性恋的比例大概是15：7。男同性恋大概占总人口的5%，也就是说，只要有 2 个女同性恋，就约莫有 4 个男同性恋。也就是说，上述比例奇妙地变成了 106∶100。

最令人心碎的，还是"睾丸素风暴"，男性因为同性竞争的压力大，所以往往爱好冒险、冲动，喜爱从事各类危险游戏，因此他们的人数在这些危险的活动下急剧减少。

风靡全球的《小趋势》一书中也提到过这一点：美国男女婴比例是 51∶49，但到了 18 岁的时候，倒过来变成了 49∶51。也就是说，男女死亡比例是 108∶100。

在成年之前的这一段时间里，他们死去的人数是如此巨大，以至于扭转了整个择偶市场的形势。这一次，我们可以将男女适婚年龄段的数据修正为 97.7∶100 了。男女比例倒过来了。

在最初我们给出的数据中，"多出来"很多男婴，但这些男婴多数是生在农村 [1]。实际上，城镇男女比例并没有 118∶100 那么高。由于中国有着重男轻女的传统思想，很多人指望再生一个而瞒报了女婴的存在。瞒报的力量也不可小觑，很可能导致女婴其实比人们想象中的远远要多。

男人本来就比女人少，如果真想嫁人，你就必须降低一些择偶标准。

Note | [1] 在某些缺乏监管的地区，女婴经常在性别鉴定后被流产，还有一些在出生后被溺毙。

地球为什么会被劈腿男霸占着

　　Nini 是个很乖巧的女孩，虽然人长得很漂亮，但很晚熟。以前也交往过两个男朋友，都无果而终。转眼毕业好几年了，她的感情一直没着落，家人跟着非常着急，催着她快点解决终身大事。可是每天两点一线的工作，那么忙，哪有时间去找男友啊？

　　一次，在上司的生日派对上，Nini 认识了充满魅力的他——成熟稳重、幽默健谈，让她颇为心动。在聚会上，他记下了她的手机号，第二天便约她出去吃晚餐。她想都没想直接答应他："好吧。"

　　经过一番仔细地梳妆打扮，她紧张地坐到他面前。也许他早就看穿了她的不安，但他并没有在意，还是像上次一样谈笑风生。Nini 觉得这两个小时过得好快。

　　送 Nini 回家的时候，他很自然地牵着她的手过马路。Nini 的小心脏不由得扑通乱跳。马路一过，他放开了 Nini 的手，那时候 Nini 心中竟然有一点失落。

　　他站在楼下很迷人地笑着问 Nini："我可以再约你出来吗？" Nini 内心一阵狂喜，连连点头。

　　可是那天之后，他再没有打来电话。

　　日子在等待、焦虑和失望中慢慢过去。在几乎看不到任何希望的两周后，Nini 突然在半夜接到了他的短信："我以前受过伤，不想再动心，所以一直克制自己不给你打电话，可是我失败了。我想见你，想得快发疯。"

Nini 出门打车到了他所在的酒吧，这里没有她想象中的深情画面。他坐在卡座里，表情很镇静。他搂过 Nini 并告诉周围的哥们儿："这是Nini，你们都知道吧。"周围人一哄而上叫 Nini 嫂子，笑脸相迎地给 Nini 敬酒。Nini 何曾见过这样的场面？她看向这个男人，他趁着酒意扑上来亲吻她，她的脸红得要命，幸好光线很暗，没有人注意。

那天一直闹到凌晨 3 点，人散光后，Nini 陪他去开了个房间。

接下来发生了什么不用再说了。第二天 10 点 Nini 醒来的时候，男人已经穿戴完毕，早点也已为 Nini 买好了。他们很温馨地在房间里共进早餐，那时 Nini 已经开始在脑海中描绘未来的生活：他们会有两个孩子，一个甜蜜的小家庭……

他将 Nini 送到了公司，在 Nini 脸上轻轻一吻，深情地目送她步入公司。Nini 虽然宿醉未醒，但心情却是前所未有地好。脚步都变得轻快无比，满心期待着他们的再次见面和未来发展。

可是，他的电话再也没有打来。

Nini 每次打电话找他，他都找各种理由来搪塞，最后他的电话就再也打不通了。

他彻底消失了，而她，除了知道他是上司的朋友外，其他一无所知。

我们都知道，男性有基于本能的花心特质和生理冲动，加上他们又占据了优势的择偶和资源地位，所以劈腿和脚踏两只船这档子事更容易发生。

《男士健康》编辑部曾经对 100 万中国人进行了性生活大调查，后期给出的数据也印证了这一点。

男性不忠的程度和严重度全都高于女性。

下列是关于男士的一组数据：

婚内无配偶之外的性伙伴 34.4%

未婚有单一性伙伴 16.5%

婚外另有多个性伙伴 23.8%

婚内另有一个性伙伴 10.9%

未婚无性伙伴 7.2%

未婚同时有多个性伙伴 5.1%

离异有单一性伙伴 1.4%

离异同时有多个性伙伴 0.7%

为了视图方便，我们将离异和未婚男士合并为一组，统称为单身，实际情况如图 2-1 所示：

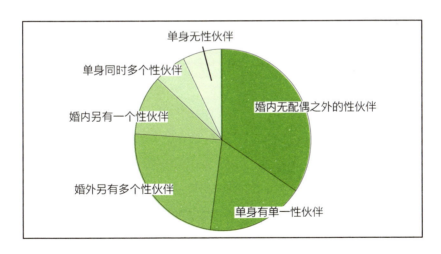

图 2-1

从数据上我们可以发现，40.5% 的男人同时拥有多个性伴侣。也就是说，超过四成的男人是劈腿的。100 位男性里，最多只有 60 位是不劈腿的。这 60

位甚至包含没有性伴侣——也许是找不到性伴侣的男人。

撇开只占到总人数 1% 左右的男性离异者不谈，毕竟未婚男人是大多数未婚女孩的首选，但结论会令男人和女人同时心碎。

没有结过婚的男人里，每 4 个男人就有 1 个处于单身状态中。

有女友的男人里，每 4 个就有 1 个在劈腿。

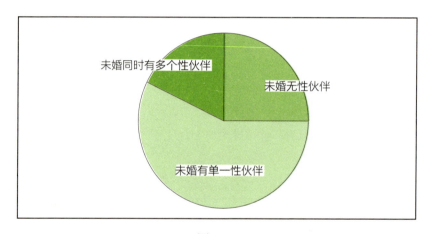

图 2-2

已婚男性的配偶更加悲惨，她们老公的出轨率高达 50% 以上，也就是说，每 2 个已婚男人中，就有 1 个有婚外情。

出轨的众多男性里，有七成不止有 1 个婚外性伴侣。而这些婚外性伴侣显然不可能全是已婚女性，实际上，已婚的出轨女性只有男性的一半，这足以说明已婚男泡未婚妞的大有人在。注意：如果对方不诚实，你很难判断他是否处于婚姻中。

同一个调查显示，26% 的男人购买过性服务。也就是说，每四个男人里，就有一个是或至少曾经是嫖客。

我们回到开头，100 位有女友的男青年中，有 25 个在劈腿。我们假设，5 年间，不劈腿的男人需要两个女人（总得让人家换一次女朋友吧），他们总共需要 150 名女青年。

假设劈腿的男人对应 4 个女人——也许这还把劈腿的男人想得太好了点。实际上，考虑到有好多人劈腿是同时劈好几个，用他们的人数减去猎艳者之后，我们姑且视为劈腿者需要 100 位女青年。

实际上，劈腿男里面还存在猎艳者，专门以骗取女孩感情为乐，于是这样的情形就开始壮观起来了。实际上猎艳者是存在的，而且为数众多！在上面的百万人大调查里，有一个"性伴侣数目 30 人以上"的选项，有 7.7% 的男人选择了这个选项。

"30 人以上"这个选项太概括了，以上多少呢？根据现实中的观察，"一百人斩"[1] 只能算猎艳者里的入门级别，很多都是"数百人斩"，某位北京达人还告诉我，他认识不少全国各地的"千人斩"。好多报纸曾经报道过专业的"泡良族"[2]，他们的数量简直令人叹为观止。需要注意，猎艳者不分已婚未婚，他们很可能在婚后还冒充单身，长期处于捕猎阶段——直到他们自己厌倦。

我们姑且就按人群中出现猎艳者的概率是 7.7%，每人每年猎取女性的数目为 12 位计算。五年间，猎艳者每人猎取了 60 位，他们总共会猎取 462 名女青年。

也就是说，100 位男青年的总需求是 462 位（猎艳者的）+150 位（劈腿非猎艳者的）+100 位（不劈腿的）=712 位女青年。

100 位女青年，对应 712 位的追求缺口，这意味着什么？

意味着女孩在黄金择偶期的 5 年里，遇到的 712 位男性的追求中，里面

Note | [1] 一百人斩：网络用语，一种夸张说法，指和约 100 人发生
过性关系。还有"数百人斩"的说法。
[2] 泡良族：指的是那些将良家妇女作为猎艳对象，一旦到手，
便立刻转身走人、像泡沫一样消失在空气中的那类男人。

有 150 位是由不劈腿的男人发起的。

也就是说，丢掉那些没有吸引力的男性不谈，如果生活中不劈腿男人的真实存在比例是 75%，而你的社交圈子又足够大的话，你遇到他们的可能性是20%。

这是一个多么可怕的数字！想想看，你遇到的男人里面，每 5 个里就至少有 3 个是猎艳者。剩下的两个里面，有一个虽然不是猎艳者但会劈腿，只有一个是不劈腿男人。最重要的是，这唯一不劈腿的男人很可能对如何博得异性的青睐一无所知，他很可能更加不会引起你的注意，更可能被你归类为无趣、乏味、条件平平、不具任何吸引力的草包，"理性"的你当然会选择下辈子也不要嫁给他。

坏男人比好男人多吗？当然不是，好男人要比坏男人多得多，但坏男人擅长四处出击，主动扑向猎物。之所以很多女孩子都有过被劈腿的经历，是因为会劈腿和泡妞的男人已然霸占了整个婚恋市场，他们似乎占据了整个星球。

如何挑选黑驴王子

Amanda 是一个二线城市奔三的剩女，由于父母的压力，找对象成了她现在的首要任务。但是她面临着一个很大问题：如何定位符合自己择偶标准的"目标人群"。

Amanda 对未来老公的基本要求是：本科，身高 1.7 米以上，最好不是农村人，比她大 8 岁以内，在企业做中层管理或者在事业、机关单位工作，工资最好不要比她低，互相聊得来。要知道，Amanda 今年 28 岁了，外形气质尚可，心地不坏，但是心智不够成熟，她本科毕业，工作和所居的城市尚且不错，年薪 8 万左右。她偶尔打扮一下走在大街上有时也有点回头率，前段时间去参加了一个论坛的 8 分钟约会，回来也有好几个人给她打电话……

然而 Amanda 从来没有遇到过自己中意的"目标人群"，很多男人让她连继续交往下去的兴趣都没有。大街上遇到的人显然无法进行交流（至少她不好意思搭讪人家），8 分钟约会的那几个人学历、工作实在差劲，有的连高中都没毕业，与她的期望值相差太远。

由于工作性质比较封闭，她通过工作认识新男生的可能性不大，所能想到的结识新朋友的方法就是网络交友，参加一些论坛的交友聚会，多出席一些婚介活动，加入高档健身会所，等等。但这些方法虽然可行，却未必有效。比如，她在网上待了几个月了，还没发现一个符合条件的。

照 Amanda 的说法，中国有那么多奇怪的组织和圈子，可惜却没有一个"准老公俱乐部"来解救广大大龄未婚女青年。有人曾说，中国的剩女大多没有社交，每天过的都是单位与家两点一线的枯燥生活，所以找男友首先要学会交朋友。可是，像 Amanda 这样生活枯燥的人怎么建立和扩大自己的社交圈，通过人际关系来认识更多的好男人？怎么有的放矢地寻找自己的目标人群呢？

在很早以前，女孩子都是不读书的，没什么经济收入，还大门不出，二门不迈。在这样的情况下，自然所有有女孩子的家庭都会想着"嫁女强于吾家"。女孩子在经济上、见识上、心智上都会仰仗她的丈夫。这样的婚姻家庭结构是最牢固的，一直到今天也是如此。

后来，女孩子们开始读书了，长见识了，赚钱多了，学历高了。于是，择偶就出现了新的问题。

比如说 30 年前男生赚 100（指货币购买力，下同）的同时，女生不赚钱，她自然会愿意依附比自己高 100 的男方。30 年后男生赚的哪怕还是 100，但原本和他匹配的女生地位提高、收入提高、工作机会多，自己能赚 50 了，原本应该找个 50 的男生，双方合起来 100，组成稳定的小结构，但这个女生不愿意找 50 的男孩，她甚至不满意赚 100 的男孩，还想着像以前一样找个比自己多出 100 的男人，即 150 男，这就出问题了。一方面女生占据了原本仅提供给男生的工作岗位、学习机会，另一方面在择偶问题上她们对男生的要求没有降低反而更高。那么哪儿来那么多 150 男乃至更高的男性可挑呢？于是，一部分女性被"剩下"了。

这就是女性解放、男女平等的弊端。

书读得越多，收入越高，就越不该有更高的男性资源分配给女孩。

所有觉得自己赚钱多、学历高所以应该找个更加优秀的男性的想法都是错误的。女孩子爬得越高，理论上来说就越难找到处处都强过自己的另一半。享受了男女平等的好处，怎么能倒过来要求比自己更强的对象呢？

当然，社会是在进步的，女性一直在努力争取应有的地位，两性最终会达到一个合理的性别分工平衡，就好比资本主义社会替代封建社会，封建社会取代奴隶社会，这是历史车轮前进的必然方向。

在不远的未来，也许女性普遍能接受男性的收入与自己持平甚至低于自己。

只是每个时代都有牺牲品，为了避免自己成为车轮碾压下的牺牲品，既然已经得到了男女平等的好处，那就不要在择偶时对学历和工作乃至收入过于苛求对方，只要男方有着好人品，并不因收入或学历工作比女方低而自卑，两人的婚姻完全可以很牢固而且很甜蜜。

有时候，女人可以选择放弃某些选项。白马王子是不存在的，骑着黑驴的王子其实也不错。学会接受现状吧，否则，"剩女"这个词迟早会成为梦魇。

遇到梦中情人的概率到底有多大

Selina，29 岁，身高 1.62 米，体重 55 公斤，正规大学本科毕业，在一家知名的外企工作，月薪 8000 元，算上各种奖金，年收入超过 12 万。父母退休在家，都有退休金，生活无负担。她的长相不算惊艳但也算中上，对另一半的要求是，最好在同一个城市，本科毕业，身高 1.70 米以上，有一份正经的工作，收入比她高一点点就好了，年龄要比她大。

她以为会很容易找到，可是，她一直找不到。大学时交过男朋友，可是对方无论学历还是收入都比 Selina 低，没有一技之长也没什么志向。虽然分手后还偶尔联系，可是 Selina 知道他们的现状从来没有改变过。工作后也结交了一个男朋友，各方面条件都不错，但和她不在同一座城市。异地恋的压力，促使他们在交往两年后分手。

转眼，她已经奔三了。每次听到妈妈在电话里拜托别人帮她介绍对象，她都觉得对不住她老人家。其间也相过亲，可是那些男孩条件都很一般，没有达到上面提到的要求。她也参加过各种网站组织的相亲活动，收费的、不收费的，可每次男女比例都严重失调，100 个人当中只有不到 30 个男的。女生的条件倒是都不错，可男生的条件却不尽如人意。Selina 也一直留意着身边的男性，但和她同龄的思想往往很幼稚，收入比她低；年纪比她大的几乎都结婚了。

后来，Selina 想，如果真遇到了自己喜欢的，年收入比不比她高倒无所谓。如果两个人一起奋斗，一起供房养车，生活质量也不至于受到影响。可是这样的人，她还是遇不到。

很多人都说不要着急，缘分自然会到的。但 Selina 已经在怀疑，属于自己的缘分到底存不存在："难道缘分就等于退而求其次？难道真的是我要求太高？我真的要一个人过下去了吗？"

英国沃里克大学有个叫彼得·巴克斯的小伙子发表了一篇论文叫《为何我没有女朋友》，他用数学方法计算出了找到适合人生伴侣的概率。这个公式告诉我们，人类找到真爱的概率是 28.5 万分之一。

巴克斯利用的是一个名为"德雷克方程"的著名公式。这个公式由"搜寻地外文明"计划发起人弗兰克·德雷克发明，原本是为估算银河系中可能存在的地外文明数量而编写的。方程表述为"$N = R \times Fp \times Ne \times FL \times Fi \times Fc \times L$"。等式左边的 N 表示银河系中地外文明的数量，右边 7 个因数分别表示：每年银河系中新生恒星速度、其中恒星有行星围绕的概率、其中可能支持生命存在的行星数、其中实际有生命迹象的概率、其中演化出智慧生命的概率、该智慧生命能进行太空通信的可能性和这一通信信号在太空中传递的时间长度。

巴克斯套用这一公式，但把等式左边的 N 定义为可能适合某男性的女性数量，把右边的 7 个因数分别定义为：英国每年人口增长率、女性人口比例、这些女性居住在伦敦的概率、其中年龄适合的概率、其中有大学学历的比例、其中相貌出众的比例和这名男子的预期寿命。

对英国单身男性而言，这一公式计算出的结果很不乐观。以现年 30 岁单身汉巴克斯本人为例，他的择偶范围是年龄在 24 ~ 34 岁、居住在伦敦的单身女性。根据公式计算，全英国 3000 万名女性中只有 26 人可能成为他的女朋友。

英国媒体为巴克斯的发现而震惊，其中某媒体援引巴克斯的话报道："在伦敦只有 26 名女性可能和我发展恋爱关系。因此，在某一天晚上我能遇见这几位'特殊'女性之一的概率只有 0.0000034%，也就是约 28.5 万分之一。"巴克斯说，研究结果对那些试图寻找完美爱情的人来说可能是个打击，但它同时告诉了单身汉们：单身也许不是你的错！

好了，我们回过头看看 Selina 的"系数"们吧——和她在同一个城市，本科毕业，身高 1.70 米以上，工作稳定，年收入高于 12 万，30 ~ 35 岁的未婚男人。这样的人，并不会太多。而且，这么一个男人的选择范围会非常宽，下可以在学校里找一个 20 岁出头气质出众的清纯美女，上可以娶一个 35 岁有钱、有情趣、保养得像二十八九岁的离异富婆。一个 29 岁，身高 1.62 米，体重 55 公斤，仅仅长得不差、还得一起供房供车的女人，肯定不是他的最优选。

倒推回来，你就知道，自己的条件大致应该匹配什么样的男人了。

很多女孩子感叹："为什么我这么好的条件还嫁不出去？"其实这和扩招差不多，你在进步的同时，人家也在进步，而且比你进步得还多。就像很多大学生也感叹："为什么我都已经大学毕业了还找不到工作？"原因很简单，因为硕士、博士满天飞。

《爱丽丝镜中奇遇记》里面，**红色皇后** [1] 说的一段话似乎可以用来为本节做个小结："你必须跑得很快，才能留在原地；如果你想跑到别的地方去，你得比原来快一倍才行。"

Note | [1] 红色皇后：The Red Queen，是刘易斯·卡洛尔作品《爱丽丝镜中奇遇记》中的人物。《爱丽丝镜中奇遇记》是《爱丽丝漫游奇境记》的后续之作，前者人物为红色皇后，后者人物为红桃皇后。红色皇后不断前奔，却总是停在原地毫无进展。

什么择男标准制造了优质剩女

Michelle 在北京做模特，各大品牌的成衣她都走过秀，虽然不算大牌，但在圈子里她也算小有名气。

她毕业于东北某高校，本科学历。若单论长相，她能打 75 分，她个子很高，1.78 米，玲珑小腰，白玉一样的长腿，无不为她加分，而且她的性格特别可人。

她签约的公司里面人人都喜欢她，所以她的活儿也挺多，一个月赚两三万根本不成问题。平时除了走秀以外，她都乖乖地待在家里，还会自己做菜。

不过，1986 年出生的她，也感觉到了一些压力，身边的小姐妹有的找了有钱的矮个子男做男友，有的和同行谈着恋爱，还有的傍着大款。唯独她，在感情上还没有着落。

Michelle 觉得自己的要求并不高——男方不能和她一样吃青春饭，收入要比她高，个子要比她高，学历不能低于她。

但是现实让 Michelle 很失望，男人有钱的没身高，有身高的没钱，两样都有的没学历，三样都满足的吧，是她的资深同行，根本轮不到她沾边，人家身边一票美女围着，远远轮不到 Michelle。

用她的话说：我只不过很想找一个比我各方面都略强一些的男人，

怎么就这么难呢？

其实我们都知道，是很多择偶的"非必要高门槛"条件，阻碍了 Michelle 找到好男人。

"非必要高门槛"条件，前面半截很好懂，"非必要"，也就是说不太重要，可有可无；"高门槛"呢，指由当事人设立的超于常规的标准条件，它是造成女孩很难寻觅到合适对象的重要原因。

拿 Michelle 为例。首先，她个头 1.78 米，而中国男性平均身高 1.69 米。所幸她身处北京地区，北京地区的男性平均身高 1.74 米，高居全国前三。从这一点上来看，如果她希望未来的另一半比自己高一些，或者至少不低于自己身高的话，她已经在第一时间内淘汰了北京一半以上的男性，甚至可能已经淘汰了 2/3。也就是说，她比同样条件，身高 1.68 米的女孩择偶的难度要高 3 倍。同理，她的本科学历又淘汰了一部分男性。

最重要的是，她月收入一般在 2 万左右，旺季的时候可以超出 3 万。这一点简直令同龄男性望尘莫及。

另一位有同样烦恼的模特曾经说："我每月收入一两万，我觉得现在男人能挣到这个数，就会被人称为小'钻石王老五'了。但屈就这样的男人，我是不甘心的。"

对此，我不得不说："模特这个行业，吃的是青春饭。"这样的钱挣不了一辈子，而男人这个年龄挣 1 万或者几千，以后却会越来越多的。男人的黄金时期在 30～40 岁，女人则是 20～30 岁，用你最巅峰的青春饭钱去和正处于上升期的男性相比，那是不是对男性太苛刻了？

再比如说，年龄也是一个"非必要高门槛"条件，对于男性而言，因为资源的积累需要时间，所以他们的社会价值和生殖价值[1]呈正相关；而女性的社会价值和生殖价值是有深层次冲突的，社会价值随着女性年龄的增长而增加，但生殖价值随着女性年龄的增长而减少。因为女性年龄越大，意味着她的生育能力越弱。虽然高科技已经能让女性在 40 岁的高龄怀孕生子，但是 20 岁的少女和她们比起来，少女的端粒[2]更长，受到辐射等致畸变或者病变的可能性更低，这意味着她们更能承受流产、孩子夭折以及再生育的可能，还意味着她们有更多的精力和时间哺育后代，有更大的可能生育更多的后代。这些在实施独生子女政策的社会下未必是男性所真正需要的，却是男性的本能或者说潜意识所看重的。

一些女方自恃的条件，对男人来说完全不必要。对于男性而言，一个身高 1.78 米、相貌 75 分的本科女孩，另一个身高 1.68 米、相貌 85 分的大专女孩，只怕选择后者的要占绝大多数。如果前者 28 岁而后者 23 岁，只怕选前者的寥寥无几。君不见每期《非诚勿扰》，纵使女孩子看男嘉宾再顺眼，自身条件再好，10 个男嘉宾有 9 个都还会选自己最初的心动女孩。我无意在这里吹捧相貌至上论，但事实是：不管多少人义愤填膺地批判相貌论多少年，男性的本能还是会指引他们去追求长得漂亮一些、年轻一些的女孩们，纵使选择她们会面临被拒绝的风险，他们还是会义无反顾地扑上去。

漂亮和年轻的生物学意义远远大于社会意义，它意味着更好的基因和更好的生育力。

Note　[1] 生殖价值：指一个人的生殖能力和养育后代的能力。
　　　[2] 端粒：是短的多重复的非转录序列（TTAGGG）及一些结合蛋白组成的特殊结构，能保护染色体末端免于融合和退化，保护和控制细胞生长及寿命延长。

女孩也许会说，那些不选我的男人，都是我不需要的，事实也许正是如此。只是青春苦短，你要的万里挑一能否在这么短的时间内寻觅到你，并且和你一见钟情然后白头偕老？

千万不要因为学历高或者收入高而自恃自骄。一般来说，女性只要长得漂亮，性史清白或者相对清白，经济要求低，男人是可以接受低文化素质给后代带来的劣势的。有很多女性所自恃的优越条件，是男人们并非必然需要的，这些表面上的"好条件"，会构成女性的择偶障碍。比如像学历这东西，微软和Facebook（脸谱网）的创始人都没读完大学呢，没准硕士女错过的本科男，就是日后的黄金男。

同理，女孩子个子太高，在某些程度上还不如那些矮个子。诚然我国剩男比剩女多，但是这些剩男多数剩在农村，城市里却是以好条件的女性为主。所以我们才把女孩们的某些择偶条件叫作"非必要高门槛"条件。一方面，它们不是男人真正需要的条件；另一方面，它又构成了女孩们不愿意接受对方的理由。好比一把金色的匕首，虽然昂贵，但是很不中用，除非男人们就是愿意拿它的金属属性来做炫示物。也有某些男人个子不高学历也不高，但很有钱，所以想找个高学历或者高个子的女孩搭配自己，但说实在的，女孩很难接受这一点。

我有一个1978年生的博士女友，人长得不错。我们试图给她介绍一个1979年出生的白手起家的"钻石王老五"，可是人家一听她的条件和收入，面都不愿意见。至于原因，他也没多解释。不过，之前音乐人高晓松一番惊世骇俗的争议言论，大概很能代表这个世界上很大一部分"成功男人"的想法："她跟我一起的时候还很年轻，甚至还没进入社会，所以她的基本世界观都是我塑造的。相比之下，找一个年龄比较大的、被周围圈子的人塑造出来后你再去改的妻子，后者多累人啊，而且更容易产生分歧。我老婆对这个世界的看法，甚至听什么音乐、看什么电影，都是受我影响的，所以我们大部分的想法都很一致，我觉得这样很幸福。"高晓松的想法对错与否我们不多加评论。至少我认识的好几个老帮瓜[1]级人物，马上奔四十了，还死死盯着20出头的少女，想要捞一个回家做老婆呢。

综上，年龄、学历、身高、收入等都很容易成为女性择偶的"非必要高门槛"条件。当然，在同样的外貌条件下，比较好的学历、高挑一些的个子、相对还不错的收入会受追捧，但是这个度是很难把握的，一不小心，就容易过头，导致男人们望而却步。男人选女人经常是在看性价比，一方面要看这个女人能够和愿意为自己付出多少（包括青春美貌以及好性格），另一方面要看自己愿意和能够为这个女人付出多少。有的人喜欢买5元钱一斤的饼干，因为觉得经济实惠；有的人喜欢买上百元一斤的饼干，因为就是喜欢这个口味。不过，愿意购买后者的肯定比愿意购买前者的来得少就是了。

所以每逢我的闺密自己买了房子，我都会反复叮嘱她们：千万不要告诉任何追求者你有房子，直到你们结婚的时候再说。同样，我也会建议女性朋友打扮得年轻一些，穿得漂亮一些，高个子的穿平底鞋，博士完全可以说自己是研究生，收入高的可以说低一些，或者只说有稳定收入就好，实在太高的，可以说自己收入虽然高但不稳定。当你想要找一个你喜欢的优质男生，你的"好"条件又并不是男生必然需要和看重的好条件时，你还是先把他吸引过来再说吧。

说难听点，即使你看不中他，多吸引一些男生再拒绝他们总比被冷落来得好吧？

Note | [1] 老帮瓜：上海话，指老头。

聪明的男人更有爱

男性的染色体是 XY，女性是 XX，而坊间流传的看法认为：决定智商的基因，更多的是在 X 染色体上。两个 X 都高或者都低的比较少，多数女性就是取个中间值。

如果决定智商的基因，真的是在 X 染色体上，那便意味着一点：男性要么很聪明，要么很笨，而女性大多数比较平均。事实上，我们观察到的现象与此有部分吻合：

在所有的高智商协会里，聪明的男性都远远比女性来得更多。

这种民间的说法有一定道理，回想一下你的求学经历，成绩很好的一般都是男性，而女孩子多数都处于中等状态。另外一个例证是，在所有的高智商协会里，女会员的数量是随着 IQ 要求的增加而减少的，比如门萨（Mensa）高智商俱乐部 [1] 里，男生数量大概是女生的 2 倍；而那种极高级别的智商协会中，男生数量甚至是女生的 9 倍。但真实的男女智商差异到底

Note ｜ [1] 门萨：Mensa，国际高智商俱乐部，于 1946 年成立于英国牛津，平均 100 人中录取智商最高的 2 个人。

是怎样的呢？

看一下**韦氏量表** [1] 针对 6 ~ 15 岁的未成年人群智力差异量表数据你就可以发现：同样的一群人中，深色线代表的女性智商均值是 101.41，**标准差** [2] 是 13.55；浅色线代表的男性智商均值是 103.08，标准差是 15.54。

智商在 100 左右的女孩比男孩多，她们多数集中在区域 1；智商超过 115 的男性要比女性多很多，他们集中在区域 2。（见图 2-3）

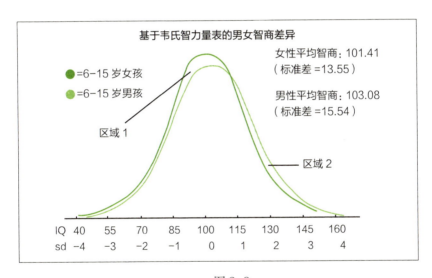

图 2-3

Note

[1] 韦氏量表：Wechsler Intelligence Scale，分为韦氏成人智力量表和韦氏儿童智力量表，书中的数据主要来源于韦氏儿童智力量表修订版的测量数据。

[2] 标准差：Standard Deviation，是各数据偏离平均数的距离的平均数。标准差是方差的算术平方根，反映一个数据集的离散程度。

　　成年人的智力差异就更加明显了。下图 2-4 的成人瑞文推理测验[1] 成绩中，蓝色线代表男性，红色线代表女性。很明显，区域 1（智商低于 100 的）多数是女性，区域 2（智商高于 100 的）多数是男性。实际上，智商为 97 的女性在所有女性中的位置相当于智商 103 左右的男性在所有男性中的地位。所以说，智商对于男女的关系，就好比身高一样，男的天生要比女的高一些。

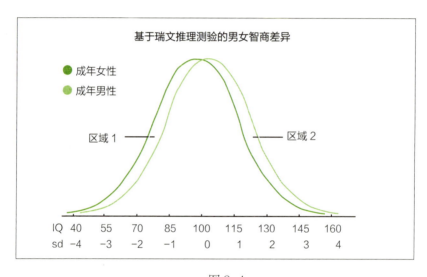

图 2-4

　　这意味着什么？这意味着以下 3 点：

　　1. 如果你们智商差不多，他看起来会比你傻。好比同样身高是 1.75 米的

Note [1] 瑞文标准推理测验：Raven's Standard Progressive Matrices，SPM 由英国心理学家瑞文（J.C.Raven）于 1938 年创制，在世界各国沿用至今。它是一种非文字的智力测验。

男生、女生，男生看起来给人的感觉肯定没有女生给人的感觉来得高。为什么呢？因为女生里身高是 1.75 米的很少。

2. **女孩子得找个智商比你高的男孩子才匹配。**智商 140 的男生常见，智商 140 的女生却很少。人们乃至智商 140 的女生自己都会觉得智商 140 的女生比智商 140 的男生高得多。所以，智商 140 的女生至少要找个智商 160 的男生才显得合衬。

3. **男人会害怕比自己聪明的女人。**这个聪明是指双方在各自性别内的位置，而不是智商的绝对值。好比一个人身高 1.68 米，在女孩子里就算很好的了，在男生里面却是矮子。女孩如果和**男孩**智商一样，其实她是更聪明的。

总结一下，姑娘最好找比自己聪明的男性（或者靠年长积累经验比较多的男性），不然相处的时候会不愉快。我的一个朋友说过："我不装温柔不代表我不温柔，在强势又聪明的男人面前，我会情不自禁地服软。如果你觉得我强势，那是因为你在我眼中是有缺陷的。我再怎么小心翼翼，也是讨不了你的好的。"是的，就像身高一样，你没有办法总是乔装自己比他更矮，或者强迫他穿上增高宝靴。

我们回到身高的话题，如果女孩身高 1.68 米，就得找个身高 1.78 米的，否则就显得不匹配了。倘若你找个 1.70 米的男生，那最尴尬。他知道你高，知道自己和你不匹配，知道你应该找个 1.78 米的，所以他自卑。但是另一方面，他 1.70 米确实也看着比你高，所以他不顾男女有别，坚持要觉得自己比你高，而且拼命向你灌迷魂汤，要你承认你比他矮。而问题就出在这里！

注意我们上文所说的"他不顾男女有别"。其实女性本来就有很多生理劣势，他为了和你比时能胜过你，他不会顾得上这一点。所以看到你比不过他的时候，他会嘲笑你；看到你比他强的时候，他会打压你，根本不会爱护你、娇惯你、宠爱你，只会想着和你比。我们一般把这种情绪叫作妒忌。

找这样的男人，身边一辈子都有个敌人。当然，他不会明摆着毁你，那是在潜意识里的勾当。他不会希望你特别好，但是也不希望你情况变坏。好比身高 1.70 米的男人拥有一个身高 1.68 米的女朋友是很有面子的事，他会希望带着你出去炫耀，但是他不会希望你天天穿高跟鞋。这种情绪是根植在潜意识里的，他自己察觉不到。问了他也不会承认的。

太聪明的女人给不了他们安全感，但是充满挑战性，等他们征服你了，你就失去意义了，他们会继续找下一个。问题是那时候你年老了，怎么办？他没法在智商上征服你，但是有办法在社会意义上征服你。这种男人尤其会在功成名就之后找崇拜他的、比你美的、年轻的傻姑娘。

智商与忠诚还有很强的正相关性。英国伦敦政治经济学院进化学专家金泽哲（Dr. Satoshi Kanazawa）发现，对伴侣比较忠诚的男性平均智商水平为103，而不忠诚的男性平均智商为97。他分析了美国数千名青少年、成年人的社会意向与智商，发现"聪明的男性较重视一夫一妻制，在性方面较专一"。

研究指出：**越是智商高的男性，越珍惜两性关系的专一性。因为智商高的男性更能抵御外界诱惑，他们大多很无私，更能站在对方的立场上考虑问题；相比而言，智商较低的男性则显得很自私。**

对伴侣比较忠诚的男性平均智商水平为 103，而不忠诚的男性平均智商为97。这平均 6 个点的智商差别固然是重大的统计学差异，但这对于个体而言并不算什么，这不是个大数，同卵双生的差距有时都会高于这个数。我们不能拉来一个忠实的男性和一个不忠实的男性，说前者的智商肯定比后者高；更不能拉来一个智商高的男性和一个智商低的男性，说前者肯定比后者更忠实。

差别只在于两个极端上：我们假设标准偏差一样，那么平均值高一点，两个极端的人就相差很多。

假设对数正态分布，标准偏差 15，甲组平均智商为 103，乙组平均智商为 97，两组总人数相等，那么：

甲、乙智商 130 以上的人数比例为 2.37：1，智商 140 以上的人数比例为2.82：1，智商 160 以上的人数比例为 3.91：1，智商 180 以上的人数比例为

5.26：1。

甲、乙组智商 90 以下的人数比例为 0.7：1，智商 80 以下的人数比例为 0.46：1，智商 70 以下的人数比例为 0.34：1。

如果将甲、乙两组混合起来，状况会比较接近于我们的人类社会常态。

我们将会发现什么呢?

所有平均智商为 70 的男性中，4 个人里只有 1 个是忠实的；平均智商为 80 的男性中，3 个人里有一个是忠实的，而平均智商为 140 的男性中，4 个人里面有 3 个是忠实的，平均智商为 160 的男性中，5 个人里面有四个是忠实的。

说得不好听一点，如果一个女孩嫁给一个智商为 70 的男性为妻，她被骗的可能性比一个嫁给智商为 140 的男性的女孩受到伴侣欺骗的可能性要大整整 3 倍。

从常理上我们大概可以这么解释，智力更高的雄性往往占据更高的社会地位和资源，很难遭到背叛，他们的基因总是能得到传递，因此也没有必要背叛配偶。而智力更低的雄性必须多买几道保险，才能保证自己的基因不被灭绝，因此他们更乐于寻花问柳。实际上，这一点我们在下一章还会提到：越是穷苦的、缺乏性魅力的男性，似乎越容易成为被背叛的对象。地位较高的男性被戴绿帽子的概率大概是 1%（美国、瑞士）；中等阶级的男性为 5% ~ 6%（美国、英国），而地位较低的男性被戴绿帽子的概率甚至高达 30%（英国、法国、美国）。

不过，进化学专家的意思是：男性的智力与忠诚度之所以有关，源自人类的演化发展。因为男性性行为的排他性是一种"演化创新"特质。在人类进化史上，男人经常是实行一夫多妻制的，但在当今社会，这种现象已经基本不复存在了。从进化角度讲，专属型的性关系对男性是一种进步，聪明的男子更容易抛开物种心理上的报复，乐于接纳此种行为约束，适应新的行为模式；对此适应性差的男人则会禁不住诱惑，频频出轨，这些人的智商也往往不那么高。换句话说，智商较低的男性较不易接受新观念，较难适应现代社会的一夫一妻制，容易陷入诱惑，背着另一半偷腥。

不过，这项结论无法套用在女性身上。研究人员并未发现任何证据证明聪明女性比智商平平的女性忠实。但根据这项演化创新理论，女性原本就比男人要忠于另一半，即使在一夫多妻制的生活中也往往会对自己的男人死心塌地。

不过，在其他条件完全相同的情况下，智商平平的女性比聪明的姐妹更容易生下私生子 [1]。此外，无论他们是兄弟还是姐妹，收入与他们各自的智商成正比。

**同一稳定的中产阶层家庭内智商不同的两个子女，
其智商与收入及生育私生子的概率的关系**

智商范围	收入（美元）	生育私生子的概率（%）
非常聪明（120 分以上）	70700	2
聪明（110~119 分）	60500	10
参照组（90~109 分以上）	52700	17
迟钝（80~89 分以上）	39400	33
非常迟钝（80 分以上）	23600	44

图 2-5

智商高的男性能给伴侣带来的好处还不止这些，以色列舍巴医学中心的马克·维瑟领导的研究小组通过对两万名新兵的研究发现，智商高的男性更不喜欢吸烟，那些每天抽一包以上香烟的年轻男子比那些不吸烟者的智商平均低 11 分。在吸烟者中，吸烟越多，智商越低。在智商测验中，吸烟者的得分要远远低于不吸烟者。即便研究者将家族和教育背景等社会经济学因素考虑进

Note | [1] 此观点源自《开启智慧》，作者为美国的理查德·尼斯贝特。

去，这一结论仍然成立。研究者还对比了军队中的70对兄弟，其中一个抽烟，一个不抽烟，结果，不吸烟者的智商也高于同胞兄弟。这又排除了遗传对智商的影响。

因此，如果你想要一个不容易出轨、相处愉快、还不吸烟的老公，也许你真的需要找个智商高一些的。

聪明爱

别拿男人不当动物

Chapter _ 3

跟男人拍拖的注意事项

To Know Him
Is to Love Him

如果一个男性误会了对方对自己有意思，那他最多也就浪费了一点时间；但是如果他错过了一个女性，很可能就错过了繁殖的机会。与后者的损失相比，前者的付出来得那么微不足道，所以男性总是喜欢向女性发出进攻和邀约，反正被拒绝也无所谓。

是谁让女人身价暴跌

有一位远近闻名的美女，她不光有美貌还有才华，引来了无数的爱慕者。

这一天，有3名男子去女方家提亲。

她的父亲说："来，你们说说各自的情况。"

第1个男人很自豪地说："我有1000万。"

第2个男人说："我有一栋豪宅，价值1500万。"

第1个男人说："我有宝马五系。"

第2个男人说："不过我还有一辆法拉利。"

第3个男人一直没有出声，听凭他们在那里比较。

女方家长注意到第3个男人，问他："你家有什么呢？"

第3个男人答："我什么都没有，只有一个孩子。"

一听此话，除了第3个男人自己，大家都笑了，心想这男人简直是疯了。

等大家笑完，第3个男人慢悠悠地对家长说："现在这个孩子在你女儿的肚子里。"

两位求婚者面面相觑，灰溜溜地走了。

家长进去痛骂了女儿半天，出来对第3个男人说："好吧，你们结婚吧，我家陪嫁一套房子。"

有位职场人用这个段子来教育大家，他说："这个案例告诉了我们一个浅显的道理，核心竞争力不是钱和房子，是在关键的岗位上，要有自己的人。"

会心一笑之余，这故事也在告诉姑娘们：

无防护措施的婚前性行为，是导致你嫁给更差男人的关键。

如今的社会越来越开放，短短数十年间，婚前同居已经从争议行为变成了默认规则。而甚嚣尘上的男女平等论，也一度让女孩们深信不疑，在男人们的鼓吹和诱惑下试图身体力行地在性行为上和男性看齐。

但是，又要回到那个老生常谈的问题：男性和女性的择偶策略是不一样的。男性永远没有办法确认孩子是自己的，父子关系不确定性（Paternity Uncertainty）这个生理弱项意味着他们必须采取一些行为来保证后代确由己出。我们可以理解，从两性的生育方式来说，男性更需要重视配偶的性忠贞，否则他们很容易抚养别人的孩子，导致自己的基因被自然淘汰。

有很多男性会选择**婚前贞洁**（Premarital Chastity）来衡量女性的忠贞度。根据调查，在中国、印度、印度尼西亚、伊朗等地，男人选择潜在配偶时对贞洁高度重视。而瑞典、挪威、法国、德国、荷兰、芬兰等国的男人们对女人是不是处女毫不在意，只在意**婚后忠贞**（Postmarital Sexual Fidelity）。专家认为这也许可以部分归结为女性依赖性、经济的独立性和社会福利系统的不同。不过，在任何存在性别差异的文化中，男性对贞洁的重视程度始终高于女性。

也就是说，如果女孩们不注重在性史上男女有别这一点，很可能会为自己在未来的道路上布下绊脚石。而拥有处女情结的男人，往往不是一位佳偶。为什么呢？让我们试想一下哪类男人更容易被戴上绿帽子。众多生物学家的一系列观察和实验结果显示：社会层次较低的男性，更容易成为被戴绿帽子的对象。为什么会出现这样的现象呢？答案很简单：女性需要较好的基因来制造后代，但拥有较好基因的高阶层男性未必愿意娶这些女性作为长期伴侣（长期择偶策略），不过他们并不排斥与她们发生短期性行为（短期择偶策略）。所以从动物本性上来讲，一个低阶层的雌性最好的选择就是挑选一个愿意和她结为长期伴侣的雄性为夫，然后去采集高质量精子的男性抚养下一代——这是生物学普遍公认的英国著名统计与遗传学家费希尔的"性感儿子"理论（Sexy Son Genes Hypothesis）。只要不被她的法定配偶发现，那她完全可以获得一个更优秀的儿子，这个儿子的基因会非常出色，可以给自己带来更多的孙代。

这种现象在现实生活中可以得到充分的印证。越是穷苦的、缺乏性魅力（Physical Attractiveness）的男性，似乎越容易成为被背叛的对象。地位较高的男性被蒙骗的概率大概是1%（美国、瑞士）；中等阶级的男性约为5%~6%（美国、英国），而地位较低的男性被戴绿帽子的概率高达30%（英国、法国、美国）。可想而知，地位更低的男性更会强调性忠贞。

说到社会层次较低的男性，在网上有这么一段流传很广的话：

"这是Dr.gossip的最新研究报告，有些女人子宫中会分泌 ignorant ingredient 会和某些男性精子中的 virginal obsession 成分作用，将 foolish goddamn factor 遗传给下一代，这是一个研究成果。它证明，只有处女，才有纯洁的基因，才能生出所谓的属于一个男人的后代。"

只要懂一点点英文的人就可以看出：这很显然是一个愚人节式的黑色幽默。gossip 的意思是谣言，ignorant ingredient 的意思是无知的成分，virginal obsession 的意思是对处女着魔的，foolish goddamn factor 翻译过来是：愚蠢的该死的因素。这句话连起来是这样的：

这是谣言博士的最新研究报告，有些女人子宫中会分泌无知的成分，和某些男性精子中对处女着魔的成分作用，将这该死的愚蠢因子遗传给下一代。

去搜索引擎上看看原文被转载过多少次你就可以知道，最起码而言，大多数用这个"研究报告"恶毒抨击非处女的男人都是不懂英文的——面对这么一段貌似站在他们一边的黑色幽默，他们显得如此轻信和狂喜，甚至来不及看完和看懂就开始转载。

姑且不论英文的地位是否合理，但在一个英文被列入升学必修课的国家里，这段话被广泛转载起码说明多数喜欢抨击非处女的男人并非社会成功人士。

所谓的处女情结，归根结底是性忠诚的演绎。抛开处女情结不谈，男性实际上需要的是性忠诚，但是性忠诚是很难量化的。不过，舆论似乎替他们起到了监管的作用。

据罗宾·邓巴（Robin Dunbar）[1]的理论：语言的第一个功能就是传播流言蜚语，这或许能解释人们为什么总是着迷于谈论别人的行为。语言的进化为祖先铺平了一条获取信息的途径，帮助人们更好地获得谁值得信任的信息。

人们在竞争策略中也会很好地利用语言这一方式来吹嘘自己和诋毁对手，因为多数时候社会资源和选择权掌握在男性手中，对女性而言，散布对手的谣言是一种见效快、成效好的方式。所以你会看见网上无数的关于女明星年龄、身高、整形、滥交、潜规则、艳照的帖子，那就是两性基于演化的博弈战。归根结底，只要存在性吸引力，就一定存在来自他人的诋毁，诋毁往往围绕如何打压女性的性吸引力展开。

Note　|　[1]罗宾·邓巴：牛津大学生物科学所演化心理学与行为生态学研究中心教授，研究专长包括灵长类、有蹄类哺乳动物与人类的行为生态学，以及认知机制与达尔文心理学。

说到性吸引力，如果一个女性，能吸引更多的追求者，这说明你的稀缺程度和追求价值都特别高，这是一个身价上涨的过程；但如果你从这些追求者当中选择了与你最不相匹配的伴侣，则会让你的行情大跌。这是因为追求者和伴侣之间是有区别的。

那么，追求者和伴侣的区别是什么呢？"

我们目光很容易就会投向那个"嫁"字。嫁字是一个昭告，意味着你进入了更深一层的婚恋关系，同时拥有了合法的公开的性关系。"嫁"字背后隐藏的是什么呢？是性。曾经有和他在一起的可能，或者真的和他在一起了，在一起过，你都会由此而身价大跌。

在现实中，我们也可以看到，虽然婚前同居和婚前性关系已经被社会默认，但是离异女依然比未婚女难嫁得多。这其中合法性行为的拥有，不得不说是一个关键的问题。

大多数人的行为准则和出发点构成了道德和舆论。在许多社会中，未婚怀孕或流产仍然被构建为女性单方面的道德污点。当你不注意这些问题的时候，你会面对丧失名誉的窘境。而丧失名誉，会让你的身价大跌。

即使是在瑞典等相对开放的社会里，女性行为不端也会给自己的名誉成本带来极大的损失。名誉损失严重的女性更难成为男性的长期配偶人选。有时候，男性会故意利用这一点来逼迫女性就范，就像文章开头所说，一个**繁殖价值**（Reproductive Value）很低的男性，不知道用了什么手段接近了一个难得的**高繁殖价值**（High Reproductive Value）的女性，他迷惑她，让她怀孕，以便让她迅速跌落到和他匹配的程度。

来得太快的感情就像是彩虹

对于我们大多数人而言，白色只有很单调的少数几种，比如米白、乳白、灰白。不过生活在北极的因纽特人可以将世界上的白色分为 40 多种，在他们的眼睛里有 40 多种完全不同的白色。

多数人的爱也是含义单调的，一般来说，我们口中的"爱"都可以归纳为以下几个近似意思：

1. 我非常非常喜欢你，甚至于超过世界上所有人。

2. 我愿意长久地和你在一起生活。

3. 我现在愿意去看你的父母，并且期待跟你结婚，跟你一起哺育我们的儿女。

不过，对于少数因纽特人而言，爱是一种很丰富的色彩。

一个泡妞高手这么说过："我心里有很多种女人：有好感的、一夜情的、短期性伴侣、女朋友、长期性伴侣、情人，还有老婆。"

无独有偶，一个普通得无法再普通的男人在如何进化为一个泡妞高手的心路历程里这样陈述："我知道对女孩子说'我爱你'会更快获得和她性交的机会。但是一开始要让我对她们说'我爱你'是很困难的一件事情。我内心深处觉得这是一种骗术，是一种用来欺骗她们跟我上床的骗术，我无法跟她们说出这些句子。到后来我得到一位大师的指点后，就自然多了，因为大师问我：

'为什么不告诉自己你爱她呢？这不是欺骗，最起码你和她上床的那一刻，你对她的身体是热爱的，那就是爱她，你为什么不告诉自己你爱她？'"从此，他不停地对自己施加强化，到最后他可以对任何女人脱口而出"我爱你"。

我还认识一个第一次见一个女人就可以下跪求婚的男人。当然，这种招数他对不同的女人用过接近20次。啊哈，也许很多女人当时曾幸福得要晕掉。不过很明显，她们要过一段时间之后才知道自己被骗了。

很多泡妞高手都是这样成长起来的，更为关键的是，你并不知道这些人是否就在你身边。我的即时聊天工具上大概有1000人，男女对半开。为了这本书我试图征集一些泡妞高手来协助我答真心话，结果呼啦啦来了接近15人——他们是我通过各种渠道认识的，平时，他们就潜伏在我身边——如果你长得不错，他们应该也正潜伏在你的身边。

约瑟夫·卡佛写过一篇极其流行的文章叫《如何识别和摆脱Loser[1]》，里面非常详细地描述了会给人带来严重心理创伤的伴侣的行为。他的研究显示：如果你身边的伴侣有超过以下3项行为，那么毫无疑问他是一个破坏性的伴侣——Loser。

1.暴力。2.飞速建立感情和表达感情。3.非常可怕的脾气。4.抹杀你的自信，贬低你。5.切断你的外来支持。6.重复虐待你，重复拼命道歉。7.倒打一耙。8.对分手感到恐慌。9.催促你放弃外来兴趣。10.神经质的控制。11.公共场合打压你。12.让你相信你永远不够好。13.永远理所当然。14.你的朋友和亲人不喜欢他。15.讲述关于自己的坏故事。16.对服务生恶语相加。17.名声处于两个极端。18.让你不愿见人。19.自我为中心，自我膨胀。20.让你做出疯狂举动。

这些举动会引发什么问题呢？

Note | [1] Loser: 失败者。

1. 他们会把本来应该关爱、支持、理解的亲密关系变成电影中常常描述的那种"致命的吸引"。

2. 他们会伤害我们，伤害我们所爱的人，甚至摧毁我们对爱情的信心和希望，他们是在恋爱关系中给我们带来很多社交、情感和心理创伤的伴侣。

3. 你无法改变 Loser，他们的人格里有些永久的缺陷。他们一般是从亲人、家庭那里习得这些特性的，然后在自己的人生里照葫芦画瓢。他们有着极为强大的自我，永远不会认为自己有问题需要矫治。

4. 你的世界将会被他们所扭曲，自信和自尊被摧毁，陷入抑郁情绪甚至出现认知障碍，最后你不得不去看心理医生。

约瑟夫·卡佛在这些带有毁灭性的行为中加以最多描述的，就是"飞速建立感情和表达感情"的行为。实际上，确实有这么一小撮男性，他们通过快速的表白和情感表达来试图吸引你，让你迷醉，也许一星期你就可以听到他的求婚，在这样前所未有的强烈情感冲击下，你会很容易忽视他身上潜在的危险，一步步走向早已为你设下的陷阱。

正常人需要较长的时间来发展一段严肃的关系，尤其是男性，他需要做出种种利弊权衡，然后才慎重地向你求婚。因为对他来说，采取长期择偶策略是一件代价很大的事，几乎是他后半辈子的全部押宝——你相信自己是如此与众不同以至于他见你没几天就愿意和你厮守终身吗？至少我不信。

有很多小孩也许在童年时期埋下过不正常的情感种子，他们的父母也许自身感情内敛，也许因为太忙而经常忽视孩子的情感需要，以至于孩子渴望被拥有或者被宠溺的感觉从未被满足过。这种感觉后来变成了长期的渴望，即使长大，也会根植在内心深处，他们对强烈的情感有着病态的需求，以至于来不及辨认对方的意图就信以为真。直到对方从他们这里拿走了大量东西——比如性，比如对生活的热情，对未来的美好向往和愉悦的心情。

来得太快的感情就像是彩虹一样，炫目但很快会消失。很多把妹书籍会教导男人们用快速表白的方式来吸引女性。也就是说，如果他不是先天有缺陷，就是后天为了把妹而习得的技巧——而你绝不想要这样一个老公。

喜欢快速表白战术的男人很可能是在打赌。

相信你看到过男人因为一场球赛的门票或者一顿大餐而伪装真心，主动追逐某个女孩，直到那个女孩愤怒地离开，他才发现自己爱上了她——在现实中，后面半段是不会发生的，他会因为打赌而追求你，但到手之后他会异常厌恶自己的无耻，这种无耻也许会转化为逃避与自我逃避，但不会转化为爱意。

更可怕的不是打赌而是赌气。也许他正在面临被甩，也许正在面临被逼婚，也许他正打算找个女人以便得到房子，也许他只是难以忍受没有性生活……于是他迫切地需要找个女人来当替死鬼。

只因为他心里对你这个替死鬼有着歉意，所以他对待你的态度会格外认真——我们都知道，骗子喜欢强调"说真的""说认真的"，这是因为他们在试图说服自己的缘故。但这种"认真"和你本身没有任何关系，你只是碰巧被打中而已。而这种显得浪漫又有前途的恋爱，将很容易把你卷入一场可怕的灾难。

这么说吧，即使一个男人告诉你他爱你，这也不代表他想跟你一起共度未来。你需要先了解这个人，先了解他的"爱"到底是什么东西，是否包含了信任、承诺以及你们的未来。你需要先了解这些、考察这些，至少3个月到半年才考虑是否完全交出自己。而不是听到他告诉你"我爱你""我真的爱你""太渴望你，太需要你了"，然后你就跟他上床了。

没有任何男人值得你这么做。

看他如何评价前任，你就能了解他是怎样一个人

　　朋友介绍肖琼认识了一个年长她 12 岁、两年前离异的男人，叫 Steven。Steven 长相不错又当过主持人，所以肖琼对他的外在还是很满意的。约会几次后，肖琼发现，Steven 始终没有关心过自己，每次都只说他对前妻付出了多少，前妻的背叛让自己多么难过。Steven 每次都跟肖琼倾诉过去，而且一副走不出困境的样子，看起来也很疲惫。有时候肖琼跟 Steven 说："前妻已经再婚了，这一页已经翻过去了。"Steven 一拍大腿说："对！翻过去了！"可是过一会儿又说上了……

　　几次接触下来，肖琼觉得这 10 年的婚姻生活给 Steven 造成的心理创伤是隐性的，刚开始看不出，可是时间长就能发现 Steven 的心理状态已经出问题了。肖琼觉得 Steven 根本没有恋爱的状态，跟他在一起不像在恋爱，倒有点像心理咨询。

　　肖琼对 Steven 的前妻不了解，只听说她很美，身材很好，在电视台做领导。Steven 说前妻很不知足、很自私、心肠不好、小市民，说她对自己忽冷忽热，觉得自己像是鸡肋。

　　肖琼认为 Steven 的这段婚姻没经营好肯定自己也有做得不好的地方，应该从中深刻反省，并适当地做出改变，调整好之后才可以重新寻找自己的爱情。可 Steven 就知道指责前妻，一点都没有认识到自己的错误。

Steven 对肖琼说，自己不是对女生嘘寒问暖、耐心呵护和牵挂的类型，他不相信爱情，所以如果有一天肖琼遇到更好的男人，他就会自动离开她。即使他们勉强在一起，也未必合适，因为他不知道最终会跟肖琼走到哪一步。

肖琼年轻貌美、活泼好动。论家境，她家比 Steven 家有条件，又没有婚史，肖琼想不通究竟是哪一点让 Steven 觉得她配不上他。

每次跟 Steven 相处，她都把自己搞得筋疲力尽，常常情绪失落，患得患失。她从 Steven 那里得到的全都是负能量，但因为喜欢他，所以把一切都忍了下来。她想尽办法逗 Steven 开心，把他喜欢听的歌刻成碟，买礼物送他和他的家人；她怕 Steven 接送麻烦，自己打的来回；他忙的时候她从不打扰他；赶上 Steven 有空的时候，她几乎都是随叫随到，但如果她主动找他，却 10 次得有 8 次找不到……没有关心的短信和电话，即使是主动给他发，他也从来不回。在这场爱情里，肖琼总是处在被动的位置上。虽然总有人告诉她，付出就一定有回报，但女人的年龄是经不起拖的，她越来越怀疑，像这样傻傻地付出到底值不值得？

很明显，作为恋人而言，Steven 是不及格的。他完全没有做好开始一段感情的准备，始终陷在回忆里，并没有想要走出来的意思。他和肖琼的感情，也许是走累了，顺势就坐在绊倒自己的石头旁边懒得起来前进了。为了掩盖这种不思进取的态度，他为自己虚构了一个被辜负和被背叛的形象，并且将自己带入其中。

这类男人其实是很危险的。危险之一在于他们没有走出来就开始了新的恋情，这是一种对自己和恋人都不负责任的表现，而这种不负责任背后很可能还有一系列的伴随行为；危险之二在于他们过于高估自己的能力，想要借助新的恋情去剿灭旧的恋情，好比一个病人腿上打着石膏还想去跳舞，不光会伤害自己，还会伤害舞伴。在新的恋情中，他们会试图汲取对方身上的温暖，但是又没有足够的能量去回馈，这种不平等的恋情最后一定会导致对方受伤。而且在恋爱的过程当中，他们还会不时地拿现任和前任比较，用以回避自己的过失。除非现任特别懂得操纵他的情感，否则永远得不到一个完整的恋人。

在上面的这个故事中，为什么 Steven 觉得肖琼配不上自己，总是对她不冷不热呢？答案很简单，因为 Steven 还爱着前妻，心里并没有肖琼的位置。恨只是爱受挫后的表现形式。Steven 之所以恨前妻，很可能是因为前妻并不太需要自己，导致他的爱意无法投射出去，继而回转过来变成怨恨的形式。实际上，爱和恨是如此接近，很少有人能将它们区分开来。而肖琼心理上过于需要对方，使得 Steven 占了上风，于是在新的恋情中，他下意识地扮演了自己在前一段婚姻里所仇视的角色，他用扮演前妻来释放自己的不满。

实际上，从一个人对前任恋人的态度，可以看出很多东西。

比如说，如果一个男人告诉你前女友是因为太拜金而分手的，那么他可能是个不求上进的男人，抑或是个比较小气的男人。因为女友和他在一起的最初和最后，他的经济状况应该没有极端的变化，女孩一定是感觉到他的抠门和自私，或者在未来的经济上看不到任何希望，才会和他分手。

如果一个男人告诉你两个人在一起，最重要的是信任，前女友就是因为总喜欢调查才被迫和他分手的，那他多半有花心或者喜欢搞暧昧的毛病。因为他如果这么说，必定是因为曾经有女人不信任他，而她的前女友之所以会喜欢调查他，多半是因为他是个不值得信任的人。所以如果有人这么对你说，你可以告诉他：两个人在一起，最重要的不是要求被信任，而是努力做到值得对方信任。

如果他说前女友性格反复无常，那么这个男人可能比较喜欢说谎，因为性格反复无常这种情况一般都是被谎言欺骗给弄出来的。当女人发现可疑的蛛丝马迹，但是对方又指天画地地发誓，欺骗她，甜言蜜语哄她的时候，她就会开始怀疑自己的判断。在和自己的直觉做斗争的过程中，她会开始人格分裂——一方面努力说服自己相信对方，一方面她的直觉又时刻提醒自己不要相信这个男人。最后，她的性格便分化为两个极端。

一个男人一生中的恋人不会有太多的出入，他的恋人形象早在他青春期就已经被绘制出一个大致的蓝图来了。如果你觉得他的前任很难看，她应该比你聪明很多；如果她很漂亮，那她可能比你笨一些。面对恋人，不必自卑，不必骄傲。最重要的是，一开始就要选择那些没有深陷在过去之中的男人。对伤口没有痊愈的男人，不能急着扑上去，除非你自认为是一块创可贴。

当然，任何人都有过去，如果你已经想清楚要和他相处，那么请不要急着和他的过去拼个高下。倘若他提起前任，你可以温和地告诉他："我不想听。"表现得好像他是在谈论天气，不要做出吃醋的举动，也不要大惊小怪。当他无法在你这里得到任何反馈时，对方的这种行为会自然消退的。

如何对待毫无诚意的邀约

有个女孩问我："请问一个男的初次见面就想方设法带你去开房，应该怎么谢绝又不伤面子？"

很明显，她遇到了一个毫无诚意的男人。这么直截了当，摆明了就是觉得这个女孩不值得他有任何付出，他只想和她搞一夜情，像买张彩票一样播个种。

他对女孩的态度，就好像我们对并没有兴趣购买或买不起东西的态度一样。老板吆喝："来买这个吧！"你问："多少钱？"他说："100块。"你不想买，又碍于面子怕对方觉得自己没钱，于是会还价："10块你卖吗？不卖算了。"就算他真卖你10块钱，你也不会有太大损失。

男人对于没有多大兴趣的女人，也是这样的，随口杀一个低得不可思议的价，看看对方愿不愿意。你答应，他会很高兴，但是他会看不起你，因为他觉得你毫无价值。

女人也有类似的做法，面对追求自己而自己又不喜欢的男生，会说："我们做兄妹好了。"一个男生在这种情形下答应了和你做兄妹，你会看得起他，会感动吗？不会，你甚至还会觉得他傻。

当一个男人没有主动、热切、认真地追求你，反而迫不及待地表现出自己的性欲的时候，他绝对不是在找老婆（采用长期择偶策略），而是在想如何找个傻妞解决自己的性欲（采用短期择偶策略）。就好像你在恨嫁的时候，会迫不及待地想找个人结婚，而不在乎对方是谁一样。这样的关系不能给被惦记的一方带来任何好处。

所以，完全不用顾虑对方的面子，直接说"不"就好了，他既然做出这样的事，摆明了就是不打算要面子。面对这种事情，直截了当地拒绝并不会为你招致任何灾祸，因为他一定被拒绝惯了，反而是吞吞吐吐更容易引起对方的轻视。

美国帕蒂·斯坦格和丽莎·曼德尔两位作者曾合著过一本书——《嫁对人，决定女人的一生》，在这本书里讲到一个很有意思的事例，也是关于一个没有诚意的男人的。这个事例是这样的：

有一个叫 Sandy 的女孩，去相亲的时候遇到了一个身材魁梧、长相不错的男人，而且这个男的还是个成功人士。他们发现彼此有特别多的共同点，非常惊喜。

第 1 次约会，这位男士对她特别好，开车接她去她最喜欢的餐厅用餐。然后两个人开心地大笑，手拉着手，深情地凝视对方，直到约会结束的时候，这位男士说"回头打电话给我"。当时这个女孩觉得不对劲，但是她没有往坏的地方想。

之后过了大概一个星期，这位男士才又打电话给她。这已经说明这位男士一直在不停地换人，因为一个星期以来他不可能没有跟别人吃过饭。

第 2 次约会就显得草草了之，这位男士在约会结束的时候就提出想要和她一起过夜。Sandy 吓了一跳，她很甜蜜但语气很坚定地说："除非我们两个人已经确定关系，否则我不会和你发生关系的，我觉得我们两个都没有做好准备。"然后这个男的就消失了。

两星期之后，Sandy 接到这个男人打来的电话，他说："你为什么从来都不给我打电话，到底是怎么回事？"Sandy 很冷静地说："我是一个很传统的女孩，不太习惯给还没有确定关系的男人打电话，因为我怕打过去的时候你正好和别的女人在一起，这样不太方便。"

她这一招是非常到位的，天真柔弱的语气恰恰满足了男人的心理，但这个男人不是真心要找老婆，而只想跟她玩玩。于是他大叫："难道说只要我们没有确定关系，你就不会跟我上床，甚至连电话都不会打给我吗？""天哪！你的规矩太多了，对我来说你太难伺候了，再见！"

在我们这个含蓄的国度里，大多数寻花问柳者不会这么做，他们会哀怨地告诉你："噢，我对你是真心的，但很遗憾你竟然对我完全没有意思。"或者说："我真的觉得你不错，你不想多了解我一些吗？"或者他们会故意板起脸说："如果你这么不通情理，那么我们连面都不要见了。"

不过请你放心，他们一定早就被拒绝惯了。你大可坚定地拒绝他，这不会给你带来任何麻烦。你只要坚定而又大方地拒绝就好。如果实在不想开罪对方，可以说："我很感谢你对我的好感。不过我是一个很传统的女孩子，只愿意和老公发生肉体关系，我希望我们能保持普通的朋友和工作关系。如果你继续现在的作为，我们就没什么好谈的了。"

一个漂亮的女孩，会遇到非常多的类似情形；即使是普通的女孩，年轻的时候也往往难逃这样的命运。遇到第1个时，可能会觉得这个人心理变态；遇到第2个会觉得好像哪儿不对劲，男人都是这样子的吗？遇到第3个的时候，觉得反正男人都是这样子的，我还不如就从了他吧。

但请注意，好男人会安安分分地守着自己的那个伴侣，他不会来招惹你。只有猎艳者才会到处拈花惹草，而且一个人会招惹很多女人，所以说哪怕连续遇到10个这样的男人，都是很正常的事情。千万不要因为见多了猎艳者，就开始怀疑男人都有毛病。男性和女性进化策略的本质是不同的，这种不同决定了男性更容易主动进攻，决定了男性更喜欢拈花惹草。

这是为什么呢？进化生理学家告诉我们：在人类的求偶阶段，如果潜在的配偶在资源和承诺上有所欺骗，那么女性付出的代价要大得多，而男性则相对要小很多。如果一个男性误会了对方对自己有意思，那他最多也就浪费了一点时间；但是如果他错过了一个女性，很可能就错过了繁殖的机会。与后者的损失相比，前者的付出显得那么微不足道，所以男性总是喜欢向女性发出进攻和邀约，反正被拒绝也无所谓。

回到我们之前的话题，想让一个男人显露出自己的本性和目的，相处的最初阶段是最好的时机。倘若男人不愿意为这个女人付出，但是他的性欲又很旺盛，想找一个床上发泄的对象，他就会试图投机取巧，逃过追求中应该付出的艰辛直接和你上床。他会希望你打电话给他，追他，为他把一切都打点好。如果一开始就这样相处下去，你又迫于他的威慑力而选择跟他继续，那么你永远不会得到求婚。即使他向你求婚，你也无法得到一个丈夫，只会得到一个比你大好多岁、脾气很暴躁甚至可能打你的、特别自私的"儿子"。如果你根本不在乎把他当作你的"儿子"，那你就完了，你的一辈子就会葬送在伺候"儿子"上。相信我，这样的生活是谁都没法忍耐的。

在正常的两性交往中，女孩如果显露出主动的特质，那么相当于是在暗示对方"我并不是一位难得的女孩"，这样男人便不会珍惜你。即使他一开始是想好好和你发展，但你的主动会破坏整个局面。一开始保持被动，仅用眼神或者小小暗示来对待对方，是你最好的选择。倘若他一开始就对你毫无诚意，那么赶快离开这个人，不要妄想他有任何改变。

爱你的人和你爱的人分别在什么时候出现

在镇上，只要提起叶家，无人不晓。

叶家的出名，并不在于他们有多少财富，有多高的地位，而是当家主子叶文山的 8 个老婆。

没错，8 个，和韦小宝的媳妇一样多。

但叶文山并不像人们想的那般幸福，镇上的人经常看到他耷拉着脑袋经过。

叶文山的大老婆是远近闻名地厉害，要不是当年她独具慧眼，帮助叶文山投资，叶家也不可能有今天首富的地位。

婚后的第 3 年，二老婆进门的时候，大老婆曾试图用跳井自杀的方式抗争，被娘家人制止了。此后在叶文山的苦苦相求下，她才默许了此事。

但大老婆和二老婆的战争，足足延续了 5 年。直到叶文山不堪其扰，又纳了一房小妾。

三老婆的到来，让二老婆突然没了声，男人的宠爱，原来不会长久地给她一个人。

大老婆的态度，也是看得出来的，她和这位三老婆私下里交情好得很。也是因为三老婆的存在，叶文山对大老婆的态度也好得多了。整个家族里，唯一不快乐的，恐怕就是二老婆。

世上只见新人笑，哪闻旧人哭。不到一年，叶文山又花了不少银子从青楼赎回来一个小妾。这个小妾可是不得了，琴棋书画样样精通，还能吟唱几句风雅之词。叶文山自然对她爱得紧了，从而冷落了三老婆。

于是，沉寂多时的二老婆很自然而然地和四老婆结成了好姐妹。

此后叶文山纳妾的速度一个快似一个，很快"后宫"里面塞满了8个老婆。

奇怪的是，大老婆总和三老婆、五老婆、七老婆形影不离；二老婆总和四老婆、六老婆、八老婆情同姐妹。

古时候华丽的后宫里，老婆、妾、嫔妃们的斗争是很激烈的。如你们所想所见，大老婆会非常痛恨二老婆，因为二老婆夺走了原本只属于自己的宠爱份额，但是这个僵局如果被三老婆打破，大老婆会自然与三老婆结成一派来对付二老婆。

利用海德（F.Heider，1958）[1] 的平衡理论，我们很容易理解大老婆、二老婆和三老婆之间的纷争。海德认为，在人们的态度系统中存在某些情感因素之间或评价因素之间趋于一致的压力，如果出现不平衡，则倾向于向着平衡转化。三者都相互持否定态度的这种模式就是不平衡状态，它会以"费力最小原则"向平衡状态进行转化。通俗一点说，敌人的敌人是朋友。三老婆抢走了二老婆的专属宠爱，自然而然也就成了大老婆的朋友。于是，当四老婆出现的时候，二老婆和四老婆又会自然结盟。这样延续下去，五老婆也会自然而然地与大老婆和三老婆在一起，六老婆则变成二老婆、四老婆那一

Note | [1] 海德（F.Heider）：美国心理学家，1946 年提出平衡理论（P-O-X 模型），1958 年因提出归因理论而闻名。

派的人。

用这个例子似乎不是那么妥当，但遗憾的是我找不到一个更合适的类比，使得大家可以明白1、3、5与2、4、6分别具有一致性和延续性。它们的轮换交替，也适用于恋爱之中。如果你能理解这种1、3、5和2、4、6法则，就可以避开那种需要你付出很多，回报却很少的爱人，避开"铁石心肠"的人，还可以避开一部分专业感情骗子。

恋爱中我们会发现什么规律呢？初恋时，我们选择的第一个对象往往是自己所爱的，当这个爱人伤害了我们，我们就会自然地找一个爱自己的来舔伤口，在爱自己的人身上汲取足了力量，再去找自己所爱的人。于是，我们的1、3、5是自己所爱的人，2、4、6则是爱着自己的人。在一场场惊艳的恋情中我们耗尽了热情，于是我们找个温暖的怀抱，歇歇脚继续出发。

人类本身具有互助和利己的本能特性，尤其是家境优越或者本身比较优秀的孩子，他们天生会得到更多的宠爱和爱抚。这样的人很容易具有拯救意识和均爱意识，因而他们会更容易吸引并爱上这些意欲汲取他们能量的人。如果留心观察，你会发现一些人和事贴合描述的实例。比如小小超李泽楷，他家育子的家训是"只要孩子发出第一声哭叫，必须有人把孩子抱起来哄"。可想而知李泽楷小时候也应该是在同样的教育和关爱中成长起来的，因此成年后他更容易爱上灰姑娘而不是门当户对的佳丽。

不知道你是否注意到，猎艳高手的一个显著特点，就是巧妙地利用女孩子的同情心，向她倾吐孤傲的自己曾经经历的惨痛家史或者初恋来唤起对方的爱意，以便控制对方，使对方成为自己的禁脔 [1]。

Note ｜ [1] 禁脔：禁是"禁止，是皇家专享"。脔是"肉"的意思。禁止染指的肉，可以说是最美的肉，是皇帝专享的。比喻珍美的、独自占有，不容别人分享、染指的东西。

当然，我们前面的 1、3、5 是泛指，或许你的 1 是你爱的人，2、3 都是爱你的人，你在 2、3 身上汲取到足够的能量，然后再去爱 4。

如果你能早些时候意识到自己在之前的生活中埋下的不良习惯并加以纠正，你就更容易得到美好的不极端的恋情，而不极端的恋情往往比极端的恋情更容易幸福和长久。

带有口腔型人格[1] 的吸血恋人

口腔型人格是我国的吴至青博士和美国的赛安慈博士基于灵性与疗愈学而提出的概念。本节内容引用了他们大量的著作内容。

需要说明的是，之所以引用里面的文字，是因为两位博士基于灵性的推理与我们的最新科技研究相吻合。

最新科技研究发现：人们恋爱时那种飘飘欲仙的感觉是因为体内多巴胺[2]分泌的结果，而多巴胺的受体匮乏（也就是感受不到太多恋爱快感）的男性，比较容易倾向于不断寻觅多个性伴侣，因为全新的陌生伴侣对多巴胺的提升要远高于与熟悉伴侣的性行为。而多巴胺受体匮乏的另一个结果，就是他们很难从进食中得到快感——因此，他们更倾向于通过大量的口腔活动来平复焦虑乃至得到满足感。

两位博士认为：具有这种性格的人很多是由于婴孩时期没有得到足够的抚触和饮食，或者被过于苛责所致。

这些婴孩强烈抗拒被人拒绝或遗弃，并具有一种负面的意念，认为别人有

Note | [1] 口腔型人格：心理防御模式都跟口腔有关。
| [2] 多巴胺：一种化学物质，由脑内分泌，可影响一个人的
| 情绪。

而我没有，因此别人理所当然应该给我，"我"是被剥夺者，是受害者，"我"不应该给出去，只应当收回来。

成年后，这种负面意识进一步成长为自我保护的方式，最后演变为贪婪。他们会很快进入一段感情，而且表现出自卑感和依赖对方的情绪，容易有各类口腔成瘾倾向（贪食、抽烟、酗酒、喝咖啡成瘾），做事非常着急。这类人也会对外呈现被美化的自我——"我很强大，我不需要你，我足够优秀"，同时又放出另一种信号"我不主动要求，但你应该懂得照顾我、关注我"。

在两位博士的著作中对拥有这类口腔型人格的人有一个白描：他们无法吸收地球能量以达到自我满足，所以他必须随时从别人身上吸取已经消化的能量来滋养自己。他们的表现并不讨厌，甚至会主动服务他人，但是他们的服务和友好并非发自本心，而是潜意识里渴望得到回报所致。而且他们的语言中经常含有试探性和侵略性，还有多话的倾向，你会觉得和这样的人在一起很累，整个人像是被掏空。究其原因，因为他的心里一直有个声音告诉他"不够，不够"，他会一直向你索要，当他感觉到被爱的时候，会显得像充电一样有精神，生命因而完整。

需要注意的是，两位博士提到一个很重要的问题：没有任何一位母亲能够随时满足婴孩的所有需要，有时是因为时间不对，有时是因为母亲忙着做别的事情，或者孩子看似吃饱了却没有吃饱。虽然两位并没有对此加以进一步阐述，但实际上我们应该可以想象到：我们每个人都会因为婴孩时期的经历而或多或少地具有口腔型人格的行为倾向，而且成年后我们这种潜在倾向总会通过付出与得到来轮流表现。

至此，我们应当更容易理解富家女青睐有骨气的穷小子，白马王子爱上灰姑娘的故事。因为他们比较富足，所以更容易成为口腔型人的"猎物"。从另一个角度来说，他们也许也有着口腔型的倾向（注意我上面提到的"没有任何一位母亲能随时满足婴孩的所有需要"），当他们有足够多的资本，他们则会试图去"挽救"落难中的"同类"。童年时期没有被满足的需求会变成成年时期恋情问题的隐患，使此人很容易和口腔型人格的恋人交往或自己成为口腔型人格的人。

如何识别这类人呢？

从外形上来说，这类人一般都有口腔成瘾倾向（抽烟、酗酒、唠叨），很难自我控制；他们喜欢被触摸，通常个性随和，喜食面条类等不需要咀嚼的食物，并且厌食青菜。从相处上来说，和他们相处你会很累，因为他们总是在要求你付出，甚至用罪恶感来胁迫你付出，比如"如果你不××××，那就是不爱我""你竟然××××，看来你没有我想的那么爱我"。另外一方面，他们会在认识不久就迅速地表达爱意，急于抓住你不放，很遗憾的是，这通常会让被爱冲昏了头脑的人理解为一见钟情。他们在相处中会重复告诉或者暗示你"我很需要你"，即使你有想要离开的感觉，他们也会紧抓你不放。这种紧抓倒不见得是口头言语，很可能他们口头上说不需要你，随时可以找到更好的，但你却像被操纵的木偶一样无法离开。按两位博士的说法，这是因为他们的上腹部太阳神经丛伸出一条或数条无形的管子或袋子，通到你的上腹部吸空你的能量，牢牢抓住你不放所致。

女孩们应当注意什么？

对于女孩而言，你需要小心提防对你讲述离奇悲惨历史的家伙，他们如果不是巧妙利用你的同情心达到卑鄙的目的，那他就多半具有口腔型人格，无论如何不是一位佳侣。当你险些被打动的时候，不妨想象一下这样的情景：他正从上腹部伸出一根管子，跃跃欲试要伸到你的上腹部吸取你的能量呢！另外，在接触的初期，女孩也应该警惕那些快速表白的人，如果你不是一位十全十美有着上千位追求者的大美女，他也不是低龄少年，你就应该相信他在见到你之前已经对很多异性这样表白过了，而她们居然都离奇地没有接受！另外，如果她们接受了，那他又是如何甩掉她们的呢？啊哈，这类人通常都具有"不够"的本能冲动，所以才会采取快速表白的手段试图套牢异性。当你接受了他，他的"不够"会让你更加崩溃，因为你能够给予的只有那么多，他需要的却超出你的支付能力，这将会导致你心力交瘁。

无论男孩女孩，都应该离容易自怨自艾的恋人远一点，因为他们很可能具有口腔型人格，怨天尤人的行为是由内心的不满足造成的，并不会因为你们恋爱而有所改变。

Chapter 4

谁为性福埋单

To Know Him
Is to Love Him

女人对婚姻的期许与男人对性的渴望并无二致。常把结婚挂在嘴边的女人会把男人吓跑，就好像男人急色的模样会让女人望风而逃。因此，想要得到男人的婚姻，女人应该在性上表现出和男人对于婚姻一样的谨慎态度。就好像男人想要性的话，会表现出对婚姻的期许一样。

男人对婚姻谨慎，女人对性谨慎

整个医院里，只有妇产中心这一幢建筑是粉红色。

来到这里的求诊者与去其他几幢建筑的求诊者截然不同，她们多数都喜气洋洋，诊室里到处都洋溢着幸福的气氛。

在幸福的主音调中，也会有个别不和谐的音符，比如角落里羞怯的May。May今年只有17岁，第一次性行为就中标了，这让她和同班的男友手足无措。由于May的同学曾经在小诊所大出血过，所以May坚持要来大医院检查。

他们瞒着父母向朋友们借了800元钱，悄悄地来到了这里，用假名挂了号。此时此刻，他们正躲在角落等着喊号。

Celine也是不和谐音中的一员。

此时此刻，她正在医院的长椅上焦虑地等待化验结果，这是她第三次来医院求诊了。他们结婚5年，却一直没有自己的孩子。双方家长都很着急，催促他们前来就诊。

她的丈夫查过精液质量，结果是完全没有问题。于是大家都认为问题应该是发生在Celine的身上。Celine前一次来就诊的时候，医生让她月经干净后再来，于是她苦苦等候了20天。昨天来的时候，医生又说让她次日空腹抽血检查，于是Celine只得三顾茅庐。

人类是很奇怪的动物。几乎除了人类之外，每个物种都有自己的不孕期，在此期间的性交不会导致怀孕。而人类的不孕期隐藏得如此之深，以至于连女人自己都不得而知。某艺人戏称：就算一个成年女人已经和月经相处了十几年，她还是无法算准下一次的第一滴血是何时。实际上，不光是月经的问题，直到一个女人绝经，她都无法知道自己什么时候开始排卵，什么时候更容易受孕。

演化生物学家告诉我们，人类之所以把不孕期掩盖得如此之深，是由她们的进化策略导致的。有一种理论认为，由于两性的生育投资不对等，女性依靠这个来拴住男人，以便让他们对自己和后代进行更多的投资。重要的是，我们人类并不了解自己的身体。我们基于演化而得出的最佳受孕期，和我们理想中结婚生子的日期并不是那么一致。

这让女人经常会怀上并不想要的"不速之客"。

英国著名小说家弗吉尼亚·伍尔夫（Virginia Woolf，1882—1941）曾经提出过一个很有意思的观点：假如莎士比亚有个同样才华横溢的妹妹，她会怎样呢？也许她像哥哥一样，混迹于小酒吧寻欢买醉，从中得到文学灵感。但她会因此而成为大文豪吗？很显然不会。她的结果只能是被人欺骗怀孕之后疾病交加，名誉扫地，大着肚子，凄惶地在一个风雨交加的夜晚死去。

实际上，完全不需要远远地退到我们祖先的年代，只要退回去50年，在安全套并没有普及的那个年代，性交就是一种会产生严重后果的行为。那时的女孩们会采用各种奇特的方式来避孕，她们不惜服用微量水银，甚至吞下50只活蝌蚪，因为据说这样可以避孕。

不过，正如女孩子们都知道的那样，即使她们愿意吞下10,000只活蝌蚪，愿意服用水银，也不是万无一失的，性交可能导致无数严重的后果。在还没有所谓的"无痛人流术"的日子里，她们如果怀上了"不该存在"的孩子，就得任凭冰冷的利器将自己的下身搅得血肉模糊，痛得死去活来。

怀孕所导致的严重后果迫使我们的祖先严格采用保守贞洁的做法。尤其是在食物短缺的时代，女人需要更加严格地审视男人，在确认他愿意长期抚养自己的孩子之后才与之交配，一个不挑剔、喜欢与异性发生无保护性行为的女性祖先，需要承担非常严重的恶果，比如更容易感染疾病、被不负责任的男人抛弃等。并且因为自然环境是如此险恶，她们没有办法独立抚养孩子，她的孩子很可能早夭，她身上的基因也就随着时光湮灭，她不可能成为我们的祖先。人类的行为习性是在祖先的白骨堆上累积成型的，不合格的个体早就被淘汰殆尽。

美国生物学家乔治·威廉斯在他的《适应与自然选择》一书中曾经阐述关于两性择偶策略的话题：对雄性来说，交配意味着极少的体力支出和片刻的欢愉；而雌性则明显地要为交配的后果负更多的责任。这种不平等的现象决定了雌雄性行为的显著不同。雄性有很强的交配欲望，雌性则更为克制和谨慎，这是由自然选择所决定的，而不是由个体品行所决定的。

这有点像是一起做买卖，投入更多的一方肯定比另一方更谨慎，而我们都知道雌性明显比雄性付出得多，这导致了两性择偶策略的不同。

男性不愿意结婚的理由与女人的守贞类似，倘若他们得在长期择偶策略中对孩子进行大量的投资，婚姻就很重要，如果他们轻易给出承诺，这意味着他们的孩子将不会具备太多的竞争力。

女人对婚姻的期许与男人对性的渴望并无二致。常把结婚挂在嘴边的女人会把男人吓跑，就好像男人急色的模样会让女人望风而逃。因此，想要得到男人的婚姻，女人应该在性上表现出和男人对于婚姻一样的谨慎态度。就好像男人想要性的话，会表现出对婚姻的期许一样。

非持证性爱中女孩需要付出什么代价

女人的一次未婚或婚外性爱会导致什么后果呢？

1. 被男人抛弃

进化很强大，但进化并不完美。更何况，进化是缓慢的、滞后的、无道德判断标准的。人的基因进化得太慢，或者说，落后于这个时代，它并没有告诉我们如何面对"多半不会产生后果的性爱"的最佳策略。

在面对最后一步时，很多年轻女孩子心里那一点说不出为什么的疑虑就这样被男友打消了："放心，我们该做的措施都做了，不会怀孕的。"

当然，也许她的疑虑并没有被打消，只是当时她也拿不出什么有力的可以反驳他的依据。我们的潜意识里埋藏着一个强有力的防卫机制（详见第七章），但这个防卫机制还没有进化到可以告诉我们如何处理这样的状况。于是在避孕套的横空出世下，在男人迫切的要求和温柔攻势下，它突然失灵了。

有一个笑话说：两个好哥们儿甲和乙，甲没有工作，就请乙帮着找，乙告诉甲去做个人流就能有工作了。甲不解，乙用这句广告语解释——广告上不是说"今天做人流，明天就上班"吗？这个笑话里很显然包含了一种"失谐——解困"的框架。首先，现在的广告都把堕胎吹得跟通便一样简单；其次，男人根本不会怀孕！

承担性交后果的一定是女人。尤其是未婚先孕，在承担身体痛楚的同时，女孩子还需要承担心理的痛苦、耻辱和尴尬。事实上，很多人问过我："我年少无知的时候怀孕过，现在我要结婚了，应不应该把这样的事告诉我老公？""我流产了，又分手了，我已经没有勇气生活下去了，怎么办？"

2. 人工流产

不是有避孕药吗？好吧，就算有吧，我们来看看还会发生什么。

如果你能每天坚持在同一时间服用避孕药，那么你"中奖"的概率将低于1%。专家对此的解释是，假设100个女性一起服用避孕药，1年的时间内，最多会有1个人发生意外怀孕。这个数字看似很小，小得让人抱着极高的侥幸心理。但是只要你把这100个人想象成你、你的同学、同事和身边的其他女性（相信你不会只有100位亲近关系的女同胞），让你来指派其中一位负责去流产（服用避孕药后怀上的胎儿，医生是不建议要的），你不会感到莫名地恐惧吗？

实际上，我国每年有1000万女性进行药物流产，1300万女性在公立医院进行人流手术，而这还不包含在私立医院做流产手术的数据。据我国计划生育、生殖调查公报显示，我国平均每4位孕妇中就得有1位去做人工流产。在20～24岁的女性中，57%有人流史。

你真的以为，这些事情都只会发生在别人身上吗？

3. 各类疾病

进化似乎总是在阻碍女性的性行为，也许因为她们性行为的成本实在太高了。一次怀孕，她得吃300个汉堡才能补回消耗的能量。

在性的问题上，女性感染各种疾病的概率是远远高于男性的。对于女性而言，性行为不光会导致怀孕，还会增加罹患妇科病的危险，妇科病可能会导致癌变。对于过早发生婚前性行为的女性而言，如果没有注射过宫颈癌疫苗，那么这种疾病很容易便可以找上她们。

如果她的血型碰巧是 AB 型 Rh 阴性，那么一次无防护措施的性交，她的孩子个个都会面临得上新生儿溶血病的危险（他们甚至会由此导致心力衰竭而最后死去）。而多次接受人工流产肯定会影响未来的怀孕和生育，在中心妇产医院里，医生都不建议怀孕女性做终止妊娠的手术。

如果有一方有艾滋病，事情就变得更加微妙了。在无防护性交中，男传女的感染率是女传男的两倍。

这很容易理解，艾滋病必须有体液交换才能传染，男性的精液里有一定量的病毒，而且病毒数量比女性阴道分泌物中的要多，性交过程中他的精液保留在女性身体里，所以病毒进入女性身体的机会就更多一些；而女性阴道分泌物所含的病毒比较少，而且在性行为结束以后，女性的分泌物并没有大量地保留在男性的体内，这样男性感染的机会就会少一些。

除了艾滋病，还有很多两性疾病存在于这个世界上。1920 年在安徽亳州发现的年代久远的《华佗神医秘传》手写本，其中有 15 种治花柳病的处方。花柳病是什么？花柳病是梅毒[1]。男性一期梅毒与女性发生性关系的话，女性"中招"的概率高达 60% ~ 70%，即使使用避孕套，仍有 30% 的失败率。

Note ｜ [1] 梅毒：是由苍白（梅毒）螺旋体引起的慢性、系统性性传播疾病。主要通过性途径传播，临床上可表现为一期梅毒、二期梅毒、三期梅毒、潜伏梅毒和先天梅毒（胎传梅毒）等。

如何巧妙回应男方的性要求

看看生活中非常眼熟的买卖东西的情景吧。

我：老板，这条毯子多少钱？

老板：500块。

我：天哪，你不是在和我开玩笑吧？这东西居然500块？

老板：（没有底气地）好啦，算你300块好啦。

我：你开什么国际玩笑，我同学前几天买了一条一样的，才100多块。（我真有这样的同学吗？当然没有）

老板：100块不可能的，至少180块，我不赚钱给你。

我：（装作要走）我诚心要的，你却一点诚意都没有，那算了，我去看看别家吧。

老板：回来回来，120块卖给你。

在很多男女关系中，我们会见到很眼熟的桥段：

男：亲爱的，给我好吗？

女：不，不要，我还没有准备好。

男：不会吧，你真爱我吗？（灰心地）原来你没有我想象中那么爱我。（看，这就是销售中著名的"装作大吃一惊"法）

女：可是，我不想那么快发生关系。

男：我们都交往 3 个月了，我想深入了解你一些，让我们的关系更亲密，难道不可以吗？（继续做吃惊状）再说了，我是真心喜欢你的，我们都交往这么久了。很多人是一见面就做爱，我爱你才愿意为你忍耐这么久。

女：万一怀孕怎么办？

男：当然不会怀孕，我都用避孕套了，你知道用避孕套有多难受吗？你忍心让我憋坏吗？你忍心让我去找别的女人吗？

女：（找不出反驳理由，默认）……

然而，一个聪明的老板会怎样做？

我：老板，这条毯子多少钱？

老板：500 块。

我：天哪，你不是在和我开玩笑吧？这东西居然要 500 块？

老板：美女，其实我知道你识货，存心开我玩笑呢。这东西是从澳大利亚进口的，这样漂亮的毯子在商场标价 2000 多块呢。我们小店，本小利薄，所以才这么便宜。

我：可 500 块也实在太贵了。

老板：美女，我给你介绍下这种毯子吧，买不买没有关系。这种毯子不是普通的毛毯，它是纯羊绒的，手感好，不脱毛。羊绒你肯定知道啦，一件羊绒毛衣就得上千块，更别说是这么大的一条毯子。

我：我同学买过一样的，才 100 多块。

老板：我知道哦，我们以前都用仿制品和正品对比着卖，仿制品确实要便宜一些，这里是因为只剩下最后一条了，仿制品也早拿回家了，不然你就知道真品和仿制品的区别了。如果你诚心要，我可以给你便宜80块钱。420块给你了。

我：400块，400块我就要了。

老板：（为难地）好啦好啦，给你啦，以后要帮我多宣传宣传。

实际上，我并不知道这东西是不是从澳大利亚进口的，我也不知道它在商场是否有售，我更不在乎它是不是纯羊绒的，但我美滋滋地拿着它回去了，还自己觉得占了个大便宜。

聪明的女孩，你知道怎么回答了吗？

男：亲爱的，给我好吗？

女：不，不要，我还没有准备好。

男：不会吧，你真爱我吗？（灰心地）原来你没有我想象中那么爱我。

女：哈，其实你知道我爱你，故意逗我呢！你也是真爱我，但也不会愿意马上结婚生小孩，对吗？

男：这时候谈结婚太早了点吧？

女：这时候发生关系也太早了点！

男：我们都交往3个月了，我想深入了解你一些，让我们的关系更亲密，难道不可以吗？再说了，我是真心喜欢你的，我们都交往这么久了。很多人是一见面就做爱，我爱你才愿意为你忍耐这么久。

女：一见面就做爱的那是一夜情啊！你怎么能把我们之间的感情和一夜情相提并论呢？你知道，我需要的是一个和我白头偕老的男人，是我未来孩子的父亲。如果他暂时还没有能力承担我们的未来，我觉得发生关系太早了点。如果我们已经相处得很好，有谈婚论嫁的准备再说吧。你想，万一我怀孕怎么办？

男：当然不会怀孕，我都用套了，你知道用套多难受吗？你忍心让我憋坏吗？你忍心让我去找别的女人吗？

女：如果一个男人 3 个月没做爱就会去找别的女人，那么在我怀孕生子的 10 个月期间他一定会出轨，我没有办法保证自己每时每刻都能满足一个男人，我和这样的男人没有任何交往的兴趣。再说，我刚才问的是万一，万分之一的概率，你既然说不会，那么你敢用这万分之一和我赌万分之九千九百九十九吗？如果我怀孕，我们就马上结婚生小孩？

男：（丧气地）算了。

根据著名的**亲代投资理论**（Theory of Parental Investment），对性投入较少的性别（往往是雄性）负责与同性竞争，而对性投入较多的性别（通常是雌性）负责挑选孩子的父亲。

同性竞争（Intersexual Competetion）在几乎所有动物界的雄性身上都十分突出，它们好斗、冲动、死亡率高。对人类而言，无论在哪个年龄段，也无论是内因还是外因，男性的死亡率都高于女性，他们平均寿命也比女性短。然而尽管雌性占了挑选的便宜，但雄性的亲代投资如此之少意味着雌性没有办法防止雄性在交配后抛弃自己。所以，最好的保护自己的方法是在交配前让雄性做出承诺或者大量投资。

最好的性交承诺当然是婚姻。

事实上，在相对封闭的社会中，婚前守贞的婚内性行为也是最好的婚姻保障。不过，在风气相对开放的社会里，这样的行为并不见得奏效。当你本身并不具有极高不可替代性的时候，男性很容易转拜在其他女性的石榴裙下。盲目争取大量投资也并不现实，因为那些适婚年龄段的男性年龄并不大，他们是很难拥有大量资源的。

所以，女性受骗是很难完全预防的。在性这个问题上，男女本身是不平等的，自然界也是如此，或雄或雌，总有一方负责承担多数的孕育机能，而另一方正好搭便车。可是，你为什么要让他搭便车？为什么要让他在你需要冒那么大风险的情况下不用冒任何风险地得到你呢？

你需要知道，在一场性行为中，你需要冒的风险是他的数十倍。即便是他对你全心全意，答应你的所有要求，他还完全有可能发生意外身亡。你愿意怀上一个注定会失去父亲的孩子吗？你愿意为了一个不够格做你孩子父亲的男人怀孕吗？事实上，无论你愿意不愿意，倒霉的概率都残酷地存在着。

有3点预防措施可以减少你受骗的可能。

1. 在一开始就避开有着借口离开你的男性，如"我很快就会调动工作""我有女朋友""我没有准备好开始一段感情"。在交往的一开始，你就应该告诉他：我们是以结婚为前提交往的。

2. 你应该考验对方的耐心，发生性行为前最好能有3~6个月的相处时间来观察对方。

3. 发生性行为前必须得到男性的承诺。他必须知道，你们发生性关系之后，他就不能再和其他女人往来，暧昧都不可以。如果不小心怀孕，他必须能够承担马上结婚并让你把孩子生下来的责任。

如果他对此毫无疑义，那么你可以和他交往，如果他说实现起来确有困难，那么请你赶快换一个对象。你的卵子是如此珍贵，黄金择偶期是如此短暂，扑上来的男性是如此之多，这意味着拒绝大多数男性对你而言是必须做出的抉择，这个没了，还会有下一个。

当然，倘若你自认是一名成熟的女性，能够承担上述的所有风险，那么你完全可以享受性的愉悦。谁说你不能呢？如果他坚持说：男欢女爱，你情我愿，两不相欠。那么总会有还没读过此书的女人存在。

在需要承担的风险如此之多的情况下，如果他要求和你发生性关系，请你这么告诉他："在这种没有婚书的两性关系中，我得不到任何关于未来的正面和积极的影响；相反，我还得冒很多风险。比如说，我时刻担心会被抛弃，如何面对未来老公的问题；也许我会怀孕，甚至宫外孕，也许就这么一次性行为，我就永远当不了妈妈。我非常爱你，但我不能因为爱你，就让自己置身于一个危险的境地。你愿意对我负责吗？比如说，万一我怀孕就结婚生孩子，然后咱们一起抚养他？"

当然，也许你做不到这么直接。但你要让他知道，如果要和你在一起，他需要付出代价。这个代价是他的一部分自由、时间、精力和金钱。除此以外，他还应该承诺给你一个能够看到的未来。只有无知的人才会不问回报地付出。所以当这个男人要求和你发生关系时，请让他知道，他必须为此负责。

你可以很委婉地告诉他："我想我们现在都还没有准备好，什么时候准备好了再说。"

你放心，男人都懂得用承诺来换取女人的芳心和性交的可能，只是很多男人会故意装作不懂，借此来试探你的底线。这就是文章开头发生的一幕：在市场上讨价还价的时候。我们经常用销售技巧中最受追捧的"装作大吃一惊"法来让对方降到最低价以便买入。当他知道你并不是可以随便应付的女人时，你会赢得他们最大的尊重和赞美，也就是婚姻。即使他转身就走，你也不过是失去一个或几个试图玩弄你的对象。

避孕药还是避爱药？

好吧，你们现在已经发生了关系，也许他开始劝说你使用避孕药——每天一粒，多么轻松，可以享受无隔阂的性爱。

让我们看看避孕药会给你带来什么。常规的避孕药会使人发胖，还会使人睾丸激素降低，性欲减退。如果你本来就很胖，即使一直服用避孕药，也很容易怀孕。

实际上，如果你的身体质量指数 BMI[1] 高于 27.3，避孕药失效的概率比 BMI 指数正常的人高 60%；如果你的指数是 32.2，则要高出 70%。为此，医生在给体重较重的女性开口服避孕药时，药量通常会加大，以保证有足够的激素被吸收，从而控制排卵以达到避孕效果。

所有的避孕药都因为含有雌激素和黄体酮而可能导致血凝，如果这些血凝块流向肺或其他身体器官，将会产生致命后果，虽然这种概率很小，但是风险

Note | [1] 身体质量指数 BMI：英文名为 Body Mass Index，简称
BMI，是用体重公斤数除以身高米数的平方得出的数字，
是目前国际上常用的衡量人体胖瘦程度以及是否健康的一
个标准，主要用于统计用途。BMI 指数在 18~25 是正常，
25~29 之间是超重，如果是 30 以上，就属肥胖。

总是存在的。所以医生不会将口服避孕药开给那些过去曾有血凝病史的女性。

同样，医生也不会将口服避孕药推荐给那些抽烟的女性，尤其是年龄超过35 岁的，不管她们是每天必抽，还是偶尔点上一支。因为抽烟本身就有导致血凝的风险。

避孕药一个较轻的副作用就是偏头痛。尽管头痛的确切原因仍然未知，但研究表明偏头痛与雌激素有密切的关系，比如在经期前 3 天，女性身体内的雌激素水平达到最低，50% 的人都会有头痛现象。

另外，停药之后的月经，也不是真正的月经，而是叫"撤退性出血"。这和月经完全是两码事。避孕药里含有激素，一旦停止服药或者服用不含激素的药品，激素会突然撤退，引起出血，这对身体是非常有害的。

你是否会觉得这些危险离自己很遥远，那么让我们试着把奔放的思绪拉回来。科学家告诉我们，女性服用避孕药不利于两人关系的维持。

为什么会有这种奇特的现象发生呢？

《生态学与进化趋势》(*Trends in Ecology and Evolution*) 期刊上曾发表过这么一个相关研究：口服避孕药可以改变你的择偶偏好，使得你找到一个和你更不匹配的异性。倘若你已经有了伴侣再开始服用避孕药，那么你现在更容易爱上其他人，也许很快你就会变心了。之所以出现这样的现象，和口服避孕药如何达到避孕效果有关。

实际上，任何种类的口服避孕药，都是通过改变女性的性激素起调节作用的。德国的一项最新研究发现，由于口服避孕药降低了女性性激素的水平，男人需要做更多的努力来刺激女人的欲望，并且长期服用避孕药还会使女性变得性冷淡，产生高潮障碍甚至性交疼痛。避孕药还会通过施加适量的雌激素与适量的孕激素，误导你的身体在没有经过诱发排卵阶段就认为已经怀孕了。也就是说，它让你的身体认为自己是一个孕妇。

所以，当他提出要你服用避孕药时，你一定要明白一点：服用避孕药，只会导致你俩的关系发生变化。所以，你最好拒绝他，或者跟他说你会因此而变得性冷淡——没有哪个男人可以接受这一点。

避孕药通过模拟怀孕来抑制排卵，所以它的副作用也类似于怀孕时期身体出现的状况。你将会面临哪些副作用呢？

1.闭经。避孕药可以使子宫内膜发育不全，腺体分泌不足，因此子宫内膜不能正常生长而变薄，致使月经量减少。个别女性因避孕药的抑制作用过度，在停药后不发生撤退性出血，出现闭经。

2.发胖。避孕药物中某些成分可以引起体重增加：雄性激素可以引起食欲亢进或痤疮等，尤其是在服用口服避孕药的前3个月；雌性激素水平升高引起水、钠潴留，因此导致月经后半个周期体重增加；孕激素促进合成代谢，导致体重增加。值得一提的是，体重增加的发生率为15%左右。

3.长斑。一些服药时间较长的女性的脸颊可能出现像怀孕时那样的蝴蝶斑，这是雌激素引起的色素沉着。

这些都是对你自身不利的因素，但你又不得不拿这个去取悦男友，否则他的态度会让你痛苦。然而，对你们的感情不利的因素还在后面。

科学家都知道，当你处于排卵期的时候，你会情不自禁地穿上更性感的服装，对男性面貌的青睐就会不自觉地发生变化。专家甚至建议男人只要在排卵期前后的几天看住自己的老婆（女友），就可以防止大多数的出轨。

在排卵期，女性如果想挑选短期伴侣，会倾向于选择拥有优良基因特征的男性。这时候的她们比较在意男方身体的对称性、男性面部特征和行动力。不过，当要考虑长期伴侣的时候，会更多地倾向于选择拥有资源和具备哺育后代能力的男性。美国约1/25的孩子都是在偷情中诞生的，而那些可怜的丈夫养了这些孩子一辈子；更可悲的是，他们往往是在试图把自己的健康器官移植给孩子的时候，才发现了孩子不是自己亲生的。

说得再简单一些。如果女性处于排卵期，她的生育能力强，会更受传统意义上具有男子气概的，并且在遗传基因方面与她相异的男性的青睐。而且她的身体就会自觉自愿地促使她去挑选那些更具有生育能力的，即较有阳刚味、基因差异较大的男性，以增加产下健康后代的概率。

想想看，当你失去排卵期后，事情将会发生怎样的变化？你的择偶对象更容易转变为较温柔、美型等特质的男人。或者说，虽然你不喜欢他的基因，但你更愿意和他一起抚养后代。从进化心理学上来说，这大概是因为怀孕期间的女性比较柔弱，需要来自于同种血缘的人的保护——这些人往往是她的父母和近亲，所以她更倾向于亲近他们。

很显然，当你在和他开始相处之后服用避孕药，你对他的态度会发生微妙的改变。假如他是一位美型、风趣但没有资源（没钱、没社会地位）的男人，你会开始对他降低兴趣；如果你一直服用避孕药又看上了他，当你停药的时候，也许你会恨不得赶快把他赶走。这种微妙的改变就像是蝴蝶翅膀的扇动，最终会给你们的关系带来飓风。

如果你平时长期服用避孕药，还将会发生什么样的状况呢？避孕药会改变你的择偶倾向，为你带来不合适的伴侣，他会拥有和你相近的遗传基因——我们都知道，这是对后代多么不负责任的行为。

告诉他服用避孕药很有可能会为你们的关系带来破裂。如果他还要坚持，很显然这个男人是试图把你当作性工具，并没有考虑你们的未来。

也许有些女孩会采用紧急避孕药作为常规避孕手段，殊不知，紧急避孕药更不能常服用。也许就那么几颗，你就会大出血，被送上手术台，丧失生育能力甚至危及生命。

就紧急避孕药本身而言，副作用主要包括恶心、呕吐和月经紊乱。长期服用还会抑制排卵，使女性长胖，增加血栓和偏头痛的风险。尤其是 20 多岁的年轻人，大量服用后会导致闭经，甚至可能造成卵巢早衰。

但与下面的后果比起来，上述这些副作用可以忽略不计。北京妇产医院两位医师曾对此进行过调查，她们对来计划生育门诊的 309 名患者进行了定量分析，这 309 名患者都是在服用了紧急避孕药失败后，到门诊进行终止妊娠手术的。

在这 309 人中，异位妊娠（俗称宫外孕）9 例，约占 3%，而在普通孕妇人群中，宫外孕比例也就是 1% 左右，提高了近两倍。

美国紧急避孕药 PlanB 的说明书提供的数据则更加惊人：

日常用孕激素类避孕药者有 10% 得了宫外孕，而宫外孕的总体发生概率为 2%，前者足足是后者的五倍。

紧急避孕药为什么会导致宫外孕？《中华妇产科学》分析过致病机理："低剂量的孕激素并没有抑制排卵，但输卵管蠕动发生障碍，因此输卵管妊娠（宫外孕）明显增加。"事实上，国内外的紧急避孕药说明书中有一条显著的不同，国内的说明书上很少写有"如果在服用此药后发生妊娠，应考虑异位妊娠"。在日本、韩国、新加坡等国，紧急避孕药根本不允许在药店销售，患者必须求医。

一个网站做了一项由 3.3 万女性参与的调查，接近 50% 的人认可"家里常备紧急避孕药，紧急时间补救"这一说法。而这个调查在某紧急避孕品牌推广的总结报告中被认为是"传播策略取得的巨大效果"。

我们可以理解，传统儒家思想让人们对性教育三缄其口，没有任何人来给躁动的青年们一些建议；人口政策给国情政治上带来了巨大的压力，社会没有良好的福利来抚育非婚生子；巨大的商业利润又让商家趋之若鹜，到处传扬"激情燃烧，难免会有意外，快用 ××，紧急避孕，轻轻松松出困境！"或者诸如"今天做人流，明天就上班"的雷人广告语。

于是，懵懂的少男少女们，尤其是少女们，就成了祭坛上的牺牲品。

也许就那么一颗紧急避孕药，你就会大出血，被送上手术台，丧失生育能力甚至危及生命。有过宫外孕史的女性，再发生宫外孕的可能性很大，更恐怖的是再发生宫外孕时一般发生在对侧输卵管。如果你的对侧输卵管有问题，那么也许你就不会拥有自己的孩子了。即使你愿意做成功率低并且痛苦的试管婴儿手术，也并不简单。你的孩子会更容易得很多毛病，而且使用这一受孕法，产生宫外孕的可能性为 5% ~ 8%。

即使你毫不在意自己的身体，只在意你们的感情，你也应该考虑一点：如果你怀孕了，你们的亲密关系就会戛然而止。你身上散发的激素会自然而然地让男性对你暂时丧失"性趣"——这也是人类进化出的，可以保护腹中胎儿得以成活的防护机制。你也会容易暴怒、烦躁及抑郁——想想看，这些对你们的感情是多么大的杀伤力。

爱情需要保鲜膜

婚前，情侣们最好采用安全套这一较为安全的避孕方式（须全程佩戴，而不是最后才用）。然而大部分男性是很排斥戴套的，他们从本能上根深蒂固地排斥任何阻止怀孕的东西。他们会告诉你：

"亲爱的，戴那个玩意儿我真的很难受，你忍心看着我难受吗？"

"你不是正在安全期吗？你看我都很注意的，平时我不会这么要求你吧。"

"关键时刻我会在外面解决，不会让你怀孕的，放心吧。"

"就一次，哪有那么容易怀孕的？"

"过一会儿再戴，我现在还没进入状态呢。"

被性欲冲昏头脑的他需要这样的声音：

"万一怀孕了，如果我想把宝宝生下来，你会同意吗？如果你同意，那么我们下一次可以不戴。要不咱就别做。"

注意，是下一次，不是这一次。心理学家做过实验，即使是最冷静自持的学生，在精虫上脑的时候也会脱口而出："那就生下来吧。"要知道最后吃苦头的还是你。你要知道，如果你怀孕了却又不想要孩子，你们会面临什么？至少一个月没有性生活，这是最好的状况；倘若你感染疾病或者遇到其他麻烦，也许需要两到三个月甚至更久。

如果你们之前已经过着规律的性生活了，那么突然这样中断性生活势必会造成双方关系的改变。堕胎之后，你生理上的疼痛必然导致心理上的痛苦，你还会很虚弱，需要人帮助，但他无法理解这一点——就像你永远不知道前列腺发炎[1]有多么难受。尤其因为你的怀孕是他导致的，他会本能地将责任向外推卸；另外，你的怀孕搞得他现在连性生活都过不了，他会下意识地将这个账也一并算到你的头上，这一切都容易加速你们感情破裂。

就像李银河老师所述，夫妻感情不好和女性对流产的厌恶是互为因果的，感情不好和男性的自私导致女性对流产的厌恶，而这种厌恶又反过来恶化双方的感情。这一点同样适用于情侣之间。

一个男人不愿意佩戴安全套，只能说明他不是一个成熟的男人。为什么不要和不成熟的男人做爱？因为他还不能承担一个男人最起码的义务，所以他也不能享受一个男人应该享受的权利。

你是愿意让他没有那么爽呢，还是愿意让他讨厌你、敌视你、和你分手呢？你必须选择一个，这个主导权必须控制在你的手里。事实上，由女方怀孕而直接导致的分手随处可见。

Note | [1] 前列腺发炎：一种男性泌尿科疾病。

聪明爱
别拿男人不当动物

Chapter _ 5

性，还是不性？

发生关系后，女性的原始本能就会开始为生育下一代做准备（虽然不一定真怀孕了），这将会面临 10 个月的相对行动不便时期和 6 个月的哺乳期，所以她需要有个帮手。于是她会更加依恋男性，会更愿意和对方保持更亲密的关系，在感情纽带断裂时会更加痛苦。

打不穿的游戏最耐玩

有女孩问："他看起来真不懂事，我是不是应该和他好好谈谈？如果他始终没有和前女友脱离联系，我们是不是就不应该上床？"

很多傻姑娘还会告诉男人："不，我觉得我们感情还没有到那一步。"男人会问："还差什么呢？"她会说："我觉得你好像还有很多事瞒着我；我不能忍受你吸烟的习惯；你还没处理好和前女友的关系……"

她是如此诚实，以至于他在心里合计：原来这就是用来交换性爱的条件啊。为了达到目的，他当然会告诉你："我改，我会为了你改掉所有的坏毛病。为了你，什么都可以。"

女孩，你扮演了一个最不聪明的买家，你这是在告诉他你只是随便看看。这时卖家已经在问你号码，往你身上披挂，用白粉笔在衣服上画线，然后趁你分神的工夫，将衣服交到裁缝手里了。

他首先应该作为一个单身的、成熟的、独立的男人来追求你，这是前提；没有做到这些，你就只需要说"不"，而不是向他解释。拒绝是女人最大的力量。他该明白就会明白，不明白的你跟他怎么讲他也不会明白。

如果你试图引导不懂事的男孩长大，他就会恨你，就像我们恨大人和老师让我们做作业一样，即使我们的确应该做作业。

每个人都下意识地抗拒成长，憎恶负责任，这时候你傻乎乎地冲出去扮演客体，他的仇恨当然会投射到你的身上。一个没有自我监督机制的男人不适合做男友，也不适合做老公、孩子他爹。除非你打算男欢女爱，两不相欠。

直接拒绝他就好。被拒绝之后，真心爱你的男人会很沮丧、愤怒，还会很挫败。也许下一刻他就躲在卫生间里冲凉水解决他的生理需求。出来之后，他很可能对你很不满，会故意找碴。但无论怎样，他对你还会继续抱有兴趣，因为你没有那么快地满足他。他会觉得："也许我还不够好，唉，反正早晚是我的，再等等吧。"

注意，如果他认为你们之间有长远的未来，他会认为你早晚都是他的人，绝对不会介意等一等。急切地想和你上床的男人，是因为他打算速战速决，搞完你，玩腻了好换下一个。

科学家告诉我们，女性的本能防骗策略中，第一道防线就是增大对方求欢的代价，在同意对方的性请求前让对方投入更多的精力、承诺和时间，这样更容易试探出对方的心意。想要欺骗女性的男性一般都会厌倦这种漫长而艰难的求爱过程，转而欺骗其他心理防线薄弱或更容易受骗的女性。

记住，延长发生关系前的相处时间。3个月是一个底线，6个月乃至1年更为理想。如果他想和你发展一段长期稳定的关系，他不会那么猴急地要和你上床，除非他今年只有18岁。

泡妞达人会故意自我惩罚或者冷落对方，从而达到性交的目的。比如他会自怨自艾地说："我知道你没有那么爱我""我觉得我很失落，我们的感情原来那么脆弱"……如果你一时心软满足了他，第二天你就会发现他不见踪迹，人间蒸发了，就好像他从来没有存在过一样。当然，如果你没有满足他，他也一样会很快蒸发，但无论如何，你并没有为一个不值得付出的男人冒任何风险。

熄灯前的约法三章

Lilian 刚进大学，父母规定她在上大学期间不准谈恋爱，这直接或间接地导致了她在恋爱方面的情商开发得很晚。她在毕业后的第一年谈过一次恋爱，最后不明不白地分手了。5 个月前，Lilian 开始了与现任男友的交往。

男友是北方人，某些方面比较大男子主义，但是两个人的感情还是比较好的，也有很多共同的话题，大家的目标也比较一致。男友虽然不太会关心人，但是经过一系列的培养，也改善了很多。在 Lilian 看来，男友是一个踏实、上进并且对工作负责的人。

可能由于恋爱中的女人比较敏感或者个人的一些不确定因素吧，Lilian 试探性地对现任男友提出关于恋爱的约法三章：

1. 我们是以结婚为前提交往的。

2. 如果发生性关系之后，就不能再和其他女人往来，暧昧都不可以。

3. 如果不小心怀了孩子可以马上结婚生下来。

前两条男友都无异议。唯独第 3 条，不管怎么样，男友都坚决否定。

当然，第 3 条的情况还没有发生过，因为两个人的安全措施做得挺到位。但 Lilian 很伤心，觉得男友是不负责任的人。

但男友也振振有词：现在经济条件、工作都不是很稳定，自己也没有做好心理准备。而且就算孩子生下来的话，两个人都要上班，不能够给孩子一个足够好的生活和教育环境。这样生下来让孩子受罪，还不如……

Lilian 的第一反应脱口而出："你怎么这么不负责任，人品怎么这么不好？"男友非常生气："大家考虑问题的角度不同，你怎么能说我人品不好？假如我人品真的不好，完全可以用暂时的答应来哄你，但是我做不到。"

Lilian 说："那你有没有为我的健康考虑过？"男友说："有些事情不能两全其美，有时候是需要牺牲一些的。"

Lilian 当时想，这人怎么这么自私？满脑子都是自己的事情，自己被他摆在了最后一位。虽然他们争论的是尚未发生的事情，但 Lilian 后怕起来，完全失去了当初跟他在一起时的安全感。

Lilian 25 岁了，已处于婚恋黄金时期的末端，她一直把男友当作托付终身的对象，两个人打算两年之后结婚。虽然大家相处得还不错，Lilian 却被上述莫须有的事情搞得不开心。她实在想不出该离开男友还是该继续下去。继续下去吧，觉得心里有疙瘩不能说服自己；离开男友吧，为了一些还没有发生的事情当剩女不值得。

Lilian 如坐针毡……很矛盾。

当然，Lilian 的男友是个诚实的人，他坦白地告诉了 Lilian 在这段两性关系中需要承担的风险及后果。

不过，诚实只是一个人好品质的必要条件，而不是充分条件，一个人诚实不代表他就是个好人。

坏男人，不光包括用暂时的允诺来哄骗对方的人，还包括摆明了利害关系，把责任的皮球丢给对方，让对方惶恐不安的人。

在长期的两性关系中，我们经常看到这样的案例：丈夫出轨了，妻子和其他所有人都不知道，她仍然始终如一地对待丈夫。数年之后，丈夫实在忍受不了良心的折磨，告诉妻子："我曾经对不起你，我曾经背叛过你。"刹那间家中风云突变，妻子整天以泪洗面，丈夫也惴惴不安，不过心里的一块大石头总归落下来了。

你说，这个故事里的丈夫，是一个诚实的君子呢，还是一个卑鄙的小人？实际上，他是一个诚实的小人。这种诚实的小人，比卑鄙的小人还可怕。他仗着女性在家庭中处于弱势地位，仗着她没有太多可能提出离婚，而将责任推卸给她，让她来承担所有的苦痛——想想看，他甚至连良心的谴责都不愿意背负。

Lilian 的男友，远远不如他自己口中那种人品不好，事先哄着女孩开心的人。实际上，无论男友哄骗 Lilian 与否，避孕失败的概率都是一样的，同样都是只要怀孕就得打掉，至少骗子还能让 Lilian 开心，或许还能糊涂地一直快乐下去，而这位男友现实冷静的剖析和精明严谨的算计，让人亲证了他的冷血和凉薄，后背不由得凉飕飕地直发寒。

他明确地告诉 Lilian 想和她上床，但是还没有准备好承担一个家庭。也就是说，他要求享受没有义务的性爱。所谓的"不能够给孩子一个足够好的生活和教育环境"不过是一个冠冕堂皇的借口。他的那句话翻译过来，其实也就是说与其生下来拖累他，影响他的心情和经济状况，还不如让女友去打个胎。

孩子穷有穷的养法，富有富的养法，穷人难道都不养孩子了？要是一个男人爱一个女人爱到骨头里，会巴不得这个女人赶快给他生个孩子，把她套牢呢。其实说白了，文中这位男友就是不爱 Lilian 的，摆明了没把 Lilian 看作老婆和未来孩子的母亲，没有将 Lilian 的健康考虑在他以后的生活里。

当然，如果 Lilian 确实愿意冒着打胎的风险享受性爱的欢愉，那她完全可以做她爱做的事；如果她虽然不愿意，但是觉得拒绝发生关系可能会失去他，那就两害相权，看看自己身体重要，还是冒着风险挽留他重要。我见过好几个打胎之后体质衰弱的女子的例子，还听闻过一些因打胎大出血死在手术台上的故事，只觉得没有任何一个男人值得女人去冒打胎的风险。

剩女固然不是褒义词，可是嫁个不够爱自己的男人要比当剩女惨上10倍。"剩"着至少还是未婚女，没准哪天就嫁了个好人家。嫁给不够爱你的男人，万一离异你可就不容易再嫁了。想要抓住青春的尾巴而贸然结婚，结果却连未婚的身份都陪葬进去了的人为数不少。

避孕失败的概率是1%～2%，相处两年之后再结婚，想要在这段时间怀上个一两次是绝对不成问题的。这样的情形，还是让男方去结扎为好，等到几年后想要孩子了，再做个输精管复通手术，副作用和危险性都要小很多很多。要是男友想让Lilian冒着风险和他上床却不愿意去做手术，那么无非是因为他觉得手术刀割在Lilian身上比较好。

当性爱沦为惩罚的工具

　　Alva 21 岁，是一个大学生。她的男朋友大她一两岁，两人拍拖大概两年了。

　　男友是她和几个同学偷偷出去泡夜店的时候认识的，后来男友说要和 Alva 交往。本来 Alva 是抱着玩玩的心态和男友在一起的，但是两个人每天晚上都会在电话里聊一个多小时，慢慢地，Alva 开始抱着想要结婚的心态和男友在一起了。

　　男友问起 Alva 的过去，其实 Alva 都不想回答，因为她知道自己的过去实在不堪——Alva 曾经喜欢过一个已婚的男人，虽然明知道对方已经有家室了，但 Alva 还是喜欢他，还和他发生过关系。Alva 害怕男友知道这些以后会离开她，所以没有如实回答。

　　但一次出去玩的时候 Alva 喝多了，她又想起了那个已婚男人。她拨了个电话给男朋友，倾吐着自己的爱意，哭得稀里哗啦。然而，事后的 Alva 对这件事完全没有任何印象。

　　另外，Alva 还有过一个性伴侣，这个性伴侣是 Alva 的现男友在高中时候超不喜欢和看不起的一个男生。一次争吵中，Alva 的男友怒吼着质问 Alva，为什么一直对她和那个已婚男人的交往史有所隐瞒？他问她究竟还有什么瞒着自己，于是 Alva 就和男友说起了那段往事。

不用想，男朋友听到事情的"未删减加工版本"后相当生气，也很伤心。这两件事如同一根刺，刺进了他的心里。以后他们每次闹分手，都是因为有一些事情刺激到了他的敏感神经，让他又想起了 Alva 那两次不堪的经历。他每次都会非常生气、伤心，以至于从他口中说出来的话越来越难以入耳。

虽然每次这种争吵都让 Alva 很痛苦，但她还是不愿和男友分手，并且为之做出了很大的改变。

从 2012 年的 12 月，到 2013 年 7 月，Alva 总共怀孕了 3 次，3 次都去做了人工流产。

第 1 次的时候 Alva 并不想去，但她知道男友是不会同意的，何况他们还小，于是 Alva 答应了男友要她去把孩子打掉的要求。

做完人流之后，Alva 和男友说，如果有第 2 个孩子咱就生下来吧，男友说好吧。但是当他知道 Alva 第 2 次怀孕的时候，他说他们两个人现在还是承受不起养育孩子的负担。Alva 又一次妥协了。

在一次闹分手的时候，男友说他以后是不会娶 Alva 的，如果要娶早就娶了。这话听着很伤人，但深陷感情里的女人，总会为恋人的一切不合理找到合理的理由，并且一次又一次原谅他。因为深爱，Alva 还是选择了和他在一起，但每次想到这件事，她都会很伤心。她经常想，男友之所以不要第 2 个孩子，不是因为他真的觉得负担不了，而是因为他根本就不想要她为他生孩子。

这时 Alva 已经怀上第 3 个了。Alva 真的想要这个孩子，而且她隐约觉得如果这次再把孩子打掉，以后也许再也没有机会生宝宝了。男友还是老样子，让她去把孩子打掉。Alva 对男友说："我要这个孩子不要你了，我会自己把宝宝养大。"男友听了以后表现得非常伤心，但是他说，就算 Alva 把孩子生下来，大家也都知道孩子是他的，但是他并不想要这个孩子。吵着吵着，Alva 又妥协了。

最近一次 Alva 和男友闹分手，男友终于说出了为什么 3 次他都不想要孩子的原因。他说自己和 Alva 在一起之前，他和其他女人发生关系的时候都做足了安全措施，只是 Alva 比较倒霉罢了，他一直都觉得 Alva 好脏，所以 Alva 生下的孩子也是脏的，她不配为他生孩子。

听到这些话，Alva 真的傻了，原来男友一直都是这样认为的。男友是月入 4000 元左右的公务员，样子也不差，要找对象恐怕不难。但是 Alva 现在的条件呢，只是一个恋爱史并不清白，还做过 3 次人流的大学生。

性和爱是否可以分开？我不建议女人们这么做。因为两性的分化将导致：一定有一种性别在生育方面承担大部分责任，另一种性别顺便搭便车。在感情中，雄性总是在追求短平快的收益，雌性则倾向于寻觅一个可以提供安稳孵化和哺育后代的雄性。这种特性让雄性的欺骗手段更为容易。只要伪装得天衣无缝，雄性就可以换取交配的机会，而此后雌性会产生生理变化，她们体内会分泌多巴胺和后叶催产素，这两种激素让她们更容易忽略对方的不好并对其产生情感依赖。

女性体内为何会有这样的机制呢？从进化心理学上来看，发生关系后，女性的原始本能就会开始为生育下一代做准备（虽然不一定真怀孕了），这将会面临 10 个月的相对行动不便时期和 6 个月的哺乳期，所以她需要有个帮手，于是她会更加依恋男性，会更愿意和对方保持更亲密的关系，在感情纽带断裂时会更加痛苦。而男性的原始本能会告诉他这个女性已经受孕，短时间内对她再进行投资不划算（虽然不一定真的受孕了），这促使他下意识去寻觅其他播种对象以便继续传播基因，于是心理上他更加容易疏离对方。

所以说，在单纯的以性为基础的关系里，男人很容易抽离自己，女人要做到这一点则十分困难。所以我建议女性不要跟男人比谁能将性和爱分得更开，就像不应该去和男孩子比掰手腕一样。

性在传统文化里，是避讳的、淫秽的、下流的、见不得光的；在很多前卫人士的鼓吹里，又是浪漫的、美好的、富有激情的。这两种说法的出入经常让人无所适从。事实上，只有成熟的、理智的、能承担后果的性，才能被称为美好的产物。很多时候，性并不完全是美好的产物。譬如从广为传颂的国骂中我们可以看出，性在某些特定的时候，甚至被视为一种惩罚手段，一种饱含人身攻击色彩的言论，一种诅咒方式和一种无意识的仇恨。在这些广为流传的文化的熏陶下，你不能指望和你上床的男人都是爱你的、善良的、正直的，并对你们的未来有所担当。

可怕的不是有些男人把感情当玩具，把性当游戏，给女性洗脑，免费享受性的欢愉。实际上，随着社会的开放，少部分女人从心理上也能做到这一点；可怕的是有的男人像上述案例一样，把性当作惩罚措施，故意和他们不喜欢的女人做爱，并且玩弄她们，让她们身心交瘁，甚至以女方怀孕、流产为乐。

我不否认世界上有很多心理健康的男性，但你不能预设一个在人们都操着同一种国骂的社会里成长起来的男性都是健康的。就像你明知道火车站骗子多，你就不应该抱着侥幸心理随便跟人走。

相信大家也不止一次见过（自认）被欺骗或者（自认）被辜负的男男女女咬牙切齿，发誓要将对方追到手然后甩掉对方。只是，女甩男，最多构成心理创伤；男甩女，有时却是心理创伤和生理创伤的双重叠加。更不用说女方还得面对青春流逝这一严峻的问题。

所以，如果一个男人不够爱你，你就不要和他上床。他不够爱你的时候，他不会愿意为你，为你的未来，为你的孩子负责。当他逃避责任时，你的肩头就要承担起多重责任。

所以，不要和男人拼性开放，生理上拼不过，阿Q精神更不顶用。

聪明的女人从不和他盲目开始

女孩的青春是如此珍贵，倘若她和一个差不多年龄、魅力相差无几的男孩正常交往，那么男孩在这段交往中是稳赚不赔的。除非他为女孩花费了大量的金钱，而女孩在和他恋爱的同时还拥有其他稳定的结婚对象——但这种情形很少发生，因为男性的控制欲比女性强。

男孩们是否知道这一点呢？我们来看自《"坏"女人有人娶》原文中摘录的一个情景：

刚刚结婚的杰夫说：

"在我和现在的妻子结婚之前，我曾和别的女人住在一起。所有的男人都知道，一年之后或最多两年，女人就失去了一些尊严。而且说实话，这时，即便她留下来，你对这个女人也失去了尊敬，因为男人知道，在某种程度上，他们之间的关系是自由发展的。他知道，在他没有任何损失的情况下他得到了实际利益。

如果那个女人想要结婚，而他耗了她好几年时间，他知道他占了她的便宜。

或者他知道，他是可以来去自如的。如果她情愿继续逗留，男人就会想，噢，好吧，那我就不用非得和她结婚。但是他在此之后还会想，为什么她允许我自由离开，她没有搞错吧？

换句话说，他开始不再尊敬她。他认为她太幼稚……或是绝望。她变得再也引不起他的兴趣，因为她知道他在占她的便宜，而她自己却没有为自己抗争。正如好莱坞风行的语言，'他们用鼓励打败你'。

这也通常是她贬值的开始。'我有必要夸奖和珍爱她吗？'一个更基本的假设是，'直到我厌烦她，我可以一直选择留着她，或等到更好的人选出现。直到我又想回到单身汉生活的那一天，我都可以及时行乐。'"

《"坏"女人有人娶》的作者试图通过男人的这段话让我们警醒。所有男人都知道，同居1~2年之后，女人失去了一些尊严，这时即使她们要走，男人也未必会挽留她们。

是的，所有的男人都知道，和你在一起是他们占便宜，因为你们的时间是如此金贵。他们直到40岁还有着大把的时间可以用来挑选姑娘。不过他们很少会愿意去了解到底占了多少便宜。他们就好像去单位应聘的大学生一样，如果过了笔试，面试却被刷下来了，就会大叫"有黑幕"。他们不会知道，同为女性的你，连笔试的机会都没有。他们知道你因为和他纠缠或者恋爱而贬值。他们享受自己的**性别红利**，但是并不愿意为此付出点什么。他们还在努力争取他们尚未获得的那份"免费的午餐"。

他们需要争取的东西是什么呢？是性。

在有可能失去一个女孩子的时候，他们会指责、要挟甚至威胁对方，以便达到让对方回归的目的。

"你为什么那么冷血？"

"你肯定是看上了哪个大款才想甩我。"

"别人都说你是个爱慕虚荣的女孩，说我没必要对你好，迟早留不住你。我一开始不信，现在应验了。"

"你已经不是处女了，别指望其他男人会像我一样珍惜你。想想看，你以后的男友能容忍吗？"

"再也找不到比我对你更好的男人了，你总有一天会后悔你的决定。"

"如果你敢和别人好，我就告诉他我们以前的事。"

"如果敢和我分手，我就杀了你。"

…………

当然，你能理解，吃惯了白食，失去的时候当然浑身不舒服。

非但如此，年轻的姑娘特别容易遭到男性的暴力对待甚至被杀害，这是一个在多数文化中具有普适性的结论。35 岁以上的女人几乎很少遭受到性暴力，陷入情杀的可能性也极小。这似乎和女孩子们的性吸引力直接相关。

即使没有遭遇这种极端情况，女孩子们也更容易因为生理上的弱势而受到来自于男性的攻击。他们仗着身体的优势，恐吓、纠缠、造谣，甚至制造分手、强奸等针对女人的报复。

不要盲目地和一个男孩开始交往，这是女人保护自己最好的方式。

你是女神

Sarah 跟男友做爱的时候不喜欢采取保护措施，他们在一起 3 年，她足足为男友打了 5 次胎。

后来有一次她耍小脾气，她男友非常凶狠地告诉她："现在的你表面上看起来完好无损，实际上你早就支离破碎，可能连孩子都怀不上了。我家三代单传，不会要一个没有生育能力的媳妇的。一开始让你打胎就是故意的，你不知道吧？你以为你条件优秀很骄傲对吗？要是我不要你，看哪个男人敢要你！"

假吗？它是一个真实的故事。Sarah 一开始是一位条件优秀、非常骄傲的女孩，但是在男生的连哄带骗下，她成了他手中的玩物。男孩子深知自己条件不如对方，他唯一可以利用的就是他的性别优势，而且，他很成功地瞒过了这位女孩。不难想象，面对一开始有点挑剔他的女孩，他一开始多么低声下气，伪装得多么成功。

每个女孩都会遇到这样的男孩，一开始，他的态度让她觉得自己仿佛和天上的星星、地上的女神一样尊贵。追求你的时候，他们会满怀爱意，甚至奴颜婢膝，你的一举一动都好像给予了他无上的光荣。他们会告诉你："我真的没想到你会愿意和我在一起，就像做梦一样。不不不，做梦都想不到。"

于是很多女孩就飘飘然了，欣然接受了男人的追求。

有的男人喜欢纠缠女孩，即使女孩认真地拒绝，他们也依然锲而不舍。然而这种锲而不舍往往来源于对方的人格缺陷和某些特殊的非常态因素，而绝不是因为这个姑娘魅力很大。可惜很多姑娘不明白这一点，还居然为之沾沾自喜。

一个奴颜婢膝或者苦苦纠缠的男人，但凡他具有超出常态的热情和"诚意"，就特别容易在得手后对你快速降温，因为他的热情已被你耗尽，所以更容易拿你作为吹嘘的资本和背后鄙薄的对象——因为你曾在低微的他面前低下过头颅。

《魔鬼和渔夫》的寓言其实就是在暗示女孩们这个道理：

第一年，魔鬼说，谁把我放出来，我就给谁金山；

第二年，他说，谁放我出来，我就给谁银山；

第三年，他说，谁放我出来，我就报复谁。

这则寓言告诉我们：不要答应被你多次拒绝过的那个男人。你不知道什么时候是金山，什么时候是报复，你也不具备把他塞回去的本事。

低声下气和苦苦纠缠的男人，他们的心智是不健全的。这种心智不健全的男性是很容易"受伤害"的，比如说他暗恋你，你却跟别人好了，他不会反省自己为什么没有表白，为什么没有去追求你。相反，他们会仇视你为什么没有给他们机会。他们会觉得你拜金、势利（别人条件比他好），或者弱智、没有眼光（别人条件没他好）。他们觉得自己的才是爱情，而触犯这种"爱情"的你，就会瞬间从天使变化成魔鬼。某些极端分子，他们还会伺机报复你。

没有你会难受万分甚至会寻死觅活的男人，即使得到你，也未必愿意珍惜你，温柔地呵护你，好好和你过日子。好比会撒泼打滚要糖吃的孩子，可能只是情商极低，但并不一定愿意真为了得到糖去好好读书、做作业。尤其是情商极低的孩子，反而比一般孩子更难克制自己的欲望，更难坐稳了屁股好好做作业。

所以对这样的人，最好的办法就是从一开始就不要让他得手。

让他们仰望你吧，你本来就是女神。如果你让他仰望你一辈子，你就一辈子都会是他心中的缪斯；如果你走下神坛和他短兵相接，你就会成为被抛弃的美狄亚 [1]。

Note | [1] 美狄亚：古希腊悲剧作家欧里庇得斯的剧作《美狄亚》的主人公。为了帮助自己的心上人，她背叛了父亲和国家，但是心上人却又背叛了她，走投无路之下的美狄亚制订了残忍的报复计划，亲手杀死了自己的儿子们。

谁是教唆你的贱人

很多人常说，没有谁谁谁，我不可能飞黄腾达，他是我事业上的贵人；谁谁谁提携了我，是我生命中的贵人。但，万事都有对立面，有贵自有贱。那么，女孩子们，什么样的人是你生命中的贱人呢？我们来看个真实的故事。

有个女孩初恋失败了。失败过程很简单：她在朋友介绍之下认识了一个男生，之后被这个男生轻描淡写的几句话骗去了初夜。好在她虽然柔弱，但也不傻，在男生得寸进尺想要她做性伴侣的时候，她和这个男生断绝了往来。

这种事情经常发生，但这个女孩其实并不傻，她之所以掉入陷阱，是因为她生命中有太多贱人。

我们看看这位女生的自述吧。

今年我都22了，你们都不会相信，我是第一次谈恋爱。不知道和他在一起是什么感觉。我们是在朋友的介绍下认识的，最开始时，我一直都不想和他谈，因为我觉得他不是我想要的那种类型。但周围的邻居都说他是一个不错的男孩，我要不和他谈就是我没眼光。我妈也说，他看着还不错。于是，我就和他谈了。

他长得还挺好的，是那种浓眉大眼型的，而且很会说话，虽然年纪小，可他还挺世故的，是很会来事的那种人。可后来，我慢慢发现他不会心疼人，很多小细节从来都不注意。记得有一次我眼睛不舒服，他其实是想让我去他家，因为他家离药店近，就对我妈说和我一起去买药。结果去了以后，医生说没多大事，就给我开了一点药。当时出门时没拿钱，我就看他，他说："出门怎么不带钱？我也没钱。"他一副不情愿的样子，但没办法，付了钱后，他说，"我就这点钱了。"看他好像就几十块钱的样子，我没说什么。但愿我想的是他也没带钱吧。然后他带我去了他家。当时，我也不知道自己是怎么想的，就跟他去了他家。然后他开始吻我……就在他换下衣服的那一刻，从他衣服口袋里掉出 2000 多元现金。当时我什么也没说，不想让他难堪。

后来，我越来越感到他没有刚认识的时候对我那么好，去外地好几天也没个电话和短信。我对我姐说要和他分手，我姐和我一个朋友一起骗我说他在外地发烧，就想看我急不急。我有点不相信，但看到她们两个很认真的样子，就打电话过去。他告诉我说，他现在在回家的路上。我当时的心情不知要怎么去形容。

看到这里，你就知道，她之所以一步步掉入火坑，其实是因为她身边起码有 4 拨贱人。

第 1 拨贱人是她的朋友。一位朋友不负责任地将这个垃圾男介绍给了她，让她有机会接触到这么一个烂人。值得我们借鉴的是：朋友之间的介绍经常都是盲目的，而且出了事你也没有办法去追责。哪怕你朋友告诉你这个男人是"金海龟"，也许她也只是听这男人自己说的而已。很多诈骗惯犯不会骗他的第 1 层人脉，但是这些人脉往往被他利用于结识第 2 层的人，然后他们在第 3 层时开始行骗，这就是一个洗底的过程，这种洗底的方法被广泛用于泡妞和诈骗。当然，有朋友介绍也是好的，不过如果一个朋友老介绍垃圾男给你，你就要警惕了，某一天你也许会真的被拉下水。

第 2 拨贱人是这女孩的邻居。他们对这男孩也许只是匆匆一瞥，并没有这个女孩本身更了解这男孩，却说出了"不和他谈就是没眼光"这样的话；实际上，他们心里本身应该暗含着瞧不起这个女孩的情绪，所以对她的犹豫才会采取耻笑的态度。于是他们选择贬斥这个女孩，成功将女孩推入火坑，反正哪怕这女孩被骗得死去活来，他们也用不着承担半点责任。值得我们吸取教训的是：如果有人既瞧不起你，又谴责你某种行为的时候，你的决定多半是正确的，要相信自己。

第3拨贱人是这女孩的母亲。她也许犹豫过，但是也脱不了人云亦云，于是说："他看着还不错。"这个评价其实比较中性化，但女孩这时已经昏了头，觉得母亲十分赞成，于是才开始了这段恋爱。这多半是因为她晓得母亲是最不可能伤害她的那个人，殊不知她的母亲并不一定擅长判断男人的好坏。

第4拨贱人是女孩的姐姐和朋友。在女孩已经察觉到不对劲，想要全身而退的时候，最后一拨贱人翩然而至。她姐姐和朋友竟然骗她说男方在外地发烧，想要让女孩借此察觉男方对自己很重要。这让我一度怀疑她们是否存在血缘关系，或者说这女孩以前对她朋友曾经做过什么伤天害理的事情。怂恿和欺骗本身就是不负责任的行为，真要那么好，还犯得着欺瞒推销？就说言情小说里吧，凡是想要整蛊对方，都会让他不知不觉地察觉到自己喜欢另一个人。往好里说，这叫整蛊；往阴暗处想，这就是陷害。她的姐姐和朋友很明显是在侮辱她的智商，又歧视她的情感。她们觉得女孩对男人的好坏和自身的情感没有判断力，所以故意制造事端来增进女孩对他的感情。面对这种侮辱，女孩也没有奋起抗争，没有坚持自己的判断，反而步步溃退，最后全线失守。

实际上，从他衣服里掉出现金开始，女孩就应该倒竖柳眉，让他马上滚出去。揣着2000多元还不愿意花几十元为女友买药，这种极品男人应该立马和他翻脸。这种情况女孩都还能忍，说不想让他难堪，大概女孩家教太好，太能忍，太懂事，心太软了，而这种心软懂事的人，就必然被骗子和极品男踩在头上。

另外，心软、柔弱和缺乏主见，还导致了女孩身边的人看不起她。她们看不起她这种没主见的柔弱姑娘，觉得她不值钱，只要有个男人要就行了。正是这样，女孩的初夜才被她们怂恿着送给了一个垃圾男。

无独有偶，另一位女孩的经历更加离谱。

昨天，我终于跟那个恶心的 32 岁老男人断了联系。我们认识一个月，还好，在这段时间什么都没有发生，我也没什么损失，但我真的觉得他是一个极品。

我和他相识是朋友介绍的。他长得并不难看，身高 1.82 米，虽然年龄比我大 12 岁，但看起来并没有比我大多少。初次见面，我觉得他比较会照顾人，但考虑到年龄差，我心里觉得很不合适。他这么大的人了，不去找跟他年纪相当的，却来追一个我才 20 岁的小女孩，这中间肯定有问题。他恐怕就是为了跟我上床。

我把我的疑虑跟朋友说了，朋友却说不可能。因为以前她有个朋友一直暗恋这个男的，主动送上床对方都没答应。我半信半疑，但还是接受了他。结果第 2 次见面，他就强吻了我，还对我动手动脚，又搂又抱，幸好我及时制止了他。但以后每一次，只要他见到我，就想把我带去他的家里。如果我去外地，他就会跟过来，想在宾馆跟我住在同一个房间里。他之所以这么做，并不是想要照顾我，而只是为了跟我上床。

有时候，他会对我说："你整天这样端着，以为我猜不出来吗？其实你早已经不是处女了。"我知道他在激我，所以也不曾上他的当。和他相处越久，我越觉得他不正常，每天给我打电话，除了想发生关系，一点其他话题都没有。我真是受够了，几次跟他提分手，他都死死纠缠，还好我最终摆脱了他。

实际上，上文中的"朋友"扮演了一个诱饵的角色，极品男也许看不中她的另一个朋友，或者因为其他因素对她的另一个朋友没有兴趣，于是在她面前伪装成一个完美的形象，让她为自己做旁证，以便勾搭其他女生。

所以，恋爱要多用自己的眼睛去看，同时参考别人的意见。千万不要偏听偏信、一意孤行。

回到开头的那个故事，恋爱这种事，就好比以物易物，同样是换回来对方的爱，你付出得越多，是不是你爱的单价就越便宜呢？而女主人公本来没那么多爱意，身边的贱人故意生出事端来制造爱意，让女主人公激动、担心，甚至主动打电话。这种行为，其实就属于廉价甩卖自己的妹妹（朋友），是一种彻头彻尾的出卖！要是我哪个亲戚（朋友）这么对我，他早就没有我这个亲戚（朋友）了！

恋爱这种事无论多少人赞成，最终的拿主意者应该是自己。另外，在恋爱中，女人的直觉是最准的。一位在得克萨斯州立大学任教的社会学博士曾说过，她采访过的每位恋爱受骗者，她们的直觉都曾经提醒过她们有什么地方不对劲。实际上，直觉给出的正确率往往超出概率学上的正确率。不过这至今还是一种科学无法解释的行为而已。

归根结底，教唆你的贱人，就是对你不负责任胡乱介绍垃圾男给你的人，在你犹豫不决的时候怂恿你冒险的人，男方并不热切的时候鼓励女方倒追的人，嘲笑你的决定的人，威逼利诱你，让你和不喜欢的男人恋爱，甚至上床的人，还包括本文中没有提到的：总是将你已分手男友的信息传递给你的人，听你们分手之后连呼可惜问你们还有没有可能的人。她们总是不尊重你的选择，瞧不起你的决定，无事就来拨动你的心弦，让你心潮起伏无法平静，却又不知如何是好。

Chapter _ 6

轻松远离坏男人

To Know Him
Is to Love Him

他们会巧言令色，无所不用其极地用浪漫攻陷她，对她好，吹捧她，给她造成爱的错觉。等到得手之后，才显露真面目。但这时的她已经上瘾，无法摆脱，她甚至会为了摆脱被骗的情绪，而将这段感情合理化为爱情。

怎样做才不会每次都爱上坏男人

"我每次都会爱上坏男人。"

"我也不知道自己为什么这么迷恋他。"

"不知道为什么，我平时很冷静，但每次都会中爱情的毒。"

"救救我吧，我没有办法摆脱和他的纠葛。"

"我每次想分手，都想到他的好，一时心软又回去了。"

…………

有的女孩子总会爱上坏男人，而且不断重复这种爱上坏男人的行为模式。这是为什么呢？她们的问题在于两方面：

1.她们不明白自己需要的是什么。

2.她们不明白她们到底在纠结什么。

于是，她们不断爱上坏男人。

为什么她们在感情关系中不明白自己需要什么？回答：之所以看上去不明白自己需要什么，一般是因为她们需要的东西是难以说出口的东西。

比如说，有的女孩子的择偶条件并不好，却想找个有房有车的男人。当找不到的时候，她们转投爱情的门下，试图寻觅一个对她非常狂热，狂热到超乎寻常的人，以便弥补内心的苦闷。她们想要出色的男人，自己条件又不够好，理想与现实的落差，往往就是骗子们乘虚而入的罅隙。

生活中，我们也常常见到这样的桥段：一个没有学历和本事的人，却想发大财，结果听了人家的话跑去搞非法传销，身陷囹圄不说，丢了性命的也不少。

在爱情里，以她的资质，得不到那么多，她的要求却莫名地高，自然没有太多合适的对象乐意和她相处，只有骗子愿意来捡捡便宜。

再比如说，有的女孩子喜欢被男人粗暴地对待，如强吻她，对她很霸道很野蛮，限制她和其他男性有任何交往；有的女孩子喜欢男人那种波澜起伏的浪漫态度，但有起就有伏，感动背后必然伴随阵痛。她不会喜欢男人对她每天温柔小心，她喜欢男人甩她一耳光又跪下来求她，这种方式给她的心理以极大的刺激和快感。于是，骗子就有了可乘之机。

骗子一般是如何行事的呢？

他们会巧言令色，无所不用其极地用浪漫攻陷她，对她好，吹捧她，给她造成爱的错觉，等到得手之后，才显露真面目。但这时的她已经上瘾，无法摆脱。她甚至会为了摆脱被骗的情绪，而将这段感情合理化为爱情。

当她们发现自己被骗后，她们就开始纠结自己的**沉没成本**。她们并不是放不下这个男人，而是放不下自己的付出，不愿承认自己没眼光爱错了人，于是不断往里追加投入，希望有一天能有奇迹发生。希望能有浪子回头的可能性，来洗白自己被骗的实情。

另一方面，在她们的内心深处，总认为自己是对的，总试图为自己的行为寻找一个合理的解释。于是她们竭力美化那个并不值得付出的男人，把自己这种受骗后不甘心的情绪美化成爱意。她们的逻辑是：他对我那么不好，为什么我还会舍不得离开他呢？两种可能：

1. 我是个愚蠢的女人。

2.他值得我爱。

而我肯定不是个愚蠢的女人，所以一定是因为他值得我爱。

她们不知道的是：无论什么时候，对女孩子很霸道、很野蛮、嫉妒心很强、会打女人、会撒泼哭泣打滚的男人，绝对不是一个成熟稳重的伴侣，绝对是个坏男人。对付他的好办法，就是从速甩掉他。他们的外显性格就像是表皮已经坏掉的瓜，里面一定有更大的腐烂部位。上述这种男人，必然伴随**偏执型人格障碍、反社会人格障碍**以及其他种种恶习。陷在这种感情中的女孩会特别容易受到伤害，还容易被控制、被洗脑，于是更加不明白自己想要的到底是什么。

有时候她们甚至会掉入不断重复和循环的类似恋情，爱上一个坏男人，接着爱上另一个坏男人，第三个竟然还是坏男人……这大概是因为她们潜意识里试图改变过去恋情结局的意图所致。她们无法忘记那种难受的经历，下意识地想换个新的演员试试，取得幸福结局以便终结痛苦。但实际上，她们无法改变结局。

虽然口头上说想找个好男人，但她们需要的却是不折不扣的坏男人，她们心口不一。即使她们运气不错，侥幸遇到还不错的好男人，她们一般也是看不入眼的。一来曾经沧海难为水，打过杜冷丁[1]，再吃止痛药就没效果了；二来好男人的感情经历一般不够丰富，不能很好掌握女孩的心理——当然啦，除了感情老手和职业骗子，谁也不可能具备这种习得性的本事。也许迫于年龄压力她们接受了好男人，但她们依然会不由自主地挑剔对方，这个不够高，那个太穷。哪怕她遇到标准好老公人选了，也爱不起来。结果在生活中，她会不由自主地冷淡对方，挑剔对方，经常闹得差点要分手，一经旁人提醒，又觉得过意不去，从而负疚地反过来对他好一阵。好景不长，过段时间又重蹈覆辙。她们

Note [1]杜冷丁：一种强力止痛药，专门用于伤口止痛。

的理智和情感处在交战状态，然后会犹豫、纠结、困惑、矛盾。最后，好男人多半也会离开。

在经济学里，有个类似的很独特的现象叫"逆向选择"[1]。比如真品包的售价是 6000 元，仿制品的成本在 100 ~ 500 元不等。全部放到网上去自由竞争，你猜最后会怎样？答案让人咋舌：价格很低的假货有不少人买，买真品的人寥寥无几，售价在 400 ~ 500 元之间的高仿假货卖得最好。这个现象告诉我们什么道理呢？——一个浪漫、多情、无任何缺陷的真正好男人，就好比名牌包一样是很贵且稀少的，有购买力的只有少数人。大多数人只能买个仿冒品，因为样式好看。如果你明明出不起真货的价格，却想要真货，人家当然只能拿吹得天花乱坠的假货来糊弄你。实际上，感情如果来得太快、太热烈、太浪漫迷幻，那多半含有欺骗的成分。

Note | [1] 逆向选择：指因信息不对称所造成市场资源配置扭曲的现象。经常存在于二手市场、保险市场。

网络交友安全指南

Betty 今年 26 岁，生活在一个中型城市。在这个城市里，20 岁出头当妈的女孩比比皆是，而 Betty 的感情一直没有着落，成了妈妈最大的心病。Betty 不希望家人为她操心，她希望尽快结识更多的人，好找到如意郎君。可是她的交际圈很小，实在没有什么合适的男士，无奈只好转向网络兴趣小组、婚恋网之类的线上场所。她在浏览婚恋网的时候脑海中浮现出了一个问题：有些会员条件看起来非常不错，长相 OK，工作单位很好，收入也蛮高的，年龄竟然也不老，但是这样的男生怎么会到现在还没结婚？如果和对方联系，怎么才能迅速判断他是来寻求真心交往的还是随便找个女人玩玩的呢？

择偶，尤其是网络择偶，最重要的一点就是要放平心态，不要期望天上掉下个白马王子，还正好砸到你。在短期择偶关系中，男性会在诸多特征上降低标准，对你的年龄、智商、个性、学历等个人情况都不会做太多的要求。所以当你遇到条件明显比你强的男性，千万不要误以为他是天上掉下来的馅饼，他很可能是一个猎艳老手。说白了，对方条件好，他自己也知道，不然不会写出来招摇；对方条件好，女人们也都知道，你以为他辛苦写出来是为了凑字数的吗？

此外，还要学会用平常心来看待自己的条件。男人和女人的要求是有差别的，如果你条件真的很好，男人早就一串串往你跟前扑了。另外，强调你自己的感情更是白搭，根本不认识人家，光看人家条件或者简单的自我介绍产生的不是感情，而是好感。这样的好感，人家一手抓一把，根本不稀罕。能够把上述心态放平，你就不容易受骗上当。

一个非常值得参考的地方就是对方资料中的个人描述。一般来说，女性比较喜欢展示自己，而男性很少会用自我语言展示的方式来交友，他们多数在个人介绍里随便填几个字，然后通过主动出击的方式来寻觅女友。**如果他的自我介绍过于花哨，你应该明白这不是为了吸引你，而是为了吸引很多女人**。这里埋伏了一个强硬的逻辑：如果他的条件已经可以吸引你，他不会需要使用语言文字来展示自我；如果他的条件好，语言文字也足令你倒追，那么只能说明他真正匹配的是比你更高层次的女人。不过他未必会拒绝你的主动出击，很可能只会把你当作一道开胃小菜。

如果他的职业填得很含糊或很自由，也就是说他有大量与其他人接触的机会。你就更要小心对方是否个猎艳老手。公务员、教师之类的稳定职业要相对安全一点，但也不绝对。

两性的区别导致男性发展出了长期和短期两种不同的择偶策略，在后者主导他们行为的时候，他们会尽量避免承诺，在猎取你之前尽量花费较少的时间。

想要迅速判断一个男人是真心还是骗子，几乎是不可能的。如果存在迅速判断的方式和通用手法，也就不会有那么多女性上当受骗的先例，你以为她们都是笨蛋吗？不是的。是**生理特性决定了女性的弱势**。不客气地说，在男人和你发生关系之前，所有说的话、做的事，都可以看成是为了达到目的而采取的手段。两人发生关系是你们感情的一个重大拐点，骗子会在一星期乃至1个月之内迅速冷淡下来。

进化心理学家莫媞·哈兹尔顿（Mertie Haselton）对这种情况有着深入的

挖掘：**性伴侣较多的男性，在一夜风流之后，伴侣的性魅力会突然消失**，情绪体验急转直下；而性经验较少的人不论男女都不会有这种感觉。他既然如此有魅力，能找到如此之多的性伴侣，那么他拥有的子嗣数会相当地高，他不需要通过培养长期伴侣去获得一个后代，因此长期采取短期择偶策略对他而言是最划算的。

简而言之，如果他是一个长期采取短期择偶策略的男人，那么他会非常善于在发生关系前获得你的好感，获得尽快和你上床的可能性。但是，上了床后你们的关系会突然降温。一夜情并不代表着他们之前对你毫无感情，实际上，他们往往表现得格外深情。

这将会导致女性的什么心理呢？首先，她们会被这样的男人深深地吸引，从而在面对他的性邀约时显得如此地情不自禁，这往往也就是她们被抛弃的前奏。

与并不足够了解的男人过快地发生关系，就好比近亲结婚，两个隐性基因碰在一起很可能会诞生一个畸形儿。英美有一个很著名的调查显示，女人总是倾向于拉长她们在择偶前的时间，用来考验和观察对方，事实上这一点对她们而言很有好处。请放心，骗子在听你说"我觉得我们的感情还没到火候""我觉得两个人应该相处半年以上才应该有进一步的亲密关系"之后，他们会突然从人间蒸发。就算他愿意尊重你的意愿，你也千万不要放松警惕，而是一定要坚持自己的原则。牺牲你自己的一点性欲来换取一个值得交往的长期伴侣，是物超所值的。

即使你一开始遇到的就是一个真正的好男人，并在 10 天之内就和他发生了关系，他也会觉得你也可以轻易地和别人上床，然后把你当作一个不值得珍惜的对象。

当然，女人们最需要的是能在初识男人的阶段就可以对他做一些判断，尽可能地避免时间损失。

我个人的建议是：女孩子可以尽情选择那些条件好的男士，但是应该时刻保持高度警惕，一开始就要考虑到对方是个骗子的可能性。尽量不要在交往初期就把自己的单位、家庭和具体住址都交代了，别太快和他产生亲密关系，别去过于私密的场合，给自己留下翻脸的余地。

当你发现问题试图脱离他的时候，常用的一个办法就是以进为退。比如当你想中止一段和陌生人不愉快的谈话，你可以说："这样，我们 QQ 联系吧。"然后主动将号码留给对方。这种做法和正常愉悦的谈话一样，很容易让对方高兴，等到对方加你的时候，他会发现：需要正确回答你的电话号码才能加到你。也就是根本加不上你，好吧，即使他有朝一日试出来了，你也可以随时把他拉黑。

曾经有一个例子：一个女孩晚上遇到强奸犯，她装作很高兴地说："大哥，别那么用力拖我嘛，不就是那个嘛，我也好久没那个了，我们找个好点的地方吧。"结果强奸犯很高兴地跟着她走了，之后她乘其不备用力踹了他的下身，然后顺利地逃走了。

当你觉得不中意或者很厌烦，对方却执意纠缠的时候，你大可以进为退，免得给自己带来不必要的麻烦甚至伤害。

我敢保证，如果你不中意对方，那么始终拒绝对方的亲近，抱怨对方只想得到你的身体，抱怨对方不重视你，要他每天给你打两小时电话，要他经常送花给你，经常打电话问他去哪里了，怀疑他的回答，经常和他聊起你们的未来蓝图，何时结婚，想要 3 个孩子，都叫什么名字……那么，无论他是不是骗子，都会自动蒸发的。当然，骗子会跑得更快一点。

轻松识别感情骗子

女人们都渴望心目中的王子会在某一天踏着七彩云霞来到自己的身边，这类幼年扎根在她们心中的童话情节也经常会被用来比照身边的同事和朋友，于是她们叹口气，继续埋头工作。

也许在一次聚会中，你们看对了眼，你的生命从此开始一个大转折。接下来他会约你，你身边突然出现了一位传说中的"好男人"，一开始，你所了解到的是他以前受过的感情伤害，也许父母不和，但无论如何这些都让他渴望一段真挚的情感；他很紧张你，说你很特别，说你是他见过的最优秀的女孩。你会惊讶地发现：你和他非常心有灵犀。他每天的数个电话对你关怀备至；他懂得制造浪漫，在意你说过的每一个细节。在后来的交往中，他偶尔会给你一些贬义的外号，但他解释这是因为太在意你，说自己没有你便活不下去，他还会干扰你的正常社会交往，想要独占你的时光，但这看上去又像是一种甜蜜的爱……

很多女人没有见过感情骗子，在她们的心中，感情骗子之所以得手是因为受害者过于幼稚和愚蠢的缘故。但实际上，只要是稍有姿色的女孩，都非常容易成为感情骗子的受害者。书本或者影视剧里总是把感情骗子塑造得十分蹩脚，让他们看起来都是典型的小白脸，穿得像一只大孔雀，说话油嘴滑舌，哪怕不了解的人，一眼看去也会觉得他是骗子。但实际上，这种长相的人是副导演千挑万选才找出来的，不具有任何现实的参考意义。如果面相上就能看出一个人的好坏，那么相面大师一定是最吃香和最赚钱的职业——然而可悲的是，相面大师过得都挺窘迫的，他们甚至不得不经常和城管打交道。

感情骗子带给你的往往是小说中才能看到的完美恋情，这似乎是最让人捉摸不透的部分。但很遗憾，这种男主人公温柔、体贴、多金的浪漫故事往往只发生在晋江文学城。现实中，这种"完美的爱情"起码有一半可以归纳为一个感情骗子在骗一个姑娘过夜。

在很多悲剧纪实文学里都有类似的情节，比如男主人公一开始以高学历、有房、有车、有钞票的身份接近女主人公，女主人公同居甚至结婚后才发现男主人公其实只有初中文化，房子是租来的，还离异。但这时被激素冲昏了头的女主人公一般会妥协，自我欺骗说："也许他是太爱我，所以才撒谎，如果他以后安分过日子也就不多计较了。"

所以，对这类看似完美无缺的男人，我们应该一开始就按捺住自己的内心蠢动。他可能是一个感情骗子；也许他老婆要在国外待一年，他需要一段不长不短干干净净的性关系；也许他结过两次婚，而且都因暴力虐偶而离婚；也许他现在不光有老婆，还有一个孩子；也许他的身份和地位是伪装出来的，其实他主要靠骗女人的钱为生……

想想那些可怕的教训，克制住自己的冲动，直到充分地了解他为止。男人不会因为性关系而和你更亲密，如果想得到承诺和婚姻，你需要更加保守一些——哪怕你已经欲火焚身。

感情骗子都有哪些共同的特征

"感情骗子"这个名词不太好听，而且也很难定义。实际上，倘若一个女人抱着结婚的目的和男性开始交往，那么单纯地为了得到她的身体而和她上床的男性都可以叫作感情骗子。感情骗子的隐蔽性很强，识别难度很大，但是他们有不少共同特征。当下述特征超过两个时，你就应该提高警惕了。

1. 一切看起来都很完美

他认识你才一星期，对你的热情却超过你所有的前任男友，他甚至已经和你提过以后生两个孩子！他十分渴望一个家庭，而且表现出对你特别在意，格外紧张。他特别想要更多地了解你，用心记住你说过的每一句话。这种宠爱让你觉得自己简直是全世界最幸福的人。

注意：如果没有经过大量的练习或者出于别的特殊原因，正常的男人做不到在这么短的时间内，就对你们未来的家庭生活做出如此具有前瞻性的期盼的。

2. 超乎寻常的浪漫

你们沉浸在二人世界里，你甚至没有见过他的朋友。他会毫不羞赧地当面叫你"宝贝""好老婆"，甚至还有更肉麻的称谓；你会在情人节或者生日收到大束的玫瑰，而此前的男友3年里都没有给你送过花。他还会异常用心地送你一些很特别的礼物——天知道他是从哪里弄来的。换个角度来想，我们也很容易理解，也许他是在试图麻痹你的警惕心，控制你的行动。我认识的一位男士这样描述自己的行为："如果我在去见另一个恋人之前先打电话给她，她就会觉得安全，不会想到打电话来找我，这可以为我争取到很多时间。"

注意：不要以为他为你所迷醉。实际上，如果一个男人装作为你倾倒，他可以拥有更多的主动权，而你永远也没有办法知道他是不是装的。

3. 他有很多时间

他有一份灵活性很大的工作，可以经常来陪你。也许你以为他是事业成功人士，但实际上他大概失业很久。总之他不用朝九晚五，也没有固定的上班地点。多数情况下，他说自己开着一家小公司，不用打卡上班。在一开始，他会有很多的时间陪你。

注意：在你和他发生关系后，他很可能会突然"忙起来"。

4. 他要求你对他特别信任

他很可能一开始就会告诉你："我的前任女朋友太不信任我，总是盘问我的去处，偷看我邮箱，所以我们分手了。"或者他会告诉你："信任是爱的基础。"又或者他会说："我喜欢诚实的伴侣。"这时你大概想："这个男人和我的想法如此惊人地一致。"但你忽略了，他是想要诚实的伴侣，但他可不见得是个诚实的人。

注意：他的女朋友不是傻子，一定是因为这个男人有前科才会做出如此过激的行为。一个值得信任的人，不会刻意要求别人信任他。他很可能只是用这个手段来阻止你发现真相。

5. 他经常问你在干什么

他的电话和短信时刻伴随着你，但多数是在打听你的行踪。可以理解，他骗了人，内心会不安和空虚，这需要大量确定性的事实来填补他的空白。此外，他试图通过掌握你的行踪来进一步掌控你。

注意：这种行为是控制欲的表现。如果你接受了，他会进一步加强对你的掌控，直到你不知不觉成为他的"提线木偶"。

6.限制你的行为

每当你想去参加各类社交活动的时候，他总是以要挟或者撒娇的方式要求过二人世界，而不是陪你去。

对你的电话，他每一个都要详细询问，并表现出不信任和攻击性。

在独处的时候，他会肆无忌惮地嘲笑你的好友和家人，试图使你对他们产生厌恶感。

注意：骗子知道自己在人群中更容易露出马脚，所以他们总是本能地排斥与其他人的接触。这种行为并不是男性的正常表现。想想看，他们在数百万年前的任务就是外出，和同伴们一起狩猎，他们理应比女人更渴望户外活动和协作。一个总是想要和你单独相处的男人一般都是在孤立你，以便于进一步掌控你。

7.他有暴力倾向

在你们交往期间，也许仅仅因为某一天你和男同事一起加班没有告诉他，他就把你的手机砸碎。也许你漏接了电话，他就发脾气不理你。他对你大吼大叫，但是过后又会用异乎寻常的温柔安抚你。

注意：骗子经常会处在内心的焦虑之中。这种焦虑使得他易怒，充满控制欲，而且独占性很强。其实男人的独占欲和爱无关，爱是给予，独占欲是索取。骗子的手段其实很简单，让你一会儿甜蜜，一会儿苦涩，然后你会盲目追求甜蜜的瞬间，而失去原本平静的生活。这类似于成瘾的过程，它不过是人为的手段。如果你开始就接受了，之后的甜蜜会越来越短暂，苦涩会越来越长久。如果他一开始表现出暴力倾向，那么拳头很快就会落在你身上。

8.他在一些细节上撒谎

我们都知道，为了圆一个谎，他不得不说很多个谎，但是要记住这么多个谎是很困难的一件事，所以你完全可以故意试探他。另外，根据调查，容易撒谎的男人更容易出轨。所以即使他不是骗子，会撒谎的男人也不是一个好伴侣。

注意：你应该在他告诉你"我昨天一夜未归，是去和朋友唱歌了"之后，问一下他所去的地点和尽可能多的细节。比如同事的性别，有多少人，玩了什么游戏，喝了什么酒，有没有谁的伴侣去了。然后在某个警惕性比较低的时刻，比如早晨，故意扭曲他的话来试探他："我朋友带回来一瓶××酒（注意，一定要和他之前说的酒品名类似，但实际不同），我记得你上次说你们开了一瓶，味道好吗？"骗子一般会先嗯嗯啊啊地答应你，因为他自己也记不得到底撒了些什么谎。而说真话的人则会驳斥这句话。

同理，你可以告诉他，你认识了一个人，叫×××，据说也是他们公司的同事，这时骗子会格外紧张。

总之，在恋爱的起始阶段，信赖你的直觉。直觉在叫停的时候，你需要调查一下他的来路，同时多听听周围朋友的意见。矜持、保持观望，而不是一头扎进去，因为你是在找未来的老公而不是一夜情（如果你只是为了一夜情那么没有必要了解本文）。同时牢记一点：太完美的男人只可能存在于两个极端，不是钻石王老五，就是骗子。感情骗子所做的一切就是把满分男人的人格移植到自己的身上，仅此而已。所以完美伴侣对你说什么，骗子通常也会对你说这些东西。

聪明爱
别拿男人不当动物

Chapter _ 7

如何捕获安全恋情

To Know Him
Is to Love Him

深谙如何瓦解女性"反荡妇防卫机制"的泡妞高手，早已丧失爱人的能力。爱情的吸引力像魔术一样神秘，而他们早就洞悉魔术的所有手法，女性的一切举动在他们眼里都是透明的、幼稚的，甚至可笑的。因此他们很容易得到性，从而使他们很难再拥有爱一个人的心境。

有时候，男人的情不自禁是装出来的

在所有教授人们搭讪术的书籍里，都会要求学员们克服一种叫作"**接近焦虑**"的情绪。

如果你想了解"接近焦虑"这个生造词是什么，你得知道焦虑是什么。

焦虑，是指一种缺乏明显客观原因的内心不安或无根据的恐惧。预期即将面临不良处境的一种紧张情绪。比如说临场焦虑，我们每个人即将准备上台演讲的时候，我们就会不由自主地难受、紧张、激动，这就是临场焦虑。再比如说，我们做错了事，比如在"严禁摘花"的地方偷摘了一朵玫瑰，虽然没有人看见我们，我们还是会产生内疚、羞愧感。这就是我们的道德焦虑。

了解了这些，我们就很容易理解"接近焦虑"，这个词被造出来用以形容男人搭讪女人时产生的紧张感。一个正常的男生在给你递情书的时候，他会脸红；邀约你的时候，他是结结巴巴的，哪怕他智商超过180，哪怕他家财万贯，也是一样。也就是说，男人面对自己喜欢的女性，是有着情不自禁的本能冲动的，这种冲动甚至会引发焦虑。

当一个人自然又得体地和你搭话开场，让你如沐春风、如获至宝，那只能表示：他学习过如何克服"接近焦虑"的方法，很可能是个阅女无数的情场老手。

想想看，他竟然能克制住自己与生俱来的焦虑本能，这得有着多么强大的精神力量才能做到？如果他很自然地接近你并和你搭讪，说明他已经很好地控制住了自己的情绪。一个在你面前这么有克制力的人，多半并未爱上你。你们的情绪控制能力根本就不在一个段位上，想象一下，跆拳道黑带四段愿意和幼儿园的小朋友过招吗？

当然，在短期关系中，他们并不会介意女伴的智商以及自控能力。实际上，大多数男人都不排斥获得一段短暂的性关系。

所以说，自然得体的搭讪很难转变成一对一的长期关系，因为他们没有对你情不自禁。而没有对你情不自禁的男人，是不会爱上你的。

男人们很了解这一点，为了消除女性的顾虑，他们有时还会使用"**情不自禁策略**"（Affected Irresistibility Strategy）来泡妞。比如说，他们接近你的时候，会告诉你："我忍不住要过来和你说句话，因为你长得太像我未来的女朋友。"一句话里同时包含了幽默和情不自禁的冲动感，女孩很难不为之动心。

有一个名叫 David 的把妹达人写过一部教坏男孩怎么泡女孩的著作。这本书的第一章是这样开始的，他说："我在另一个州住了两年，当我回到原先居住城市的时候，我打电话给一个曾经和我有过关系的女人，一开始她直接让我滚蛋。我说：'你是我回来之后第一个打电话的女人，你的名字在我的清单里面是最高级的，我现在是否有机会过去？我没有办法跟你争论，因为我勃起了。'那个女人说：'你过来吧。'之后我睡了她。完成了之后，她抱怨了两小时，我让她抱怨，谁管她在说什么，而我去睡觉了。早晨起来她做了早餐，又开始抱怨了两小时。最后我问：'我到底要承受你多久的抱怨，我在另一个州待的两年值多少抱怨？'她说：'我快说完了。'在外面的两年，有多少值得说的？我没有想过你，我睡了很多女人，我没有想过你，你真是我的宝贝。好吧，她是对的，我是一个很糟糕的男人，但是她们喜欢坏男孩。"

这个 David 是个典型的花花公子，这种男人有很多特别的泡妞手段，比如他会告诉女孩："我想你，我止不住要想你，我控制不住自己要想你。"用他的说法，当一个女人认为男人对她的情感简直无法自我控制的时候，她就很容易心软。

他不擅长升华经验，但他擅长提炼经验，他知道女人只要听到"我想你"，就控制不住自己了。

这就是"情不自禁策略"，即装作情不自禁来接近女生，以便于麻痹和猎获对方的策略。

很多男人心目中都有着同样的花花公子情结。David 这位花花公子的著作就被很多人下载过，也许那些看过它的人就生活在你的身边。男人们甚至会很卑鄙地利用"情不自禁策略"来误导女人。他们会告诉你："我有女朋友（老婆）了，但是我还是忍不住想你。"

前一句是在表述自己是一个负责任的男人，后一句是在表述自己的情不自禁。

这种话是在利用你，并试图误让你相信他对你的感情无法控制，这种情况下女孩子尤其容易上钩，因为女孩子很容易把这种感情领会成爱。

千万不要因为他声称情不自禁，你也开始情不自禁起来。爱是这样吗？爱不是这样的！

爱不是告诉你"我忍不住""我控制不住自己"。

爱是"我愿意承担""我愿意对你负责"。

爱是负责任的情不自禁，不负责任的情不自禁叫作玩弄。

好吧，当一个男人告诉你："我有女朋友了，有老婆了，可是我还是忍不住想你。"如果没有其他下文转折，那么他的意思是：如果你不要求名分让我

白玩，我会非常高兴。

负责任的男人，会喜欢负责任的女人，所以如果你想和他有结果的话，请你先告诉他："我觉得你很诚恳，我也挺欣赏你的，不过你需要把自己的事情处理好，彻底恢复单身后，才有说喜欢我的资格（注意，是喜欢你的资格，而不是和你恋爱的资格）。"

如果他是真心喜欢你，他会去做的，有什么比你更重要呢？除非他本来就打算玩玩。

泡妞高手一般都具有超凡演技

美国作家艾尔弗斯和格林的联合著作《诱惑的艺术》中，写过这样一个故事：

18世纪70年代，有一位夫人独自到她老朋友的城堡做客，想在乡下享受一些独处的时光。夫人不是一个轻浮的女人，她的穿着非常简单大方，不追求时尚而且深爱自己的丈夫。不过需要说明的是，这位夫人年轻而且美丽，年轻美丽到必须设法避开男人的瞩目。

城堡主人的侄子很快来到城堡度假了。他叫凡尔蒙，是当时巴黎所有人都知道的一个浪荡公子。这位公子的相貌非常俊美，看起来有点忧郁。当时夫人的朋友就写信叫她提防这个危险的男人，可她认为自己根本就不可能受到这个男人的诱惑。

出乎意料的是，不光夫人这么想，凡尔蒙对夫人也好像视而不见。在城堡的日子里，浪荡公子凡尔蒙的行为似乎是在为他浪荡的过去而忏悔，好像真的是想要皈依上帝的样子。

结果夫人开始留意这个浪荡公子，好奇他到底在干什么。她让仆人跟踪凡尔蒙，仆人看到凡尔蒙去当地的一个村庄帮助一家因为贫穷而要被赶出房子的潦倒村民。夫人非常开心，看来浪荡公子狂热的灵魂正在由禽兽的享乐走向高尚的美德。她进一步放松了警惕。

有一天晚上，凡尔蒙跟夫人第一次独处了，他说了一番让所有人都没想到的令人震惊无比的话。他说自己不可救药地爱上了她，这种浓烈的爱意是从来都没有感受过的，夫人的美德、善良、美貌、义举和善行将自己彻底地迷倒了。他之所以要去慷慨地施舍那些穷人也是因为这个缘故。

凡尔蒙自称受到了夫人高尚精神的鼓舞，他进一步坦白——当然，这些坦白也许只是出于某种更险恶的原因，也许只是想引起夫人的注意。

浪荡公子说，本以为这些情绪永远都没办法去表白，但是如今他既然能够单独跟她在一起，因此他完全无法控制自己的感情。

接着，浪荡子跪在这位夫人的面前，求她帮助他、指引他走出痛苦。之后夫人开始痛苦了，接下来的几天都谎称自己卧病在床。浪荡子不断给夫人写信恳求她的原谅，然后在信中称赞她的容貌和灵魂，说自己开始重新思考人生。

夫人写信给凡尔蒙说，你应该离开城堡。凡尔蒙离开了，说："但是你要继续允许我待在巴黎，给你写信。"然后她就看到这个浪荡公子脸色无比苍白地走了（实际上，他的脸色苍白，是因为他每天都在跟城堡中的另一个女孩风流）。

之后凡尔蒙的信就像雪片一样飞向了这位夫人，他无视她的要求，在信中大谈爱情，发誓会永远爱她，还责备夫人的冷淡无情。他解释说："过去放荡的生活不是我的错，我的生活没有方向，是被别人引入歧途的。如果没有夫人的帮助，我还会回到以前的生活中去。不要那么残忍，你勾引了我，我是你的魅力和善良品德的牺牲品。你那么坚强，无法体会我的感觉，你心中没有任何恐惧。"

于是这位夫人就对浪荡公子渐生同情，因为这位浪荡公子看上去那么地无助，那么地无法自控。如何是好呢？她应该开始思念这个男人了。

就在这个时候，凡尔蒙突然出现了，在一个意想不到的时刻，他出现在这位夫人身边，然后这位夫人就发现自己竟然如此地全身震颤，无法自已，脸上布满红晕。她终于明白，她这样一位美德与良善的典范已经身不由己地爱上了这位声名狼藉的浪子。

这个浪荡公子自始至终不遗余力地向这位夫人传递着这样的信息：我是一个无害的人，因为我这么爱你，我完全被你所征服，被你所控制，被你掌握了，我的邪念都因此而不存在了，因为爱你，我可以做到一切事情。

这种装作无力的受害者的方式混合了**情不自禁策略**，彻底打消了女方的疑虑和防范，让女方感觉自己有极强的控制能力，让她觉得自己完全能够控制这个游戏的局面，于是女方就非常容易陷入这种"爱情"中。

你会认为这位夫人愚蠢吗？不，她一点都不愚蠢，她只是自以为是的牺牲品。浪子并不爱她——一个人爱你的话，你应该能感觉得到的。那种表面不露声色，突然跑来向你倾吐强烈爱意，把你吓一大跳的人，多半并不爱你，而是基于其他的因素（也许是性欲）在说谎。

即便他真的爱你，能把这份爱藏那么深也是颇为奇怪的。既然他能把情绪隐藏得如此之深，即使你们在一起了，你也很难感受到他的情绪和爱意。

追求有时候是一种障眼法。男人说爱并不代表他真的爱你。一个男人追求你，说爱你，他很可能只是故意试探或者撩拨你。

教把妹的书籍里常常会有这样的情景：

他会笑着跟你说："我一直想找一个女朋友，她的眼睛非常大，皮肤非常白，有着一头柔顺的长发，而且有着非常迷人的思想。"如果你真的是一个大眼睛、白皮肤、长头发然后又自认为有着很迷人的思想的女孩的话，你会很容易认为他喜欢你。

他会像上文的浪子一样，告诉你他以前做过很多浪荡的事情，可能他现在是真的成熟了，想结婚，也想找一个跟他非常匹配的配偶，他做梦也没有想到能娶到你这样的女人回家，但是他还是会觉得他能得到一个像你一样有魅力的女性。

他们就是这样在恭维中撩拨你的，其实他们说的话和你半点关系都没有。他们只是在不断满足你的虚荣心，展露自己的无害，让你忽视他的危险性。就像猪笼草[1]对小虫子做的那样，流淌着蜜汁，让昆虫身不由己地掉进去。

他们可能见第一面的时候就会告诉你："如果我们在一起的话，你会喜欢有两个孩子吗？"或者说："我们如果在一起的话，你会不会很喜欢去阿尔卑斯，或去日本旅游？"或者他甚至在见第二面的时候，就告诉你他想为你做几道菜，然后把你带到超市去，两个人开开心心、和和美美地购物。

这些做决都是在激发你将他作为**配偶的幻想**。男人说他要追求你，他喜欢你，他因你而迷醉，不代表他是弱势群体，不代表他很蠢，不代表他愿意为你付出。他只是通知你他要追求你，但实际上他并未追求你。这个时候你的心里就会开始敲小鼓，他为什么不追求我呢？我不够好吗？当你出现这种情绪的时候，你已经成为他的下一个猎物了。

也许就在他得到你身体的第2天，他便从人间蒸发了，好像他从来没有存在过一样。所有的智人男性在寻找性的满足中很容易表现出未来丈夫的行为和角色，但是，一旦得到性的满足，他们会很惊讶地发现自己的情感发生了变化。在捕猎的过程中，他们也许真的很投入，他们会以为自己真的爱上你了，你也会这么以为，但一觉醒来，事情会发生变化——当然，在这个过程中如果

Note ｜ [1] 猪笼草：热带食虫植物，能分泌香味，引诱昆虫。

他不骗倒自己，让自己信以为真，又怎么能打动得了你呢？就算他是真心地对你好，可是，这就好像传销一样，哪怕他真心相信自己曾经爱过你或者深爱你，你同样会成为被害人。

怎样对待这样的追求者呢？你应该把他们看作追星族而不是追求者。没错，他们对你的拥戴并不需要你的任何回报，你值得拥有。

他们用巴南效应（Barnum effect）俘获你

在一次宴会上，一个男孩靠近清高的露露，笑着说："宝贝，虽然你有美丽的外表，但是你没有欺骗到我。"

露露很好奇，难道这个男人真的了解自己吗？于是就问他："你什么意思啊？"

男孩笑了笑，告诉露露："我想大多数男人都会认为你是一个以自我为中心的冷美人，但是我想有些事情他们看不到，那是你直率的一面。大多数人都无法看到你的另一面，但是作为一个才认识你不到五分钟的人，我想我却能够看到别人看不到的事情，不相信的话，我们可以来打一个赌。我觉得你在努力掩饰，但你的内心却非常地感性，当别人贬低或者否定你的时候，你会装作毫不在意的样子，可是你会在回家的路上一直思考他的话，实际上你就像小女孩一样感性，只是你试图把它掩藏起来，所以大多数人从来都没有发现你的这一部分。"

露露很惊讶：这个素昧平生的男孩，竟然如此了解自己！她饶有兴趣地和他聊了一晚上，临走时还将电话留给了男孩。

没错，男孩迷住露露的方式，就是传说中的"巴南效应"。

什么是巴南效应呢？ 1949 年，心理学家伯特伦·福勒（Bertram Forer）

做了这样一个实验：

他向他的学生宣告要做一个人格测验，并在测试完成后，给予他们每个人一段只针对他们自己的、"独特"的、简短的人格描述，并要求学生自行评断这个描述是否跟他们自身相吻合。

其实他给所有人的人格描述都一样，笼统而又模糊——都是从街头小报的算命文章上摘抄来的。

但收回的统计结果非常让人吃惊：100%的被测人都非常满意，认为说的大部分情况都跟自己吻合，而41%的学生认为："这份报告完全吻合我的性格，这份测验真了不起！"

时隔30年，据说又有人做了一次同样的实验，结果还是一样。时至今日，人们仍持续被同样的原理蒙骗，而且因为受骗者并没有察觉，所以大多数人都以为只有自己没有受骗。

将上述的实验情况概括起来，就可以明白巴南效应的意思：

如果有一段关于性格特质的描述，而这段描述模糊并倾向于正面，可以用来形容每个人，那么每个人都会以为这是在描述自己的性格。

这段描述一定是含混的，不涉及任何具体化的事物，但它是在概括你的个性特征，同时又倾向于正面。

以下是他给每一位学生的人格描述，意思相当模糊，模糊到几乎适用于每个人。

> 你相当需要别人喜欢、美慕、尊敬你。
>
> 你常对自己要求严格。
>
> 你自觉有相当的潜能在，并尚未被开发。
>
> 你自觉在人格上有缺陷，但你有能力去弥补它。
>
> 你对性的适应有困扰。
>
> 虽然外表上，你看来相当有自制力，但内心常常无安全感并担心自

己的表现。

你发现对别人坦白并非是好事。

你有时很外向、开放，有时却相当内向、保守。

换了是你，你会幸免吗？

我自己也曾经做过类似的调查，我选取了这么一段话："整体来说，你偏重理性，学习和择业都很脚踏实地，你很少公开去臧否人物，所以你的人际关系和谐，但你内心一直都有判定而且很难改变；你很怀旧，偶尔会记恨，想过报复但不一定会真的实施；你心里对浪漫的感情怀有不切实际的向往，可能会有很长的暗恋史和被暗恋史；也许早熟，很小就学会和自己相处。"

然后问大家："你是否觉得这段话可以用来形容自己，如果是的话，请告诉我您的星座。"一共有 15 个选项，一个选项是"和我一点都不像（选这项的请不要选性别）"，有 12 项分别是："太贴切了，这就是我，我是 ×× 座。"调查结果显示：所有的星座都有人认为是在描述自己，选得最多的是狮子座和处女座；双子座和天秤座比较少，但是之间的差别并不大。

"和我一点都不像"，这个选项的人数占到四成，反过来说，这么一段话，有六成的人认为太贴切了，说的就是自己。此外，参与这个投票的女生大致是男生的两倍，也就是说，女生更容易受到这样的暗示。

所以说，当一个男人对你说"我可以看到你的内心，你其实是一个 ×××××× 的人"，他这时就是在利用巴南效应泡你，他搭讪 100 个美女，就能哄到 60 个。运用巴南效应，让你觉得"这个人真是了解我"，左右你的潜意识，赢得你绝对的信任，这种招数，是"冷读术"（Cold Reading）[1] 中

Note | [1] 冷读术：通过眼神观察言谈举止，举手投足之间了解到他人的心理活动，甚至通过一些言语或者行为动作去控制对方的一种社交常用方法。

的一种。如果你不了解这些浅显的心理学常识，你很容易会被懂得如何运用这些伎俩的人引诱，从而成为他们床上的"美餐"。

我们都知道，算命、星象学这些东西都是长期存在且无法用科学对其进行解释的，每一个人都希望从这样简单的方法中分析和概括出自己，找准自己的位置，认清自己到底是一个什么样的人，并迅速地获得成功。但大多数情况下这是不可能的，真正了解自己的人只能是你自己，甚至你自己都不容易了解自己，你更不能期望一个陌生人对你有所了解、有所期待。

怎么回应比较好呢？当你被男人采用这种方式接近的时候，你可以笑着对他说："你真的很厉害，你是今年第 182 个人对我这么说的人，我真的很崇拜你。"一般来说，稍微正常的男人会很挫败地走掉。但资深泡妞者不会因此而退缩，他们会说："真的被你看穿了，其实我就想过来和你搭讪。"那么你可以告诉他："你很没有创意，很俗气，很平庸，用的招数也很垃圾和过时。"然后他们会非常受挫折，非常受打击，对你敬而远之。

放心吧，能够用上冷读术泡妞的男人，一定是采花老手，拒绝他们对你而言毫无损失。正常的男人绝对不会这样来接近你！

否定一个男人的时候，你需要告诉他其实他很平庸，平淡无奇，这足以让他放弃撩拨你的念头，也许他会为此而更加狂热地追求你，但那是另外一个问题。

羊群效应（Herd Effect）让你爱上并不怎么样的他

羊群是一种散乱的组织，它们习惯于盲目地左冲右撞，但一旦有一只头羊动起来，其他的羊也会不假思索地一哄而上，全然不顾前面可能有狼或者哪里会有更好的草。

羊群行为是行为金融学领域中比较典型的一种现象，经济学里经常用羊群效应来描述经济个体的从众、跟风心理。人们经常受到多数人影响，他们会追随大众所同意的事物，自己并不会思考事件本身的意义。

曾经有这么一个有趣的实验：某高校请来德国化学家展示他最近发明的某种挥发性液体。当主持人将满脸大胡子的"德国化学家"介绍给阶梯教室里的学生后，化学家用沙哑的嗓音对同学们说："我最近研究出了一种强烈挥发性的液体，现在我要进行实验，看要用多长时间能从讲台挥发到全教室，凡闻到一点味道的，马上举手，我要计算时间。"说着，他打开了密封的瓶塞，让透明的液体挥发……不一会儿，前排的同学，中间的同学，后排的同学都先后举起了手。不到两分钟，全体同学都举起了手。结果，"化学家"一把把大胡子扯下，拿掉墨镜，原来他是本校的德语老师。他笑着说："我这里装的是蒸馏水！"

这个实验生动地说明了这些同学之中存在羊群（从众）效应——看到别人举手，也跟着举手，但他们并不是撒谎，而是受"化学家"的言语暗示和其他同学举手的行为暗示，似乎真的闻到了一种味道，于是举起了手。

更进一步地，我们可以看到：从众心理很容易导致盲从，而盲从往往会令决策者陷入骗局或遭到失败。

人们总是难以摆脱羊群效应给自己带来的困扰。在两性对垒中，一个很明显的例子就是已婚男人经常会比未婚男人更受欢迎，尤其是当他们达到一定年龄之后。与未婚男人相比，已婚男人很明显已经经过至少一个女人的鉴定——"嗯，他是一个合格的丈夫。"而后者让人不由得心生疑虑——"他真的有看上去那么好吗？还是说他其实是个性无能／变态／暴力分子？"

每个人都曾或多或少地怀疑过自己的判断力——我大概不配得到这好的东西，我缺乏判断能力，我还是跟着别人的脚步走吧。如果有人已经选择过，那么我再选择也不容易出错。

羊群效应还让我们看到，拍卖中的物品往往会被哄抬到不可思议的价格，拍卖会中的人们总像打了鸡血一样，亢奋地出价，将一件东西抬到天价，竞价显然激发了人们的占有欲。很多人特别是已婚男会故意利用这种手段泡小姑娘。比如说，他见你的时候，会携带一位漂亮的女孩为伴，这位漂亮女孩就是传说中的"僚机"[1]，他们让你大惊：原来他这么受欢迎！你无形中会给予这样的男性更高的评价，或许还会纠结于他为什么那么受欢迎，从而对他产生兴趣。

人们并不总是理智的，有时抢购并不能说明货品的价值。被争抢的男人的性价比往往很低。正是因为他经历过太多的女人，他们才总会显得令人心动。他们看向你的时候眼睛发亮，有时则表现得格外楚楚可怜，他们仿佛已经深深为你所迷醉。他甚至不用说一句话，只用表情就能杀伤你。当然，这些都是幻象，他心里一直在盘算着怎样才能以最少的成本让你赶快脱掉裤子。他们没有

Note | [1]僚机：恋爱学术语，通过异性伙伴或朋友，以显示自己的异
      性吸引力，制造"成交"紧迫感。

爱与不爱，只有值与不值、行与不行。

　　正因为他有着如此之广泛的可选择范围，你更加显得不起眼。正因为被争抢的可能性大，所以他会拥有无数的播种机会，他当然不会愿意牺牲这些机会来换取专一地繁殖一个后代的机会，这样的男人很难成为好丈夫。但是在你心里，能和他结婚，已经是你上辈子修来的福气——你当然没有资格要求他做家务。他质量不高，价格还贵，完全不适合居家常用。

非理性行为与光环效应经常被用来抬高身价

《经济学人》杂志的网页上曾经有一则这样的广告：

欢迎征订《经常学人》！

A.80 元 网络电子版

B.125 元 打印版

C.125 元 打印版 + 电子版

看一下这个选项，你会认为他们疯了。它的打印版和电子版 + 打印版套餐是完全一样的价格，每年都是 125 元，既然如此的话，那谁会放弃这样的套餐而选择打印版呢？

但实际上，《经济学人》的编辑们比我们聪明得多，这则征订广告真正的奥妙在于：

如果把选项 B 拿掉，变成：

A.80 元 网络电子版

B.125 元 打印版 + 电子版

当你去掉 B 这个选项后，那么选择电子版的会占 68%，而选择打印版 + 电子版套餐的仅占到 32%。

当加上一个打印版的诱饵，就没有人会再去选择单独的打印版，选择电子版的人也会非常少，而选择套餐的人会非常非常多。这位作者让 100 多名马萨诸塞理工学院的学生选择，结果是单订电子版的 16 个人，单订打印版的是 0 个人，订打印版 + 电子版套餐的是 84 人。

这些受试者是谁呢？是马萨诸塞理工学院的学生，无论怎样，他们都应该算是人群中颇具理性的那一类人，但他们同样受骗了。

是什么原因使得这些理性的人做出了截然不同的选择呢？那是因为前者有一个选项，有一个诱饵，也就是打印版的诱饵。

在美国经济学大师丹·艾瑞的《可预期的非理性：形成我们抉择的背后力量》的开篇里，作者提到，人们很少做不加对比的选择，我们心理并没有一个内部的价值计量器告诉我们某种物品真正的价值几何，相反，我们所关注的是这种物品与其他物品的相对优劣，以此来估算其价值。

就像我们如果想买一块手写板，我们不会揣着 1000 元冲过去，高于这个价就不买。而是先打听价格，货比三家，从中挑出性价比最高的那一块。

我们还会对不了解的事物下意识地进行分类，然后试图给他一个定位。这导致我们对于事物，其实是完全不了解的事物，不敢胡乱开价。也许我告诉你这一块零件是卫星上的零件，你会开出一个想象不到的高价。但是如果你得知它来自一口电饭锅呢？你一定会开出一个比较低的价格来。

餐馆的老板非常会利用这一种定价原则，他会把某几道主菜的价格定得非常高，这就促使我们有个菜价很高的心理预期。在一些餐馆吃饭的时候，常常会有特别昂贵的鲍鱼或者鱼翅以及燕窝的单品在最前页，当你翻过前面这几样，你会发现：哇，原来有的菜价也不是这么贵，真的是很划算。

如果在另外一家小店看到同样的菜单，只是没有前面那几页，你也许会下意识地想，这家店比我们家门口的还要贵一点。比较的参照物不同，这就是人们常常所表现出来的一种非理性行为。

大多数人是非理性的，他们并不知道他们所不了解的事物价值几何。一个男人向你展示过高的个人价值，多半是不合情理的——比你生活水准高出太多的男性，应该极少在你生活中出现。

自我吹嘘也是泡妞者常用的伎俩，他们管这个叫孔雀。不可否认，自大的男人有时显得很有幽默感。他会指着自己的 QQ 汽车告诉你："看，宝马在年幼的时候也长这样的，假以时日，它还可以长成保时捷。"或者指着自己的细胳膊说："史泰龙五岁的时候也不过如此。"

瞧瞧，他在你脑海里都留下了一些什么样的印象？他悄然将自己和一些代表富有、美好、强壮的词汇紧密联系在一起——我们的广告商也是这么做的，他们让美女手托商品，让你在无意识中将对美女的偏好与产品联系起来，将对美女的好感错误地归因于对产品的好感。

在这样的光环效应下，你忽略了他是一个开着 QQ，见第一面就想要推倒你的满嘴跑火车 [1] 男。你会误以为这个电饭锅零件来自于卫星。他试图展示的只是类似于菜单前页的鲍鱼和鱼翅一样的东西——当你真正要点昂贵菜品的时候，你会发现他们并没有存货。

人们通常不愿意接受自己是非理性的这一说法。他们总是认为：我能控制自己的大脑，我能控制自己的念头。任何试图让他们知道自己不过是基因版图中的一块或者社会机器中的一个流水零部件的做法，都会招致他们的愤怒。当然，他们有时也会带着挫败感承认这一点，但最难的就是在爱情这个问题上。可以这么说，这是他们最后的城堡，如果承认这一块都是被已知力量牵制和影响，他们就将绝望地把自己看成会跳起来接飞盘以便获取一块肉的动物。

事实上，当我在叫你不要想着**一头粉红色的有翅膀的大飞象**的时候，你脑海里一定已经浮现了这种诡异的生物。这就是泡妞达人经常用来**撩拨**女孩的方式，比如在相识的最初，他们会这么告诉你："看我手指这么修长，假如我来为你做一次 SPA，你一定舒服极了。"他们知道你会拒绝，所以他们还会接着自我否定："不过我太贵了，你付不起我为你做 SPA 的价钱。"不过已经来不

Note | [1] 满嘴跑火车：比喻信口开河、随口乱说一气，指说话不可靠，没依据。

及了，你已经开始想象这样的画面，并且开始脸红。同时还认为他是一个身价很昂贵的人。他们比《盗梦空间》中的盗梦高手们更加擅长植入潜意识，而且还是在女人们醒着的时候。

回到开头那个例子，诱饵在择偶中也是有着相似的存在，比如说有一位甲先生和一位乙先生，还有一位长得比甲稍微差一点的先生，我们姑且叫他弱甲先生。当有了弱甲先生存在的时候，甲先生就显得比乙先生更为讨人喜欢。尽管一开始甲、乙对于同一位女性的吸引力是相同的。

这就是经济学家告诉我们的，当你在择偶中遇到一些困难，那么你可以找一个外观特点跟你差不多相似，比如她跟你长得差不多白，然后样貌也差不多，但是她比你胖 10 斤这样的女孩子；或者说你可以带一个体形面貌跟你差不多，但肤色比你黑得多的女孩子；或者也许她是一个肤色和体形都跟你差不多，但是要比你长得差一点的女孩子。这样的女孩子会大大增加你在择偶市场上的优势，会使你显得比对方之前那个相亲对象好得多，尽管那个相亲对象实际上还要比你高出一点点。

要诱导出非理性行为，诱饵的存在是一个至关重要的部分。

所有泡妞行为的克星：反荡妇防卫机制

他长得真的很帅气，就像是小说中的白马王子一样。在一个朋友的聚会中，他们相识了，大家起哄让他们对唱情歌，也许是觉得他们特别相配吧。可是女孩自己知道，这么优秀的男生是根本不会看得上自己的，然而一切都显得那么完美，让人难以抗拒，他就好像是神赐给她的礼物。

她对男孩说："也许我们还需要多了解一下。"男孩静下来，孩子气地看着她："你想了解什么呢？我的一切都是向你敞开的，你想了解什么告诉我，我所有的一切都会对你如实相告。"

他的眼睛是那么真诚，真诚得就好像女孩做错了什么事，好像是她冤枉了男孩。他们理所当然地热恋了。3天，他们就打得火热，女孩吃惊地发现他们两个人的世界观竟然那么相互契合：他喜欢吃的菜就是女孩最喜欢吃的，他喜欢的书就是女孩最爱读的，他喜欢的电影就是女孩最爱看的……女孩除了隐隐约约觉得自己仿佛配不上他，他们两个人之间的一切都是如此完美。

第4天，男孩请女孩看电影，散场之后已经夜深了，他把她送到楼下，两个人都舍不得分开，注视着对方。男孩说："我可以上去坐一会儿吗？"女孩说："可以的。"

两个人来到了女孩的房间，洗完澡出来的女孩示意他去睡沙发，他突然一把抱住了她。女孩觉得这样是不是太快了，当男孩解开她扣子的时候，她心里突然有个声音在大叫：等一等！

是谁在叫女孩呢？

某本著名的泡妞教材解释过一个概念，叫作"反荡妇防卫机制"（简称ASD，Anti-Slut Defense），即防止自己成为荡妇或者被视为荡妇的防御机制。它的理论基础在于，任何女性的大脑中，都存在基因预设的回路，来防止她们被不负责任的男人搞大肚子，被抛弃，从而留下荡妇的恶名。

的确如此，喜好滥交对女性毫无益处，她们很难成为男性固定的长期伴侣，因而也很难得到婚姻和留下后代。在一年中和 100 个女人发生性关系的男人也许可以拥有 100 个后代，而一年中和 100 个男人发生关系的女人只可能留下一个后代，即使生下的是双胞胎，也最多只有两个。相反，她还很容易被传染上五花八门的性传播疾病，或者因为喜好滥交而获得"婊子"的称号。因此，对性抱有开放态度的女性非常少，是自然的淘汰让现在的我们基本都属于洁身自好的女性的后代。

虽然我们有了有效的避孕措施，但这是近代的发明，我们由远古时代进化来的基因还远远没有来得及跟上我们现代的科技水平。无论我们脑子里怎么想，我们的身体都会固执地认为我们是会怀孕的。这就是 ASD 的由来。

女性都具有强大的 ASD。没有 ASD 的女性祖先，早就化成了一堆堆白骨和一缕缕香魂，她们的基因早就已经散失在风中。

ASD 可以帮助我们判断很多事。比如我们经常能看到或者听到男人信誓旦旦地告诉女人："虽然我和她发生性关系，但我心里爱的是你。"

这话的可信度高吗？大部分女人都会对此话嗤之以鼻。不过困境中的当事人可不是这么认为的，或者说，她们没有接收到足够的理由让她们相信男人爱的不是自己。

这时，ASD 有助于我们做出判断：正常女人不会在缺乏承诺和爱的状况下和男人发生性关系，除非这个男人让女人相信他爱着自己。因此，这个男人只可能是个擅长欺骗的高手。

他说"虽然我和她发生性关系，但我心里爱的是你"这句话可能是在骗她，不过，他更有可能是在骗你，除非你确定那个和他上床的女人有家族遗传的智力障碍或者极端性开放，否则他的那句话没有可信度。

一个女人和男人上床，一定事先接收到了足够的关于承诺的信息，她一定已经从男人那里得到了明示或暗示，认为这个男人有可能和她发展长久的爱侣关系，只有这样女人才会愿意奉献自己的身体。除非她是一个条件很差、极度开放，或以性行为牟利的女人。否则，她为什么要和一个男人上床？

我们对于擅长发表"我心里真正爱的是你"这类谎言的骗子的直观印象，往往来源于书籍和电视剧中的描绘。我们认为他们总是穿着夸张，举止怪异，做事冲动，而且骗术异常拙劣，简单到让人一眼就能看穿。我们甚至总能预料到故事的结局，这更加强化了我们对于自身拥有的辨别骗子能力的盲目自信。而实际上，潜伏在生活中专门以泡妞为乐的男人们要隐蔽得多，而且大都不起眼。也许，他就是你的枕边人。

他们往往会对女性格外体贴温柔，并且表现得既绅士又幽默。如果不是这样，你会更容易对蛛丝马迹生疑，更容易严苛地审视他。而当他试图制造一个幻境给你，用于说明你们缘分天定的时候，你会更不愿意走出来，你会更倾向于相信他的话。

前面提到那本著名的泡妞教材中很重要的一个章节就是教男人们如何解除女人的 ASD 来达到上床的目的，教材中明确了他们的策略，即"至少要假装到得手为止"。

所以，当你直觉上认为这样不妥，但情感上又无法抗拒的时候，你的ASD 会站出来大叫："等等！这样我岂不成了荡妇？"

停下来吧，当你觉得不对的时候，请遵从你的 ASD。

虽然男人们对它咬牙切齿，但你会因为 ASD 的存在而得到更多保护。

深谙如何瓦解女性"反荡妇防止机制"的泡妞高手，早已丧失爱人的能力。爱情的吸引力像魔术一样神秘，而他们早就洞悉了魔术的所有手法，女性的一切举动在他们眼里都是透明的、幼稚的，甚至可笑的。因此他们很容易得到性，从而使他们很难再拥有爱一个人的心境。

聪明爱
别拿男人不当动物

Chapter _ 8
恋爱的黄金期，要给值得的那个人

To Know Him
Is to Love Him

女孩子的择偶期就是比较短，择偶黄金期更短，所以说女孩们的时间是更金贵的，她们的时间比同龄的男性更金贵。不要和不值得的男人纠缠，和他多纠缠一分钟，就浪费你多几倍的生命。必要的时候，对他们的态度恶劣一点也无妨。

女孩什么时候行情最好

漫天乱飞的剩女二字，虽然不好听，但指出了一个现实：很多优秀的女孩，由于各种原因，错过了自己的最佳行情，也就是错过了**黄金择偶期**。

黄金择偶期是什么时候呢？国外的两性研究报告告诉我们：

女人的黄金择偶期是 20～30 岁，男人的黄金择偶期是 20 ～ 40 岁。

在女人的黄金择偶期里，她们：

1. 不必过于紧张对方会遇到比自己好得多的对象。

2. 不必担心成为高龄产妇，或者自己的丈夫在孩子成年前就会丧失抚养能力。

3. 在这个时间段之外，想和女人结婚的男人非常少，或者说，在这个时间段之外的女性不是异性的最优选择。

4. 在此期间保持单身状态，不会受到太多的社会和舆论压力。

实际上，由于国内的人口众多，流动性又大，所以婚恋形势还会更严峻一些。二十八九岁的女孩在国内的社会形势下，几乎就已经被排挤为择偶边缘人。解决这个问题的关键其实并不在于女性愿意什么时候出嫁，而在于男性愿意和什么样的女孩结婚。

男孩子喜欢选取什么年龄的女孩子做配偶呢？我们来看看**男性心目中的最佳婚嫁对象**曲线图，见图 8-1，参与调查人数 380 人。

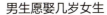

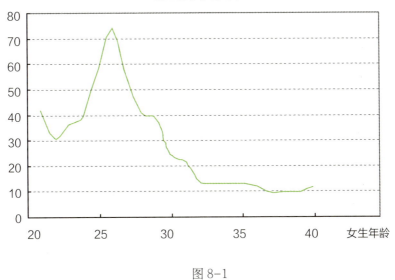

图 8-1

从图中我们可以看到，女孩从 20 岁起行情一路走高，25 岁到达顶峰，之后缓慢下跌，30 岁之后基本无太多人问津。

在另一个调查中，男孩的行情在 22 ~ 24 岁几乎无人理会，从 25 岁才开始缓慢爬升，30 岁是一个小高峰，36 岁才开始下跌，40 岁后依然有着平滑的弧线。

也就是说，女孩子一旦超过 30 岁，她在 30 ~ 40 岁男性择偶市场中的行情，还不如 40 岁以上的男人在 25 ~ 30 岁女孩子择偶市场中的行情。31 岁的女孩子，要找一个 30 多岁的年貌相当的伴侣，比 41 岁的男人想找一个 20 多岁的女孩还难。

那女孩们想什么时候出嫁呢？我同样做了调查。

女孩们愿意结婚的年龄见图 8-2：

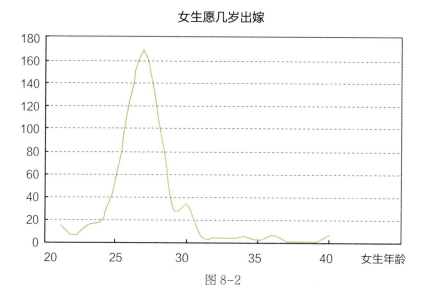

图 8-2

女孩子的结婚意愿从 24 岁开始爬升，在 26 岁上升到顶峰，28 岁回落到
24 岁的水平。也就是说 24 ~ 28 岁是女孩最愿意结婚的年龄。

两个图形看起来很相似吗？当然不，让我们把图形重叠起来，看看男女结
婚意愿随女生年龄增长的曲线图，见图 8-3。

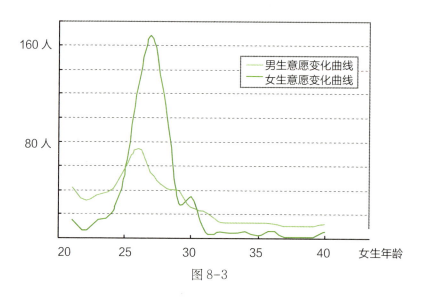

图 8-3

重叠起来之后，矛盾变得尖锐而明显，有好多女生最想嫁的时候，根本没有男生愿意娶。

我们还可以把它转化为柱状图，见图 8-4，看得更清晰一些。

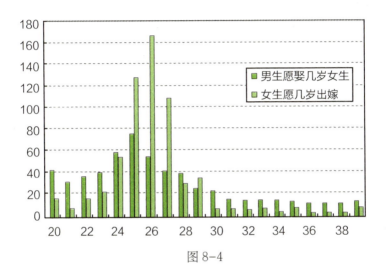

图 8-4

从图中我们可以看出：从女孩的法定婚龄 20 岁开始，到她 24 岁之前，男生愿意娶她的意愿始终大于女生愿意出嫁的意愿。而且两者相差很大，大概是 2.65 : 1。

在女孩进入婚龄后，男性迎娶女孩的意愿始终很强烈，也就是说，女孩大学二年级到研究生毕业之前（或工作第三年），会有三个男人围着一个女孩转。这是男孩最想娶女孩的时间段。这个年龄段的女孩们有着极大的择偶空间。

如果说 25 岁这个时候还是基本持平的，那么从 26 岁开始，事情就悄悄地发生了微妙的变化。女孩们发现从 18 岁开始就围着自己转的男人们莫名其妙地不见了。

从上面这个曲线我们可以倒推回去：在 20 岁前的一两年中，男生对女生的兴趣也是很大的。也就是说，从女孩情窦初开，她身边就一直不乏追求者的围绕。这种围绕来得如此自然，以至于女孩们以为这是与生俱来的，她们并不明白这种追求和围绕实际上具有时效性。

女生 25 岁时，她们研究生毕业了，或者说，进入工作的第四年，职场得心应手起来之后，情形发生了微妙的改变，女生意愿第一次超过了男生意愿。女生们开始逐年恨嫁，但是男生的意愿却在急剧下降。25 ~ 30 岁之间，男女意愿比是 1∶1.56。正常地推理一下，我们可以知道，老大难的女性集中在 26 ~ 29 岁这个年龄段，每 3 个处于这个年龄的女孩子中，就有 1 个嫁不出去。想想你身边这个年龄段的好友，你会发现，这是真的。

到 31 岁的时候，女生开始重新占据上风。也就是说 31 岁之后的女性并不难嫁。不过对于想要自己的孩子的女孩来说，即使这时的男人乐于迎娶你们，也并不见得是个好消息——因为这个时候再嫁，往往意味着已经只能在二婚男人中选择了，而且你很容易变成高龄产妇。另一个可能性是：这个时候女孩们已经意识到自己的身价大不如前，所以择偶要求急剧下挫，所以才导致了如此繁荣的假象。

《黄帝内经》里说："女子二七天葵开，七七绝；男子二八天葵开，八八绝。"什么意思呢？女孩子 14 岁就来月经了，男子 16 岁才开始遗精。古代的人，就是以这个为婚配的衡量标准。古代的女孩子，二八就是求亲者踏破门槛的准新娘。现在很多国家，如荷兰、法国、日本等国的法定婚龄，也一般以 14 ~ 16 岁为准。朱丽叶死的时候就是 14 岁，罗密欧 16 岁。

考虑到我国需要控制人口过快增长的国情，我们目前的法定婚龄已经很晚了。人家 18 岁当妈了，咱们还是成年人眼中十恶不赦的早恋分子。即使成年后，很多女孩子还会像文章开头的那位女孩一样不停地耽误自己的黄金择偶期，这就不啻雪上加霜。

如果你是一位渴望拥有家庭的女性，你必须早点出手。比起你的学业而言，有更重要的事等着你去做。社会的残酷性，就在于并不是你想干什么的时候就可以干什么。某些时候，特别是你应该不太想做某些事情的时候，做这些事情会比做另一些事情更适合你。未雨绸缪是一种很重要的品质，你必须在该做某些事的时候做这些事，才能有机会做你真正想做的事。非要反主流的话，那就只能被主流抛弃。

如果你希望好好谈一年恋爱，你得早一点，早一点，再早一点。早起的虫儿才有鸟愿意吃，迟来的虫儿只能孤单地爬回自己的窝里去。

男人们比你想的要聪明得多。

他们知道 26 岁以上的你急着嫁人，所以不乐于接受为婚而婚的你。

他们知道你想多玩几年，看尽这个世界的繁华再安定下来。

可他们也知道，这不叫爱，这叫挑选，他们不愿意当这样的冤大头。

他们希望女孩能义无反顾，放弃前方的很多机会和诸多诱惑，嫁给他，做他的小妻子。

再回头去看一下上面的图，你就知道，哪怕大学毕业就直接出嫁，也并不算太早。

一寸晚，一寸险；手快有，手慢无。

不容错过的恋爱黄金期

美国有这样一群先行者，他们30岁才读大学，40岁才工作，等到50岁想生孩子的时候已经晚了。

你可以想象马上就快40岁的女人还要为了拴住自己的老公而冒着巨大的风险怀孕生子吗？即使她貌若天仙，名动香江也一样。生育是专为女性量身打造的一道鬼门关，轻松迈过去了，你可以重新做人；迈不过去的，就只能做鬼。

我身边的朋友——一对已经过了最佳生育年龄的夫妇，他们不厌其烦地做着试管婴儿的手术。这种手术在国际上成功率只有30%，国内还要低一些。见红一次，重来；见红一次，再重来。即使成功，还有在超出采取正常妊娠3倍的宫外孕可能，除去会伴随无数的副作用不说，还得连打两个月的针。

有一位做过试管婴儿的妈妈感叹说："我给自己起了一个很让人心酸的网名'针针钱钱'，因为我们的宝宝是靠打针和花钱换来的。"

另一位试管婴儿的母亲感叹："从降调到促排，再到后来的黄体酮，最好要连打两个月的针。花钱不说，光是这罪就够我们受的。手臂、屁股两边全是针眼，真是一辈子都没有这一次打的针多。很多姐妹都出现臀部硬结而影响吸收，甚至无法注射的情况。"

当然，这对求子心切的夫妇来说，大概算不了什么。不过，2010年的法国科学杂志《新发现》（*Science&vie*）中一项研究报告让我们知道，根据大规模的调查发现：试管受精诞生的婴儿中，先天畸形风险足足高达 4.24%，远远高于普通婴儿的先天畸形率。

也就是说，即使你愿意花钱并忍受种种痛苦，愿意冒着更大的生育风险，你的孩子也更容易成为心脏畸形、尿道生殖器畸形乃至血管瘤高发的婴儿。

可是这一切原本都是可以不必发生的——如果你早早地找到心仪的爱人，你会比别人多占大把的先机。

当眼角同时长出细纹的时候，你会发现某些女孩已经成为大龄剩女，形影相吊；即使找到爱人，也要为了放弃上升期的事业而忧心忡忡，还得冒着种种风险。而某些女孩身材恢复得一如少女，事业上没有任何阻力，还有着五岁的聪明儿子和体贴的老公相伴。

你想成为哪一种女孩？

女性的年龄很重要吗？当然！在大自然里，无论何种生命体，它们的首要问题是生存，其次是生殖。不热爱生殖的物种，其基因早就湮灭在时光机器之下。我们都是那些极度热爱繁殖的祖先的后代。繁殖的重要性有时甚至会超越生存。比如说，为了交配，公螳螂甚至愿意送上自己作为母螳螂的大餐。

人类作为这个星球上的生物，也毫不例外。无论是男性还是女性，都竭力在追求能使自己生殖潜力最大化的对象。对于人类的男性而言，最重要的女性生殖资源是女性的青春和美貌。根据对 37 个文化的调查研究表明，男性对女性身体吸引力的关注程度是远远高于其他个人特征的，任何文化里的男性，都偏爱年轻和美貌这些繁殖价值高的女子。

很肤浅吗？当然不。年轻美貌并不仅仅意味着感官刺激，它反映了女性生育能力的总水平，意味着她有着较好的基因，能为他繁衍出更好的后代。

也就是说，女性对男性的吸引力是以健康、年龄和生育能力作为重点指标的，至于女性的智力、学历、幽默感、家庭条件乃至人品等这类特征并不列入必要条件——当然，同等美貌下，拥有这些当然更好。

女性的生殖价值和社会价值并不具有任何联系，有时候后者甚至会阻碍到前者的进行。女性越成长，她的年龄势必会增长，患病的可能性也越大，基因产生畸变的可能性也就越大，生育也越发困难。对于男性而言，这意味着他的后代更差。因此，女性年龄越大，她的被选择权和选择权就越受限制，所以整个社会的机制是不利于女性个体成长的。

比如说，你可以想象一个 35 岁、拥有一定的财富（或知识）积累、成熟稳重的男子，娶一个年轻漂亮的、22 岁刚大学毕业的少女为妻，周围人都会觉得是天作之合。但一个 35 岁、有一定财富（或知识）积累的女人（即使她依然漂亮），却不太可能嫁给一个 22 岁、刚大学毕业的懵懂少年。

问题的症结在于，随着年龄的增长，男性在生殖市场上不断增值，女性在生殖市场上不断贬值。女人的生殖价值——青春与美貌，是容易被替代，而且会逐渐消失的。男人要的女方条件和女人所谓的自身条件，完全是两码事。大龄女孩说自己条件好，不外乎是家庭背景好、学历高、收入高，但只要不想找个只看重这些的男人，那这些条件其实并没有什么意义。如果因为自己收入高而将目标锁定在比自己收入更高的男人身上，这是很荒谬的。因为高收入只意味着男性具有更大的吸引力，而并不意味着女性会因此而具有更大的吸引力。

特别在一夫一妻制的社会里，男性更难以同时向两个以上的女性进行投资。所以婚姻意味着男性需要为性交付出更高的代价——无论是婚姻中，还是离婚时。因此，选择与低生殖能力的女性结合的代价是巨大的，这使得一夫一妻制文化中的男性更加注重女性的相貌和年龄——这些与生殖能力相关的特征，也就是说，一夫一妻制中的男人对女性的要求更苛刻。这或许意味着，你得更早一些开始做恋爱的准备功课，以便有着更充裕的挑选时间。

此外，美国作家库尔克在研究了 7 年进化心理学之后发现：在所有的文化里，性都被看作女性提供给男性的服务。为什么？因为从 18 ～ 48 岁的男性，在性方面都需要 18 ～ 28 岁的年轻女性。而男女的出生数量几乎是 1∶1 持平的，这也就造成了接近 4∶1 的不对等局面，稀缺性使得女性的性资源有了价值。所以离婚的时候，男方往往要给女方补偿，分手的时候，索要青春损失费的也从来都是女方。这些潜规则都基于同一个道理，即男人的青春并不算什么，而女性的青春则是非常宝贵的。女性选择一个男人的时候，所付出的机会成本比男性高得多。

了解了这些，你就知道自己需要比同龄的男生更慎重地择偶。想想看，倘若你选择了一个不好的伴侣和他开始，中间分分合合，他浪费了你四年光阴，把你逼近黄金择偶末期，你却一无所获，这将是多么可怕的人间悲剧。

此外你还需要比同龄的男生更早一步考虑婚嫁事宜，和你差不多大的男孩，他们不大可能急着娶你。你最好找一个年长你一些的男性。

男人择偶期长，女人择偶期短

女生穿着非常漂亮的小礼服，虽然相貌普通，但她把自己收拾得特别精致，还很为自己的硕士文凭自豪（发言时反复提到自己的文凭）；男生是一个典型的工科男，戴个眼镜，身上也没什么装饰，打扮得非常普通，与学校里面的普通大学男生无异。

主持人说："你们分手之后还做朋友，那你们分手多久了？"回答说，分手6年了。然后女孩做陈述。按她的说法，在这6年中，她一直把这个男生当成自己的情绪垃圾桶，这个男孩则非常善于倾听。女孩有什么麻烦事都找他，然后把自己的情绪垃圾通通往那个男的身上倒。

主持人不解地问男生："你没有新的女朋友吗？"那个男的说："有啊。"主持人问："那你会不会再跟这个前女友复合？"他说："不会，我女朋友比她好多了。"

女孩子听了很生气。当主持人问她："你会不会跟他复合？"女孩子咬牙切齿地答："不会，我男朋友比他帅多了，我男朋友是个型男。"

后来又问到她和现任男友的关系，女孩子说自己和现男友关系很好，但父母反对她这段恋情，非要让她去相亲。当她去相亲，男友又不在身边的时候，她还会叫上前男友去充当她的男朋友来冲锋陷阵。

问题的症结在于：她男朋友是个型男，但是父母不支持他们在一起。

很明显，这个型男势必有着难以弥补的重大缺陷——这缺陷大到他的良好外貌和上佳的衣着品位都难以弥补。

我对她说："你刚才说你在读硕士，我可以很肯定地告诉你，再过三年你就会逼近你青春的末梢。但是你旁边这个男生，他的价值才刚刚开始。如果那个时候你还没有嫁出去的话，你很有可能跟他复合。"

女孩子很震惊地说："不会。"然后想了想，没底气地说："虽然我身边的人都觉得我现在应该谈婚论嫁，但是我自己不这么认为。"

我说："从你的谈话里面，我一共听到你提了67个'我'，你一直在说我怎么样我怎么样，说明你是一个特别以自我为中心的人，你极其坚持。但你坚持的并不一定都是对的。"

她说："你说得倒是挺对，我确实是一个以自我为中心的人。"

我叹了口气，没有再说下去。

以这个女孩为代表的女孩子有很多，她们好像对年龄的问题完全没有感觉。这也许和父母一代的教化有关。

18岁以前她们被禁止早恋，时光在乖乖读书中度过；大学还被半限制恋情，有时只能暗恋；毕业之后父母倒是允许了，但时间却对她们非常残忍。这些女孩二十三四岁还完全不知道怎么展示自己的风情，要是再遇人不淑的话，一转眼就二十七八了。就像晚春才急急赶来的花苞，还没有绽放，就已经在打蔫。

女孩子花期短，要快速挑选出真命天子本来就很难，再这么耽误自己的时间，就无药可救了。

在前两节中我们也说过，女孩子一过30岁大关，行情基本上就没有了。31岁女孩的行情甚至比不上41岁的男人在女孩子心中的行情。

男女的婚姻价值是由他们的生殖潜力和生殖价值决定的，而理论上，男性无穷的生殖潜力决定了他们将会随着资源的增加而在婚姻市场上越来越吃香，女性短暂的黄金生育期和较低的生殖潜力则意味着她们将会随着年龄的增长而贬值。也就是说，在婚姻市场上，男人在升值，女人在贬值。

很多女孩子完全意识不到这一点，她们从小就被灌输了"男女平等"的思想，觉得男孩跟女孩之间是完全平等的，再加上 25 岁前她们身边有着大批的男孩围着转，所以她们一直不必担心，以为事情会永远如此。直到社会压力加在她们身上的时候，她们才清醒过来，可是已经晚了，甚至已经来不及了。

我想让很多女孩子了解这一点，她们的黄金择偶期更短，她们在婚姻市场上极其容易贬值。当然我也知道婚姻市场很不公平，可女孩们既然已经生为雌性，就不应该再和自己的生理特征过不去。

男性表面上在生殖能力中占据了上风，但在生存问题上他们一样要承担很大的压力，比如他们需要和同类竞争，比如他们的睾丸激素让他们的免疫系统比女性差，比如他们对传染病、受伤、应激和退行性疾病[1]的抵御能力比女性更差，更容易长寄生虫，更容易死于冠心病、慢性肝炎和肝硬化。无论如何，女人的平均寿命比男人长，两性各有长处，也各有短板，造物主没有偏袒任何一方。

失去生殖能力后，女性还能活上 10 来年，这多出来的 10 来年正是大自然安排给女性的，让她们拥有更多的时间用来照顾和抚养孩子长大，使得他们不至于在幼年夭折。相对来说，男性失去生殖能力之时，也就差不多是他们生命的尽头了。

但是让我们算算，即使多活 10 来年，一个孩子也没有成熟到能够自立的地步，还是很容易在这个险恶的世界里遭遇更多的危险。这意味着女性越年轻开始生育，她就越具有生殖优势。这意味着男性会更倾向于选择更年轻的女性，所以女性应该更早一点考虑生育的问题。自古只有老夫少妻，很少有老妻少夫，也就是这个理。

或许你要说：这个世界很安全，没有什么危险，我们有社会抚养和孤儿院

Note　[1] 退行性疾病：和年龄增长呈相关的疾病。如心血管病、中风、关节炎、各种癌症、老年痴呆症等等。

呢。可是你要知道，我们古老的基因远远没有跟上现代文明发展的速度。我们在大自然生存了几千年，而工业发展只不过是这区区一两百年来的事情，进化是很慢的，也许小小的一个基因改良就需要 500 年，我们的肉体还没有进化到符合现代文明的需要。男人可以一直玩到累再考虑收心。而只要他有钱，他永远都能找到年轻漂亮的女孩子为他生孩子。六七十岁才刚当上老爸的多了去了，可从来就没几个六七十岁还能当老妈的女人。

82 岁的杨振宁娶了 28 岁的翁帆，而且国外还有非常多的 60 岁左右的名人迎娶 20 岁的少女的故事，也有人会称赞那是天作之合。但是你能想象 82 岁的老妪找个 20 岁的年轻男人结婚吗？

无论男人女人，都处在无法逆转的成长当中，而整个社会的机制是更利于男性个体成长的。很多三高剩女的老大难问题就是因此而诞生的。问题的症结在于，女性的社会功用和自身努力程度并不成正比，她作为一个女人的价值与作为一个人的价值在某种意义上来说是相悖的。

随着年龄的增长，婚姻市场上的男性在不断增值，女性却在贬值。根据实际观察到的情况，男女的匹配年龄大致遵循以下的规律，见图 8-5。

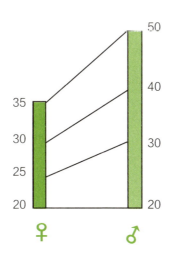

图 8-5

　　显然，男性在择偶上的余地比女性宽泛很多。

　　所以，当女性选择一个男人的时候，所付出的机会成本要比男性高得多。女孩应该做的，是在恋爱的最初就打起精神，在付出的同时知道你付出了多少，并且因此而甘心情愿，不要等到分手的时候，才哭哭啼啼地抛出一个模糊的概念——**青春损失**。

　　跟着我复习一遍吧，女孩子的择偶期就是比较短，黄金择偶期更短，所以说女孩们的时间是更金贵的，她们的时间比同龄的男性更宝贵。不要和不值得的男人纠缠，和他纠缠多一分钟，就浪费你多几倍的生命。必要的时候，对他们的态度恶劣一点也无妨。

姐弟恋需要冒的风险

一位 23 岁的女孩，最近被 18 岁的男生穷追不舍。他虽然年龄小，可是高大帅气又稳重。对于 23 岁却没太多人追的女孩而言，他确实是个难得的男友。她矛盾了：到底该不该和他恋爱呢？

从演化上来说，男女在力争使得自己生殖收益得到最大化的过程中，基因采取的择偶策略是不同的。男性由于不需要承担生育和哺育之苦，如有可能，他完全可以到处播种，使得自己的生殖最大化；而女性对生育投入更多，一个愿意和自己一起抚养并投资后代的异性则是她最好的选择。

另外一点，男性和女性所看重的对方的生理优势也是不同的，男性总是希望对方能够更具有生殖能力，以便于生下更多、更健康、更有竞争力的后代。男人多半喜欢年轻的女孩，因为年轻意味着还有很长的最佳生育期，而貌美意味着对称，意味着没有太多的基因缺陷，这样生下的后代也更有竞争力。从这一点上来说，一个 30 岁相貌平平的博士女，在择偶市场上很难比过 25 岁极漂亮的本科女孩。而女性总是希望对方能够专一，把更多的社会资源投注在她的后代身上，还希望对方自身具有更多的社会资源，如地位、财富等，而很少考虑对方的外在。显而易见，一个身家过亿的 35 岁略胖男绝对比一个月薪5000 元的 35 岁帅男更受欢迎。

美貌大多伴随年轻，而无论财富还是地位，这类社会资源的积累都需要时间，无论事实上是否存在"中年玉女"（这个词是不是看起来非常不和谐？那就对了）或者"多金帅哥"（在意淫小说里常常有这样的人物），我们的基因都可以被预设为：大多数美貌的女子是年轻的，大多数多金的男人是年长的。

可是，为什么小男生会喜欢成熟的女人呢？答案是：年轻只是表象，归根结底吸引男性的是**生殖力**，无论年龄多大的男人，喜欢的最佳结婚对象都是富有生殖力的，而不是绝对年轻的。低龄的 10 来岁或者 20 出头的男生往往会爱慕成熟的女孩，这不外乎是因为与他们同龄或比他们小的女孩还没具有完备生殖能力的缘故。他们和老男人一样，喜欢选择 25 岁左右的女性。上下出入不会超过 3 岁。为什么是 25 岁呢？演化学揭晓了答案：

---

25 岁的女性生育的子女最容易成活。

我们回到原先的问题上，这个 23 岁的女孩可以和小男生恋爱吗？答案是：不可以。

妙龄女子和同龄甚至比她小的男孩恋爱是没有什么问题的，但两人步入婚姻的旅途上会有更多荆棘。按理说，等到男孩成长到法定婚龄后，他们的择偶观就会开始转变。

更恐怖的是，那时的女孩已经处在了择偶黄金期的末端，而男孩的行情才刚刚开始爬升。当然他自己也会下意识地明白这一点，除非你条件极优秀，或者深得他的爱，否则他是不会愿意把自己的未来交给你来保管的。

即使交给你了，他以后也很容易反悔。反悔不要紧，可那时他正 30 出头、风华正茂，而女孩也许已经年届 40，拖儿带女，再没有后路可退了。

当然，倘若这个女孩 33 岁，男方 28 岁，那倒还是可以考虑一下的。因为那时的女性再想找比自己年长的男性，多半只能寻觅二婚男了，还不如挑个

28 岁左右的呢！只是，妙龄女子千万不要和未满婚龄的小男生赌未知数，他们追逐的不是你，而是你的最佳生育期。而且他们没有办法让你在最佳生育期内完成繁衍的使命。

成熟的男人并不总是完美的

　　一个聪明开朗的 16 岁小女孩，就读于伦敦乡下一所女子学校的预科班。她的成绩非常好，是众望所归考进牛津大学的"种子选手"。一个下雨天，她拖着大提琴从学校里面走出来，这时一位成熟时髦、风趣迷人的绅士把保时捷停到她的面前，说："你好，我叫大卫。我知道你接受的教育不让你随便上男人的车，可我是个音乐爱好者，很心疼你的大提琴，你可以把它放进来，你跟着我的车走。"

　　女孩子被这样自然而优雅的搭讪给逗笑了，她先把大提琴放进去，走了一段时间之后，她上了他的车。一段时间以后，就像我们所知道的，这个男人上门拜会了她的父母，之后带她去大都市巴黎参观那些灯红酒绿的街区，这是女孩非常向往的生活。她很快沉迷其中，无法自拔，考牛津的念头也被抛到了九霄云外。于是她从学校退学了，并且在 17 岁的时候将自己的第一次给了这个男人。

　　女孩的父母一开始并不赞成这段恋情，但是很快他们就被这个男人的手段所迷惑，他们一起上了他的保时捷。不久以后，一次偶然的机会，女孩从男人汽车后排座位的废纸堆中发现了一个信封，是大卫夫人寄来的。她简直不敢相信自己的眼睛，异常愤怒地跑到了大卫的面前，质问他："你为什么要骗我？你结了婚，你欠我和我父母一个解释。"而这位绅士只好说："对，我欠你和你父母很多，比你知道的还要多。"后来他只得灰溜溜地离开了。

这个故事取自电影《少女失乐园》，它的英文名叫"*An Education*"，所以又被译为《成长的教育》。

还有一个类似的故事：有一个年轻的女孩，遇到一个中年男人，这个老男人向她求婚，两个人就这样生活在了一起，她还给他生了一个孩子。当孩子已经6个月的时候，她才知道这个男人离过婚，在乡下还有一个孩子。

这些都是找中年男人所要面临的风险，一个优雅迷人的成熟男士，他不可能没有感情经历，而他情感经历的遗毒不是没有可能波及到你。你并没有特别到让他之前的感情变成一片空白地，只为等你出现；你也并没有特别到让他一直辜负着其他女人，直到你出现才开始谈婚论嫁。很可能你和他上过床之后才知道他是离过婚的。

我国没有时刻佩戴婚戒，或者以夫妇的名义进行对外联络的传统，所以实际上的隐婚族要比你想象的多得多。不看他的户口本你压根就想象不到他竟然结过婚，实际上，即使看了他的户口本你也不一定会知道。

门当户对很重要，比你生活档次高太多，年龄却只比你大几岁的优质男人，是很少会在你身边出现的。想要遇到他们，除非你天资极好。而一个比你大一二十岁的男人，他的智商、情商、社会地位和世界观、金钱观以及婚姻观都可能跟你差很多，双方父母的层次也会差很多。这时一定会有更多的风险需要你去承担，两人之间如果没有太多共性和人际圈子，而只有单纯的爱的话，不论是婚姻还是感情都是不稳定且容易瓦解的。

退一步讲，并不是所有的老少配都能走向婚姻，可怕的不是和老男人恋爱，而是分手。分手就好比是你们都给对方来上一刀，这一刀划在你年轻娇嫩的肌肤上当然会更疼。更可怕的是，你和他在一起的时候，你会很开心，因为你可以不用像原本那样去成长。和他分手就会突然把你从孩子的乐园拉回到现实世界中来。你会发现沉迷于恋爱的时候你错过了成长，身边的同龄人都比你成熟得多。这种成熟不是见过多少世面或者有多少见识，而是说你已经比她们更先一步地尝到了一些物质上的甜头或者是不该有的宠爱，于是你会像中毒一样无法摆脱这种东西。好比你每个月都塞一万元给一个流浪汉，渐渐地他就会适应这种生活，等你不再给他发钱的时候，他已经找不回原来的心境了，他会比没有得到过这些钱的同伴更加痛苦，更加难受。虽然这种实验有些残忍，但这就是"由俭入奢易，由奢入俭难"的道理。它也是和一个老男人恋爱，你需要付出的代价之一。

爱上年轻少女的老男人，他一定有着心理学上所说的**"洛丽塔情结"** [1]，他爱上的可能只是自己逝去的青春，他需要通过少女来证明自己的魅力。爱上老男人的年轻女子一般来说都有着**"恋父情结"**，抑或是她们对自己的人生缺乏信心或缺少安全感。

没有人会否认老少配里面存在真爱，但女孩子在恋爱之前必须考虑清楚，一段特别离谱的恋情里面是否要付出更多才能得到和别人的爱情一样的东西。这真是你想要的吗？你确定你那么有运气碰到的就一定不是有问题的，而是值得你付出青春和追求的人吗？你愿意被别人当作茶余饭后八卦的对象吗？

一份从印度几十对夫妻的婚姻满意度问卷里提炼出来的图表显示：门当户对的婚姻，一开始的满意度大概是 40，然后逐渐升高，5 年后升到 70 ~ 80，之后波动不大。如果纯粹是因为爱情而结合，差异非常大的婚姻，一开始的满

Note
[1] 洛丽塔情结：《洛丽塔》是俄国作家弗拉基米尔·纳博科夫的作品，讲述的是一个中年男子与一个未成年少女的恋爱故事。故事中的男主角为了换回已逝的青春，实现对自我的追求，爱上了女主角洛丽塔。他的这种心理，被人们称之为"洛丽塔情结"。

意度是 70 ~ 80，第二年会突然出现转折，降到 30 以下，此后一路走低。

此外根据进化心理学家艾伦·米勒（Alan S.Miller）和 金泽哲的一项研究显示：与年龄小于自己的女性结婚的中年丈夫，杀害年轻妻子的可能性要比年轻的男性高出 45 倍。

当你了解了这些风险，除非你有愿赌服输的心态，否则不要选择年龄大你很多的男人。

永远不要嫁给不够爱你的男人

"我28了，再这样下去就要剩下了。现在有个人看着还挺合适，可是他对我不算主动，而且好像和其他女人还有联系。但是父母觉得不错，催促我们交往，希望我们早点结婚，我想是不是就这样嫁给他算了。"

停止吧！

宁可剩到40岁，也不要嫁给不够爱你的男人。

不能嫁给他们的4大理由如下：

1. 不够爱你的男人，不会愿意在金钱上为你付出。虽然现在男女平等的呼声日渐高涨，但我们不能忽略这样的呼声基于怎样的事实，事实就是男女不可能平等。男性需要面临更强的同性竞争，这让他们无论是竞争意识还是生理条件都会比女性更强。这也让他们和女性永远无法从本质上实现同工同酬。无论是在工资薪水还是其他待遇等方面，他们都很容易占据上风。按理说一弱一强正好可以组合成一个完美的家庭，但如果他不够爱你，很可能就不会愿意和你共享家庭收入。当你身处分娩期和哺乳期等特殊的时间段，你没有足够的经济收入，很可能会陷入向他伸手要钱的尴尬局面之中。

2. 不够爱你的男人，更不会愿意在生活中为你付出。他们会让你承担更多的家务劳动。因为在他们心里，和你结婚是你中的头奖。据统计，一个三口之家的家务工作量相当于一个副教授的全部工作量。也许你愿意在工作的同时买菜、做饭、洗衣服、扫地、洗碗一两年，但是你绝对不会愿意这样持续半辈子。总有一天，你人生前 20 年从爹妈和师长朋友那里得到的温暖积蓄会耗尽，然后你会失去安全感，失去信任，你会开始索要回报，当你得不到这些的时候，你就会将隐形的怒气转变为唠叨、挖苦和嘲讽。而享受惯了的男人绝对无法接受这样的你。这就是为什么那么多中年男人会说："婚后她脾气越来越暴躁，越来越不理解我。"当一个男人（对你）缺乏良心，不能理解你为了家、为了他做出过多大的牺牲，不能懂得你的苦成为你的精神支柱时，面对你的唠叨，他只会对你产生厌烦，而不会萌生理解。所以，你越希望从他那里得到支持和回应，你就越得不到，你们的关系还可能会因此发生破裂。为了防止这种情况的出现，你应该对他有所要求，而不是积累不满，然后一边唠叨一边干活。而只有爱你的男人，才会心甘情愿地接受你的要求，和你一起劳动，共担沉闷的生活，因为他爱你。

3. **不够爱你的男人，婚后会更容易出轨。** 这个世界的诱惑太多，他很容易遇到看对眼的女人，即使没有遇到，也更容易和前女友或者初恋女友死灰复燃。我国目前的法律对弱者的保护并不周全，一个有钱的男人想要离婚，转移财产简直易如反掌。他不爱你的话，一开始就不会甘心将财政大权交由你来管理，以后再想插手就太难了。更有甚者，会仗着你不敢或不愿与他离婚而随便在外面乱搞，无视你的存在不说，还可能把性病带回家。

4. **不够爱你的男人，婚后会越来越不爱你。** 恋爱的最佳状态，就是你婚姻的上限。随着年龄的增长，在婚姻市场上女性一般是贬值的，男性一般是增值的。现在都对你不够迷恋的男人，以后会越来越瞧不起你。不够爱你的男人，就让他们随风而去吧，剩女再剩也是未婚女，比离异女好嫁，离异女比离异带着孩子的女人好嫁。爱你的男人未必不会变得不爱你，但一开始就不够爱你的男人，更容易将你变成后两者。

由于历史原因、生理限制、婚姻价值、社会舆论等种种因素的作用，女性天生就是弱势群体。嫁给不够爱你、不够体谅你的男人，非但不能让你成为一个完整的人，反而会让你落入蜡烛两头烧，一辈子被吸血的境地。好的婚姻，一开始就应该是男方付出得多一些，女方被动接受得多一些。无论是动物界还是高等生物界，道理都是如此。雄鸟求偶的时候还需要筑好巢，衔上嫩树芽送给雌鸟呢！

当然，在人类社会的大环境下，并不是所有择偶期的男青年都有很充足的物质基础，但即使他现在没有，只要他足够爱你，他也会愿意和你签下婚内忠诚协议和离婚财产分割协议。这一点是男人的动物本性，如果他的表现与这一点相悖，只能说明他不够爱你，不会愿意和你共享未来。

拒绝嫁给不爱你的男人，并不代表你应该一开始就消极地对待男性，而是要你在交往一段时间后发现此男并非真心对你时，果断止损换人。

中年危机启示录

中年危机，其实是中年女人的危机。一般在子女上大学之后，离婚的夫妻数量会陡然上升。

有一个特别值得玩味的名词叫"高考离婚潮"，每年高考后，法院受理的离婚案件都有较大增长趋势。"离婚潮"持续到 7 月，从 8 月开始减少，逐渐回归正常。

父母的婚姻对孩子上大学与否有多大影响，这个没有统计数据可以告诉我们。但是，如果用进化心理学的观点来看，上大学只是一个时间节点。真正的关键在于：这时候的子女已经进入了繁衍期。

繁殖真的那么重要吗？答案是肯定的！不光人类，所有的生物都是热爱繁衍的生物个体的后代，不热爱繁衍的生物早早就被时间淘汰掉了。只要不能遗传，所有生物的一切行为和能力都将毫无意义。

人类基于繁衍有着很多特异性。比如说，人类婴儿是如此依赖母亲，长达15 年以上，因此人类女性进化出了绝经这一生理特征，用来帮助后代更好地成长。

有研究认为，女性之所以出现绝经，是因为这个时候她最早生育的后代已经能够开始（我们没有讨论法律规定的结婚年限，我们在讨论女性的自然生育状况）生育。40 岁的女性再生一个孩子并且抚养他长大所能给她带来的繁衍利益，远远比不上协助她的孩子抚养孙子所能给她带来的利益大。所以，她们在孩子进入青春期的时候，自己就进入更年期了，绝经了。究其原因，这时候的她们已经没有繁殖后代的必要了。

有句俏皮话也是这么说的："所谓妈妈，就是你在青春期，她却在更年期的那个人。"更年期实际上是为了保证后代能更好地得到性资源而逼迫女性做出的生理上的选择，这段时间女性体内激素与心理状态的斗争简直可以把她逼疯。

医学上通常可以把10～20岁这段时间统统划进青春期。直到接近20岁，人类基本上才有良好的繁衍后代的能力，尤其是对独生子女家庭而言，母亲已经彻底丧失了生育能力和性吸引力，这时候的子女突然离开，自然会给原家庭带来巨大的冲击。

在离异的中年人群中，我们还能观察到一个重要的现象，即离异男人往往能娶到年轻漂亮的老婆，离异女人却往往只能保持单身或者嫁给综合条件偏差的男性。

从两性所得的不对等上，我们可以猜想，大多数的离婚是由中年男人发起或主导的，他们在离婚这件事上往往更积极。

这也是可以理解的：男人中年再婚往往可以为自己带来更多的子嗣红利，他完全可能再拥有一个孩子；而绝经期后的妇女最大的功用在于协助抚养子女，所以更容易深得老男人的喜爱，而且她年龄越大，再婚越难。

但是，女性不必有"自己太命苦"之类的丧气话，也不要有"男人就是贱"之类的怨妇语言。大自然让雄性生物承受更高的死亡率与竞争压力，而让雌性生物拥有更稳定的子嗣遗传概率和寿命，这是非常公平的。作为一名年轻的女孩，只要你能在年轻的时候了解这些，你就更能把握住人生的方向，在两性竞争中稳操胜券。

从中年危机里，女孩们应该学到一点：在女孩们最年轻、最有生殖价值的时候，务必要矜贵一点，不要为了一个男人哭天喊地，不要乐陶陶地跑去倒贴。

要好好地骄傲，因为我们会卑微很久。

Chapter _ 9

挽回爱情与逼婚的艺术

To Know Him
Is to Love Him

当一个男人在你和她之间犹豫不定的时候，如果你突然剥夺他的选择权，这时，他得到她的快感就远远比不上失去你的挫折感。这时他就会迫不及待地想回到原来的状态，结果就是——你更容易得到这个男人。同理，如果你突然剥夺他的拥有权，你就会更容易收到求婚。

不要强求他回来

　　Fairy 和男友相处快四年了。对于感情，Fairy 看得很重，她每天都希望能和男友多说几句话，或者哪怕仅仅在 QQ 上见见他。但男友没有天天将爱挂在嘴边，他属于拙于表达的那种人。

　　前阵子男友说 9 月要去 Fairy 家里提亲。但事情突然起了变化，有天晚上他回去得很晚，Fairy 在网上问他干吗去了，他突然说忍受不了 Fairy 质问的语气，要和 Fairy 分手。

　　Fairy 意识到这段时间以来都是自己唱独角戏，于是她伤心地给他打电话，坚决不同意分手。Fairy 说自己愿意改掉坏毛病，男友来了句："你怎么早不这样？"他说自己还是爱着 Fairy 的。到了晚上，Fairy 想要找他的时候，他却一直不接电话。

　　于是她来到了男友的公寓找他，和他同住的朋友说以为他们早就分手了。一个女的还告诉 Fairy 他找了个外地的女朋友。

　　Fairy 想找男友当面对质，她给男友发短信说在他的住处等他。同住的那些朋友一个劲地在旁边说 Fairy 不该来找他，分了就不要死死纠缠之类的话。Fairy 怎么受得了这样的委屈，她气急败坏地把男友的手提电脑摔在了地板上。这时男友才匆匆地赶回来，他看到屋子里一片狼藉的景象，大声呵斥 Fairy，叫她滚，并且死也不承认他找了新女朋友。

Fairy 十分心痛，也不知道怎么办才好，她只想挽回他们之间的爱情。Fairy 回忆起许多美好的过往，她觉得自己已经尽了一切努力来试图挽回彼此之间的感情，但似乎都没有什么作用。Fairy 伤心极了，她始终无法相信他还有一个女人，她是那么地想挽回这段感情，可是应该怎么做呢？

曾经有个故事，故事中的女孩得到了一个神奇的"愿望之首"，给她这件宝贝的老伯告诉她：什么愿望都可以许，许什么愿都可以实现，但不能侵犯神的领域。回到家，她想起了曾经在车祸中死去的母亲，于是万分虔诚地许下心愿：让我的母亲活过来吧。一觉醒来，她发现自己的母亲已经回到了她的身边，依然和平常一样和蔼可亲地为她做着晚餐。她觉得幸福极了。但是很快，不幸的事情发生了。

有一天，弟弟告诉她：现在的妈妈并不像是妈妈。她也发现了事情不对劲——母亲给他们准备的晚餐常常是祭拜死者的树叶和线香，而且做事方式与以前判若两人。

当她终于想明白为什么不对劲的时候，已经太迟了——正在开车的母亲从前排转过头来，露出狰狞的笑容，说她违背了神意，所以她必须代替原本该死的母亲去死……女孩向愿望之首许愿，希望赶走魔鬼。母亲又转过头来狞笑着说："现在对我许这种愿还有用吗？叫我出来的可是你自己！"女孩惊恐地尖叫了一声，便什么也不知道了……等她醒过来的时候，发现没掌控好方向盘的母亲因车祸受伤过重死了，自己轻伤，还活着。女孩突然明白，生命的消逝是不可强求的，强求回来的并不是母亲，而是占据了母亲躯壳的恶魔。从此，她从容地接受了母亲离去的事实，开始了新的生活。

Fairy 也是这样执意要挽回变心的男友："我相信只要可以挽回他，我就可以让他重新爱我！只是我不知道该怎么去把他找回来！"我曾对 Fairy 说："我不相信可以挽回，至少从概率上说，不太可能。你可以试试，如果成功了记得告诉我。" 我跟很多人说过这句话，不过从未收到过回复说她成功了。

和 Fairy 一样，很多人在分手时抱着侥幸心理死死纠缠。因为一旦离开这段感情，她们会被迫承认自己是失败的，但若继续纠缠其中，仍然可以自欺欺人说自己似乎还没失败。所以她们闭上眼睛不听、不问、不看，把自己当成一个没有长大的，想要什么都可以得到，愿意付出一切以换取母亲回来的女孩。

分手的焦虑，大概是源于每个人幼年时和父母分离的焦虑。我们想象一个女婴，她是如此柔弱，如此需要保护，如果父母对她的哭叫无动于衷或者采取忽视的态度，她会很快感受到极度的恐慌和无助。这种恐慌和无助深深地埋藏在她的心里，成为她成年之后的梦魇。她在幼年时期不曾得到安抚，以至于她会惧怕任何形式的失去，面临分手时她俨然又退化成那个婴儿。这种人际关系的撕裂让她无所适从，所以无法做出理性的思考和判断，最后她发现自己为了一段没有结果的感情付出了太多不值得付出的东西。

我们每个人都对死亡有着深深的恐惧，人们对于爱情消失的强烈抵触大概和故事中的女孩一样，源于这种对于事物消逝的本能性反抗。可是，万物都有代谢的自然规律。在我们成长的过程中，必然要面临无数的生老病死，就像是昼夜更替一样自然。承认并面对这一点真叫人痛苦，只是我们别无他选。

苦苦纠缠于一段没有未来的感情是毫无益处的，不相信也是没有用的，如果纠缠和不相信就能达到一个人想要的效果，那还用得着医院去抢救生命？

一个男人不爱你了，就是真的不爱你了。也许他早就处心积虑地布好了万全的退路，一直在不停地制造舆论，最后终于纵身一跃，跳到你够不着的安全范围了。你扑上去又有什么用呢？他早已对你毫无感觉，并且找到了他自己喜欢的对象，而且为自己的负心备好了无数的借口。你必须承认，承认你曾经爱的这个人已经变了心。失败是通向成功的必经之路，可是要承认自己失败真的很难，结果很多人从未成功过。

有人问我：为什么我很想努力，也知道那样做会比较好，却始终做不到呢？我说，忍不了，等不起，沉不住气，必然就要受制于人。想要获得好成绩，就得努力学习；想要拉回他的心，就得沉得住气。单纯的渴望不是捷径，你得为之付出努力才行，而努力从来都是痛苦的。无所不用，接近他当然愉悦，就好比疯狂逃学玩游戏一样，最终只能离你想要的结果越来越远。

变了心的爱人，就像是失去了灵魂的躯壳。强求他回来，也未必回得来；回来了的他，也不会像以前一样；即使表面上回来了，原来的那具身躯里装的已经是另一个全然陌生的人。

爱情的消逝和死亡类似。硬挽回来的，未必还是爱。只因为你曾经付出过苦苦哀求的代价，一段原本平等的关系也有了硬伤，随时可以成为他要挟你的条件和讨价还价的砝码。那，就是恶魔。

如何挽回飘走的心

"我发现我的男朋友另外还有一个女朋友。"

"我发现我男朋友在好几个女孩中摇摆不定。"

"我发现我老公在外面还有别的女人。"

…………

每当听到这样的倾诉，我都会对姑娘们说："要挽回男友很简单，你应该用最快的速度消失在他的生活中。"

我这么告诉女孩的时候，她们都会很诧异和纳闷："如果我这样做的话，他岂不正好就坡下驴吗？"

当然不是，我们来看一个经济学的例子。美国著名行为经济学家丹·艾瑞设计了一系列的试验，目的是为了观察人们是否具有保留选择余地的倾向。

他设计了这么一个特别的游戏，电脑屏幕上显示了3种颜色的门，如图9-1所示。他告诉马萨诸塞理工学院的学生们，你们可以通过点击屏幕选择任意一扇门，从而进入相应门后的房间，每点击一下房间里面的按钮就可以赢得一定数目的钱，当然，你仅仅点击那扇门是不会得到钱的，你必须先进去再点击里面的按钮。注意，在每个房间得到的钱是不一样的，有一些房间给的钱比较多，有一些房间给的钱比较少。

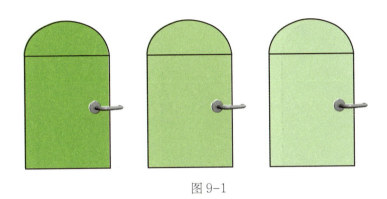

图 9-1

　　在这样的情形下大多数参与者会怎么做呢？他会先点击第 1 扇门，然后点击几下里面的按钮来计算出这个房间的**平均回报**；再点第 2 扇门进去，同样点击几下里面的按钮计算出这个房间的平均回报；接下来以同样的方式对第 3 扇门后的房间进行评估，然后他们会从中选择平均回报最丰厚的那一个。

　　这就十分类似于我们相亲，我们先见第 1 个，他好像还不错，也许后面还有更好的，然后再去见第 2 个，嗯……这个也还可以，再见第 3 个……见了六七个之后我们才会做出抉择，挑出那个最好的。

　　若你的相亲对象消失了一段时间再回来找你，你大概可以推测到你在这场游戏中胜出了，但是我们真的只能这样坐以待毙吗？如果你不是最好的那一个，你有什么办法来抓住对面这位相亲者的心呢？或者说当你遇到很不错的男孩子，但是很显然，他在几个差不多的女孩中犹豫徘徊的时候，你应该怎样把他抢过来呢？

　　我们继续来看刚才的实验，如图 9-2 所示，这时有了新的游戏规则：你每点一次屏幕，除了你所在房间以外的其他两扇房门的尺寸会跟着减少 1/12。也就是说，如果你多几次不点另外两扇房门的话，它们就会完全消失掉。

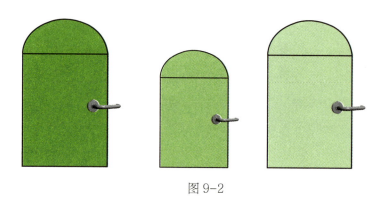

图 9-2

　　参与测试的人们会不会调整自己的策略呢？事实证明他们会的。他们拼命地力图保持所有门的存在，虽然也许他明知哪个房间的回报率最高，但他还是要力争保住另外两扇门。他会一直手忙脚乱，即使某个房间一段时间内根本无法得到钱，他还是会努力不让它消失。结果那些手忙脚乱企图让所有门都开着的参与者，到头来赢到的钱会比根本不在乎房间消失的人反而少 15%。

　　后来，科学家又对游戏的规则做了改动，把点击每扇门的成本改为 3 美分，这样一来参与者点击每扇门的时候不仅失掉一次点击按钮的**机会**，还会付出直接的金钱代价。在这样的实验中，参与者的反应一点都没有变，他们同样带着非理性的冲动竭力保留所有的选择余地。

　　这时，科学家把每个房间可以赢到多少钱告诉了参与者，但实验结果还是一样，他们一个劲地设法保住所有的门。

　　在这之前，科学家曾经让一些参与者在这次实验之前做过数百次的点击练习，然后认为他们理应汲取经验，从而不会把精力浪费在保住房门上，但他们的理性在这个时候没有占到上风，一旦见到屏幕上的门缩小了，这些马萨诸塞理工学院的学生就开始来回在每扇门上点击，自认为能够多赢钱。

　　这是一种奇怪的人类行为，更奇怪的是人们的一时冲动促使他们去追逐毫无价值的选择，就好像一个女孩子，她明明有了很好的恋人或老公，但当之前甩过她的那个花花公子再次现身的时候，她还是会感到痛苦，而且还会试图去跟他见面，也许再来上那么一段"浪漫时光"。这是为什么呢？因为她太害怕对方的那一扇门从此永恒地关闭了。

当你能够了解几乎所有人都具备这种非理性行为特性的时候，那你应该怎样对待他们，怎样使你的择偶利益最大化呢？很简单，当对方在几扇门上举棋不定的时候，你可以主动变成一扇消失的门，你可以先跟他发出通牒："我不是那种和别人无限期约会的女人，如果说你半个月之内处理不好你的私人事情，那么我们永远都不要见面了。"你要很坚定，让他相信你是认真的。当他发现你真的消失了，或者不再出现了，他就会自动来追逐你。他们总是想要保持你的存在，只要你开始消失，他们就会手忙脚乱地想办法来补救。

失而复得的爱情一般会走两个极端——要么彼此特别珍惜，要么很快走上分手的老路。这取决于很多因素，比如说双方之前的感情基础、分手后的时间长短、双方分手后是否有很大的心理变化、对待感情的方式是否有所变化等等。分手后情侣复合的概率很大，但最后皆大欢喜的少，以悲剧收场的多。

男人何时愿意谈婚论嫁

　　小寒有一个青梅竹马的男友 Jason，两人赶上了校园恋情的末班车，相恋多年，却迟迟未步入婚姻礼堂。

　　聚会的时候，看到同学们纷纷携带家眷，小寒也忍不住向 Jason 索要婚姻。男友双手一摊，为难地说："你看，我连房子都没有，拿什么娶你？你父母又不看好我，我想再奋斗几年，给你最好的。"小寒看着身边众多租房结婚的案例，觉得男友这样的态度甚是负责，心便宽慰下来。

　　小寒这么一拖就拖到了快 30 岁，于是急了，开始"逼宫"，可男友说的话却像晴天霹雳："我们婚后能不能不要孩子？"小寒一听大惊，男友早知她天性喜欢小孩，现在提出这样的说辞，难不成是想借机拖延婚事？男友表现得很无辜："我完全没有别的意思，就怕养不起宝宝。"

　　小寒大失所望，于是双方就这么不冷不热地一直拖着。年底小寒就满 30 岁了。

　　这天，闷闷不乐的小寒被朋友叫去参加一个聚会，聚会上认识了 Andrew。Andrew 在酒宴上的一番话，让小寒忍不住哇地哭了起来。女士们面面相觑，也不知道该怎么劝比较好。

　　Andrew 说了什么呢？

　　故事说来话长，Andrew 当年 28 岁，在上海交了一个 23 岁的本地漂亮女友，在大学里还是班花。女方家长提出要结婚可以，起码 100 平方米以上的房子, 30 万元以上的车。

　　说实话, 这样的要求, 其实在上海并不算离谱, 但问题是 Andrew 不是当地人, 他从外地考入上海一个不错的大学, 硕士毕业后留在当地工作, 完全靠白手起家打拼, 家里不拖累他, 但也没法子资助他, 要一下拿出这笔钱简直做梦。

　　事情的结果是: Andrew 唯唯诺诺地应承下来, 逢年过节必定拎着厚礼去老丈人家表一番决心, 拍胸脯说一定要买大房子, 为女友负责, 讨好对方父母。

　　一晃谈了 5 年恋爱, Andrew33 岁了, 已经是公司的中层干部, 虽然每个月也就那么 2 万元, 但是日子过得分外舒坦, 公司新来的前台小美女也对他青睐有加。

　　这时, 那个班花已经 28 岁了, 前些年还有人为她介绍相亲, 但后来周围人都知道她有一个稳定的男朋友, 也就逐渐散去了。后来女方家长急了, 催促小两口在一个不错的地段买了一套 80 平方米的房子, 男方出的首付, 女方出的装修费外加一辆小轿车, 班花也就嫁了。30 岁刚满的时候生了一个女孩, 是直接剖腹产的, 原因是女方本来体弱, 年龄也不小了, 怕顺产生不下来。后来的恢复花了很长时间, 明显已经没有当年的精气神了。

　　Andrew 席间喝得大概有点多, 滔滔不绝地讲了很久, 最后他眯着蒙眬的醉眼道出了真心话:"那 5 年等得多划算啊, 出去玩不用报告, 认识其他女孩子也没压力, 什么都没耽误, 最后娶的还是她, 还不用出那么多钱。"

　　在场的女士听了纷纷后怕, 说 Andrew 真凉薄。小寒听得更是号啕大哭, 谁也劝不住。

无独有偶, 我经常会听到这样的抱怨:

"男友贪玩, 不求上进, 每次我劝他努力点他就和我急。"

"我们都 27 岁了, 他却只字不提结婚, 我一提他就说明年再说, 可我已经等了好几个明年。"

"他和我好了之后，总想着前女友。他们 QQ 上一聊天，他就得魂不守舍好几天。我要求他断绝关系，他却私下告诉她我是个小气鬼。"

这些真实故事中的女主人公，往往哭也哭了，闹也闹了，三十六计也用过了，甚至父母亲戚、七大姑八大姨轮番上阵，最后她们的男友还是依然故我，即使暂时改了口风，没两天还会故技重演。

女孩儿需要注意两点：

---

1. 男孩比女孩成长得慢。

2. 不要试图引导男孩长大。

我们在孩提时，总是天真的、无忧无虑的，我甚至见过有个穷人家的小女孩，父母不惜卖血给她买钢琴，省吃俭用省下每一分钱为她请钢琴家庭教师，只为了她有一个更好的未来。说穿了，孩提时代，有父母为我们铺垫前路，我们不愁生计。

可是父母总是会老的，他们不能一辈子守着我们。我们不知不觉长大了，开始慢慢需要承担生计、家庭责任、社会责任，还有子女、父母。当压力越来越大的时候，我们每个人的心里都不愿意承担，都会本能地想要逃，于是我们每个人都抗拒着长大。

不光是男孩，女孩也一样不想长大，和男孩不同的是，她们会比男孩们更先一步得到异性和整个世界的宠爱。在成长的路上，男孩因为要面临同性竞争的压力，所以他们总是步履蹒跚，心智也发育得慢一点。他们需要更多的时间来发育，以便打有准备的仗。

各国的结婚年龄都是男大于女，从这一点我们就可以看出，男生比女生更年长一些才会显得成熟，才会更适合承担婚姻和家庭的责任。

从我曾做过的一项调查中可以看出，女生们 26 岁一过，便已经达到想要出嫁的峰值了，如图 9-3 所示。

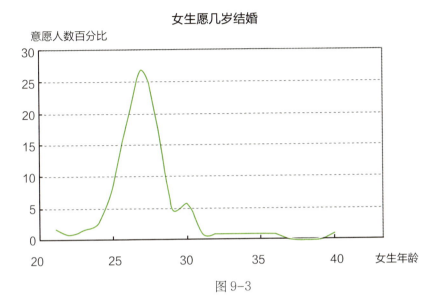

图 9-3

而男生却要到 28 岁，才会有更多的人想结婚；如果他们 28 岁没结婚，他们毫不介意拖到 30 岁；如果他们没有在 30 岁结婚，他们的意愿会持续走低；享受到人生 35 岁，才又有一个结婚意愿小峰值，如图 9-4。

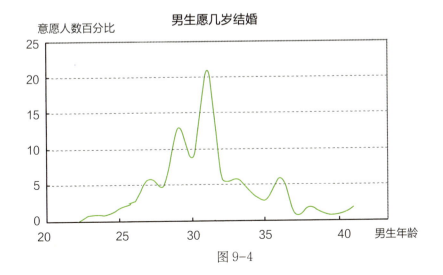

图 9-4

我们把数据堆叠加起来，则见图 9-5：

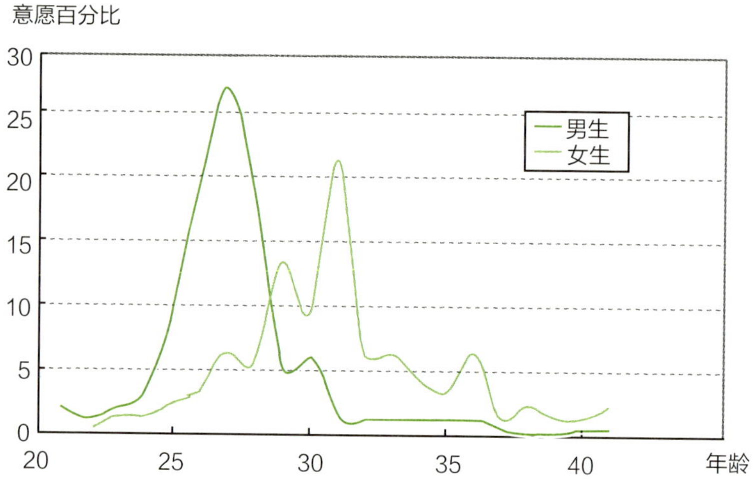

意愿百分比

图 9-5

一下子便可以看出，女生 25 ～ 27 岁时的结婚意愿曲线，对应的应该是
28 ～ 30 岁的男人的结婚曲线。你应该找一个比你大三四岁的男友，这样他会
有可能比你更愿意结婚。至少和你同步想要结婚。

他为什么总是拖着不结婚

有时候，男人拖着迟迟不结婚，无非是因为他在等待一个奇迹。什么奇迹呢？李敖讲过一个故事：

> 在 19 世纪的英国，有个叫约翰的人犯了重罪，英皇判了他死刑。就要立刻拉出去处斩时，约翰对英皇陛下说："我知道自己罪该万死。可是，陛下，我有个特殊的能力，我可以用一年的时间帮您培养一匹能飞的马，到时您再处死我也不晚，而您也可以拥有一匹会飞的马。"嗜马的英皇陛下同意了。约翰回到家里，还是像以前一样快乐地生活，也没见他有什么动静。他的一个朋友奇怪地问："你真的会让马飞起来吗？"约翰说："我不能。但我有了一年的时间，这一年可以发生很多意想不到的事情，也许我意外死了，就不用被处斩了；也许皇上死了，适逢大赦，我就赚到了；如果两者都不是，也许那马真的会飞起来呢。"

对于"恐婚"的男人而言，女朋友突然死了，或者女朋友另有所爱了，就好像马会飞起来一样。所谓的事业未成或者条件不成熟都是假话，真正的原因只有一个——他并没有爱你爱到想要赶快把你藏起来。他之所以恐婚，只是因为恐惧和你结婚。因为他觉得自己拖下去还有找到更好的女人的机会，或者等你哪天不得不打折甩卖的时候再说。对这种人最好的办法就是坚决地离开他，以便让他有时间想清楚自己是不是非你不可。

男人们总是试图拖延时间，不，不要声讨或者批判他们，他们的基因决定他们必须这么做。进化并不涉及任何道德判断，基因告诉他们："如果你们已经进入恋爱或者同居关系，那么请试图拖下去，拖下去只会对你们有利。"他们的本能促使他们逃避婚姻，就像多数人本能地害怕蜘蛛和蛇。

"我们现在这样不是很好吗？"

"我很爱你，但是多给我一点时间好吗？"

"我还没准备好。"

"也许我们需要给彼此多一点勇气。"

"嗯，明年等我工作调动好。"

"我现在事业未成，拿什么娶你？"

"等我攒好首付。"

…………

是不是听起来很耳熟？

这就是男人下意识的逃避。不光女人知道，男人自己也知道，男性的社会身份更多来自于社会和经济地位，一个男人可能 20 岁时没有什么出息，到 30 岁读完博士月入 1 万元，便摇身变成抢手货。男人的价值随着资源的积累而增长，而资源积累是需要时间的，生殖能力又不受特别大的影响，所以一般来说男人年龄大点反而受欢迎。所以男人年轻的时候一般是不愿意结婚的，因为他知道自己现在挑的伴侣会随着时间而贬值，自己拖下去的话有机会"跳槽"到更好的伴侣身边，即使最后拖不下去，也不过和现在的结局一样。

事业无论在任何情形下，都不失为一个很强大的借口，可以用来掩盖一切出轨、劈腿和移情别恋。当然我也不否认，有的男人事业或许比奥巴马更强大、更重要，他需要日理万机，不能结婚。这样的男人仅适合观赏，不适合家用。

如果一个男人和你说要以事业为重，那么他的意思是，他不想现在和你结婚，至于以后相处得如何，是否结婚，得看你的表现，也许他哪天拍拍屁股就走了，你得做好思想准备。

拒绝结婚时，男人所谓的"想要对你负责任""想要给你更好的"，其实是想要对他老婆负责任，想要给他老婆更好的。在你不是他老婆之前，他才不会对你负责任。他想要给自己老婆什么是他自己的事，你不一定会成为他老婆。所以，在成为他老婆之前，还是多为自己打算打算吧。

随着时间的流逝，女人的资本会越来越少——千万不要以为你身边的男人不知道这一点，他比你清楚得多。况且利用名誉和青春来逼迫你低就，只需要他信誓旦旦外加不作为即可，连黑脸都不用扮。所以但凡遇到这种拖着不结婚的男人，女孩们要小心了，他要么是不想娶你，要么是想等你减价大甩卖。

如何进行巧妙逼婚

苹果脸的 Emily 遇到了一个无法解决的感情问题。她今年 25 岁了，男朋友和她同岁。他们在一起 4 年多了，但是男友还没有结婚的意思。他们中间分手过 1 年，因为男方喜欢上了别人。后来男方觉得还是 Emily 好，又回来找她。

Emily 说和好可以，条件是先结婚，当时男方一口答应了，可是却因为男方父亲执意要过两年再说而搁浅。Emily 当时不想让男友为难，就没有再坚持，他们就这么复合了。

现在，这对小情侣和男方父母住在一起，今年他们在谈到结婚事宜的时候，男方说他觉得自己还小，不想那么早结婚，希望 Emily 再等等。

Emily 觉得很崩溃，想分手吧，男方暂时也没有其他喜欢的人，自己又确实挺喜欢他的；不分手吧，坚持下去又似乎看不到希望。该怎么办呢？

俗话说："吃得苦中苦，方为人上人。"爱情也是如此。一件事情让你越快乐，你所得到的回报就越少；一件事情让你越难受，你所得到的回报就越多；如果你能对自己狠心，你就更容易（虽然不是绝对）得到你所想要的。

回到这件事上来，Emily 现在依旧和他在一起，的确比暂时分开一段时间更好——也许她需要一个伙伴，也许她需要一个性伴侣，也许她不用为房租担心……但无论如何，这些利益都是以她的"婚姻前景"交换得来的。和他继续拖下去，无异于继续背对着幸福奔跑。

能让她得到婚姻的最好方式，就是马上离开这个男人。

每个人都具有得失不对称性（Gain/Loss Asymmetry），对于相同的一件东西，人们失去它所带来的痛苦要大于得到它所带来的快乐。正因为如此，人们总是试图让自己不失去任何东西。这种现象被心理学家称为"损失规避"。

人们的损失规避心理，又引发了另外两种现象：

1. 赋予效应（Endowment Effect）。

2. 安于现状（Status Quo Bias）。

好事者做过这样一个实验：他们问一群大学生愿不愿意花 4 元钱购买一个杯子，结果多数人都表示不愿意。而当他们每个人都免费得到一个杯子后，过一会儿，当被问到是否愿意以 6 元的价格卖掉的时候，愿意卖出的人也很少。

2006 年，耶鲁大学经济学家基思·陈（Keith Chen）在对僧帽猴[1] 进行的一个物品交换试验研究中，僧帽猴也表现出和人一样的敏感度，他们对损失的厌恶比对收益的欣喜强两倍。厌恶损失？天哪！这意味着什么？意味着这种人类行为的基础——对损失与收益的偏好和偏差，早已扎根于僧帽猴和人的共同祖先身上，早已深深刻在人类的骨子里。如果你掌握了人们的这个心理，你将完全可以成为一位"耍猴人"。

Note | [1] 僧帽猴：猴子的一种，因头部的颜色酷似僧帽的颜色而得名。

赋予效应[1]使得人们对自己拥有的东西加上了非常高的价值，导致人们不愿意去做决策改变现状，这种安于现状也是**损失规避**的一种表现。

值得一提的是，商家经常利用赋予效应，他们通过向顾客承诺无条件退货来达成更高的销售业绩。

人们总是试图安于现状，抓住眼前的一切不让它们溜走。这时你突然剥夺对方的现有物，会使之产生巨大的心理波动。比如说他劈腿，在你和她之间犹豫不定的时候，如果你突然剥夺他的选择权，这时，他得到她的快感就远远比不上失去你的挫折感。这时他会迫不及待地想回到原来的状态，结果就是——你更容易得到这个男人。同理，如果你突然剥夺他的拥有权，你就会更容易收到求婚（前提是你得扮弱小，不要激怒他，不要提及其他追求者，以免让他产生逆反心理）。

有时候人们之所以不珍惜，是因为他们还有着更好的选择机会。好比我们去市场买菜：芹菜多少钱一斤？2块？好吧，我再往前走走看，看看里面有没有更便宜的，如果没有我就折回来。但如果你在天黑的时候奔进菜市场，抓住最后一个准备要走的菜贩，你会说：快！芹菜给我来一斤。这个时候，你不会计较价格。反之，如果你是一个菜贩，因为要去接幼儿园放学的孩子而不得不赶快离开菜市场，你会大叫：芹菜5毛啦，便宜卖啦！很遗憾，婚姻市场是一个永不落市的市场，有那么多"卖家"在涌入，你得赶快结婚生孩子，没有太多时间和优哉游哉的"买家"讨价还价。所以你最好的办法就是竖起一面大旗：有机蔬菜，仅此一家，不买拉倒。

当你发现面前的这个男人试图推脱婚姻，你应该想到两种可能：

Note | [1]赋予效应：指当个人一旦拥有某项物品时，他对该物品价值的评价要比未拥有之前大大增加。

1. 他想和你结婚，只是需要一点时间来思考。
2. 他不想和你结婚，但不想主动来开这个口。

当如此残酷的现实摆在你面前的时候，你应该事先找好房子，然后突然搬出去，不要加任何解释。再说一遍，不要解释，不问青红皂白，没有任何预兆地和他断交。

如果他不来找你，他应该是早就有了和你分手的决心。如果他来找你，先拒绝见他，温柔地告诉他："我很喜欢你，我和你在一起也很快乐，不过我不是这种无限期和人恋爱的人，我们也许需要给彼此一点空间。"

然后，他打的电话你只接一半，其余的（尤其是晚餐时候）你可以让它一直响，然后回个短信说：现在不太方便接电话，10 点再联系。然后你可以在10 点后接他的电话——如果他打来的话。这样过上两个星期之后，让他 10 点后也找不到你，只能在上班的时候找到你。

他会急的，也许他会趁机寻欢作乐几天，甚至他会试图去另外结交新女友——结果人家张口就问他："你有房有车吗？"于是他会开始反省：我到底错过了什么？

注意，始终不要对外抱怨你的男友。如果男友的朋友或父母打电话给你，你可以同样很温柔地告诉他们：

我和 ×× 之间有点误会，也许需要一点时间来让你们接受，谢谢你们的关心。

我和 ×× 存在一些不知道能否解决的分歧，希望你们能理解，我自己会处理好的。

很高兴你们能打来电话关心我，不过两个人的事情也许需要自己来解决，谢谢了。

注意，自始至终你都要模棱两可，不说要分手，也不说不分手。态度要温柔，语气要强硬，一切都留给对方去猜测，他也会真的去猜测。

可以想见的是，他会经历一个"疑惑—愤怒—焦虑—悲伤"的过程，而在这个过程中，你是最大的赢家。如果他真心想和你结婚，你就可以很快收到求婚了；如果他没有想和你结婚，你再等下去也不会收到戒指，这样做有助于你交到新的男友。

需要警惕的是，他会试图冤枉你，哀求你，打压你，辱骂你，试图把你卷回之前的关系中。不过这都不要紧，如果你所需要的是一个老公，而不是一个不想结婚的男友，这是你必须做的。

Chapter _ 10

如何抓住成功男人

To Know Him

Is to Love Him

他们会假装惊艳于你的美貌，假装对你动情，看看你会不会上钩。如果你一直保持冷静和理智，他们会更愿意娶这样自持的女孩子为妻。你需要有极强的定力，才可以坚持到最后一刻。

从生理上，男人通过什么来判断你的价值

有句话是这么说的：男人其实是最专情的动物，他们 18 岁时爱 18 岁的美女，28 岁时爱 18 岁的美女，38 岁时爱 18 岁的美女……一直到 68 岁，他们还爱 18 岁的美女。

我们无法回避这个话题：男人都爱年轻的美女。

不仅仅是成年男子，20 世纪 80 年代的两项独立调查指出，2 岁的幼儿和 3 个月大的婴儿，他们盯着美貌的脸的时间较长，而盯着人们认为长相普通的人的脸看的时间较短。甚至刚出生不到一个星期的新生儿也会对人们所认同的长相较好的人表现出极大的偏好。可见审美的标准并非见仁见智，而是全人类共同的能力和天性。喜欢美人是一种跨国界的情结。

美是什么？也许社会学家、生物学家、艺术家们各有不同的答案。细究起来，对称的脸必不可少，而长发、水汪汪的眼睛，红润的嘴唇……似乎都可以列入其中。

如果要我下定义，我会将"美"定义为最难保持的人类特征。是的，美貌不仅是单纯的心理感受，它还标志着个体在发育和成长的过程中没有受到太多寄生物的干扰和病菌的感染，标志着个体的健康水平，还标志着个体具有高繁殖能力。高繁殖能力不仅包括生育健康后代的能力，还包括生育最高数量后代的能力，所以与美貌不可分割的一个词是"年轻"。

男人为什么都喜欢年轻美貌的异性呢？这是因为这样的异性意味着高繁殖能力。因此，寻找漂亮的女生是男人的本能。

对所有生物的最大威胁是寄生物。寄生物往往不会对人体的左右部分同时展开攻击，他们攻击任何一边都会造成不对称的情况。因此，肌体对称（Bodily Symmetry）往往能体现生物个体受攻击程度的高低。此外，由于人体内的器官也往往成对且不对称，我们可以想象人们很容易因为病毒感染而导致不对称。而这种不对称，表现在大腿上，肌肉一边紧一边松是很难用肉眼分辨的，但表现在五官紧凑密集的面部上就会非常明显。比如说，一个女孩幼年时感染了严重的肺炎，也许成年后就一直体弱多病，于是她会面容枯槁；如果她有轻微的甲状腺问题，她的眼睛也许就会长得特别突出——这些疾病都会毁损她的容貌。面部对称性（Facial Symmetry）意味着高繁殖价值，有利于自己的基因。因此，我们的基因将眼睛这种对面孔对称性的感受定义为"美"，就像我们的基因将嘴巴对脂肪的热爱定义为"可口"一样。

不只是男人对女人的对称性青睐有加，女人在选择配偶的时候亦是如此。美国新墨西哥大学的研究人员兰迪·索黑尔和史蒂芬·郎热斯塔特发现，当伴侣的体形更具有对称性时，女性更容易达到性高潮，而具有对称性的体形正是男人携带良好基因的标志。

人是如此容易受到寄生物、细菌、病毒、支原体、衣原体、辐射的感染和伤害，因而美丽的容颜总是难以维持。在这里，我想借用英国科学家马特·里德利[1]的一段话来说明：人体是一个精妙的大机器，寄生虫或者辐射以及其他的病菌就是掉进机器的螺丝起子。对于简单的机器而言，掉进一把螺丝起子并不会造成什么问题，但掉进精妙的机器里的螺丝起子，很容易让机器发生严重

Note | [1] 马特·里德利：Matt Ridley，英国科学家、作家、商人，著有《红色皇后：性与人性的演化》《美德的起源》和《基因组：人种自传 23 章》。

的连环反应。也就是说，任何一点小小的干扰，都可能让人变得不美。

所以美貌有时甚至比年轻来得更重要，虽然一个 30 岁的美女繁衍的后代数量比 25 岁的女孩少，但比起一个 25 岁相貌平平的女孩所生的后代，她的孩子再繁衍的可能性更高。尤其在一胎制下，数量的多少并不是大问题，问题在于这稀有的后代本身拥有多高的繁殖力。

美貌不仅具有社会意义，更重要的是它象征着生物意义。选择一个不美的异性，意味着自己的后代不会有太高的繁殖力。因此，男人有着追逐美貌的本能。

好吧，我们说说男人们对美貌的判断标准吧。

面部对称性 这个已经阐述过了，面部的对称往往能体现生物个体受寄生物的攻击少。可别小看寄生物。寄生物对宿主有着极大的威胁，它甚至能左右某些低等生物个体去寻死。人体生存的时间如此之长，繁衍如此缓慢，这导致人体的寄生物多到爆棚，它们对于我们的影响如此巨大，在热带地区，这些小生物的活跃甚至可以左右人类的性行为属性——在热带，没有且不易被寄生物戕害的男性十分稀少，以至于女性愿意舍弃长期抚养的利益，只为能取得一个健康男性的基因——他们会更多地实行一夫多妻制。

拥有一张对称的脸是男人非常看重的。因此，不要总是侧一边睡觉，常用脸的双侧咀嚼东西，这些都有助于你保持面部的对称。

长发 无论是胎儿还是婴儿，人类的后代非常依赖母亲，这意味着雌性的健康对于抚养后代至关重要。选择一个不健康的女性进行投资，也许会给自己的基因带来严重的后果。在需要男性依靠外表自行判断伴侣健康状况的年代，头发是一个重要的衡量。因为一头长发能反映雌性在此前四五年内的健康状态。健康的人拥有光泽的头发，而不健康的人的头发枯槁且无光泽，所以男性偏爱长头发的女性。

黑白分明、水汪汪的大眼睛 这意味着女性体内循环良好，年轻，雌激素分泌得充沛，完全可以胜任母亲一职。

小小的下颌，饱满的脸蛋，饱满的双唇　这些都是年轻的标志，便于男性用以衡量女性是否处在最佳生殖期，是否有长久的生殖期。

70% 的腰臀比 [1]　无论哪种类型的社会中，男性普遍青睐低腰臀比的女性，虽然各个文化里面青睐的女性胖瘦有差别，但腰臀比始终是不变的。许多疾病如糖尿病、高血压、心脏病等都会改变身体的脂肪比例，因此患病的女性很难保持低腰臀比。已经有调查显示，腰臀比较高的已婚女性受孕较难，低腰臀比意味着女性有着高繁殖力。此外，因为怀孕会导致脂肪堆积，因此，0.7 的腰臀比的女性正处于怀孕期的概率最小。男性的本能让他们追逐这些没有处于怀孕期的女性。

苗条的体形　也许胖姑娘会期盼着杨玉环的体形再度流行，不过这个愿望总是难以实现。在一项对 500 多名男大学生进行的针对择偶偏好的问卷调查中，有一个题目是让受试者回答自己心目中理想异性伴侣的体重，还有一项是要求受试者回答身上是否带着钱。结果是：当前感到金钱窘迫的受试男大学生选择了更丰满的女性，而另外一组没有金钱窘迫感的受试男大学生选择了更加苗条的女性，而且他们心目中的理想伴侣体重数据差异显著。这里，实验者的潜台词是，没有带钱的受试者在回答问题时会感到经济较为窘困，实际上，他将金钱窘迫度和女性体形结合起来了。

另一个在餐厅门口进行的研究表明：正要去就餐（还没吃饭，处于饥饿状态）的男人们更偏好胖的女人，就餐完毕（吃完饭了，处于饱食状态）的男人们更偏好瘦的女人。

我们还可以从另一个方面得到验证，迄今为止，很多资源匮乏、经济贫困的地区还保留着以胖为美的习俗。可见在食物充沛的社会和年代，男人们喜欢苗条的体形；在食物匮乏的社会和年代，男人们喜欢丰满的体形。

Note　[1] 腰臀比：腰围除以臀围之商。

大胸 哈佛大学的人类学家弗兰克·马洛韦说，较大的胸部容易松弛，大胸部的轮廓便于男性观察和判断女性的年龄（生殖价值），因此男性对此更加偏爱。另外还有一种说法，即同时拥有丰满胸部和纤细腰肢的女性生育能力最强。大胸往往不是指绝对大小，而是相对腰肢的大小。无论如何，一对丰满的乳房是很讨男人喜欢的，前提是你要保持苗条纤细。

白皙的皮肤 白皙的皮肤和大胸是同样的道理，白皙的皮肤更容易起皱，被阳光伤害和长斑，因此更容易被男性用来判断女性的年龄，也因此更受男性欢迎。此外还有一个观察报告提到，排卵期的女性往往肤色更浅，因此比同族人偏浅的肤色往往更受男性的欢迎。

好吧，既然男人的生物性如此，你应该从外表的哪些方面入手，来让自己更讨他们的喜欢呢？这里我们聊聊容易改变的部分。

美瞳 婴儿的眼珠总是很大的，老年人的眼珠则混浊，看起来很小（人老珠黄嘛），因此黑白分明的眼睛和大瞳仁意味着年轻。而且，瞳孔放大是性唤起的重要标志。美瞳可以增加眼睛的对比色，特别是对那些黄褐色眼珠和小眼珠的人而言，美瞳会让整个人光彩四射。

注意，记得选择那种看上去比较真实的，因为假美瞳实在太惊悚了。

离子烫 前面说过了，垂顺有光泽的长发永远是男性的最爱。感谢离子烫吧，它提升了很多人的美貌程度。

注意，脸部较丰满的女孩子不适合离子烫。

减肥 上面已经说过了，男人们最喜欢的体形，通常也就是当前社会大趋势下最不容易保持的体形。想要嫁给最讨人喜欢的男性吗？那么你需要保持那种最不容易保持的体形。

化妆和服装 化妆和服装是女人之间长盛不衰的话题。这一点似乎无须赘述。恰当的着装意味着良好的品位，这一切都反映着女方能将后代抚养得很好的前景。

小针美容 托基因的福，男人们似乎并不太介意女性对自己的长相来一点改善——纵然一个女人整容流言漫天飞，但男人们只会为自己的直觉而折服。在整形中，相对安全的小针美容是怕痛又想改变自己的女孩的好选择。比如说瘦脸针。为什么要使用瘦脸针呢？这是因为宽下颌是男性的象征，拥有一个宽下颌往往意味着女人体内的雄性激素较高——注意，是雄性激素。这意味着她具有某些雄性特征，比如好斗、冲动、花心，此外还意味着她的免疫系统不太好，这些都不是男人想要的。所以对喜欢咀嚼口香糖和甘蔗的女孩们而言，必要的时候，你们最好求助专业医师的帮助，来一针瘦脸针。此外，双眼皮和大大的眼睛也是男人们的最爱，你完全可以做个简单的双眼皮成形术。

注意，切忌为了省钱而去乱七八糟的美容院或者小医院，我国每年有 20 万张脸毁在他们的手里。

以上几项就够了，一位苗条的、一头长发、眼睛大大、脸蛋小小、画着精致妆容的女孩子，是不会难看到哪里去的。当然我们知道这不容易，但你不是正想嫁给一位好男人吗？宽阔的罗马大道必然通向平地，只有险峻的小路才能达到风光无限的险峰。

从心理上，男人通过什么来判断你的价值

想想你最近一次去商店买衣服的情景。

毫无疑问，试衣服时，我们很少会试别人刚刚脱下来的那件带着体温，堆叠成一团的衣服，我们宁愿去拿货架上挂得整整齐齐，打理得很好的那件，即使它们曾被更多人试过。

我们很少注意那些颜色老气、款式陈旧、看起来十分笨重的衣服，也不愿意穿着它们上街，即使它们的面料很好，质地非常舒服。我们还是宁愿选那件面料一般、质地平平的，只因为它颜色漂亮、款式新颖、跟得上潮流，能掩盖自己身材的缺点，能发扬自己身材的长处。多数时候，我们喜欢贴身显瘦的衣服，只有在天气特别寒冷的时候我们才不得不穿肥厚的羽绒服。我们多半随便挑一件羽绒服穿，进到室内或者天气一热我们就会急不可耐地脱掉它。

看中了一件衣服，我们一般会问："我可以试试这一件吗？"多数情况下，导购小姐会热心地帮你试穿它。试完了，我们会说："我要这件，帮我拿件新的。"在有同等备选的情况下，我们很少会要被自己试过的样品。被很多人试过的样品，看起来已经旧了、有破损了，一般都会在季末放在花车里打折出售。

如果导购小姐告诉你："这件衣服只有最后一件了。"我们就会翻看翻看，如果衣服看起来成色还新，也着实喜欢，那么我们虽然心里有着小小的不愉

快，但也会买下来。但多数时候，我们会说："我先去别处看看，不行再回来吧。"

试衣间里，总是挂着一个标语："小心口红。"这个标语就好比"小心地滑"，一定是经常有人把口红蹭到衣服上或者这个地方经常有人滑倒，商家才会如此提醒。这就说明，还不真正属于自己的衣服，是不需要付出代价就能得到的东西，我们很少会特别特别爱惜。

如果你看中了一件衣服，想试试看，导购小姐却态度蛮横地对你说："衣服不让试，您就这么看看吧。"你多半会悻悻而去。而这家店一般会倒闭，除非货色实在好，又只此一家。

如果营业员态度很温和地告诉你："对不起啊，我们这里衣服都不让试，这是为你负责，也是为其他顾客负责，不过我可以帮你比一比，看看你是不是穿得上。"或许还恭维你："这件衣服是均码，你这么好的身材一定穿得上，你皮肤白，人又高，最适合穿这样的衣服。"你多半不会马上走开，心里会沉吟许久。如果价格不是特别贵，又非常喜欢，你多半会买下来。即使价格很贵，你也许会叹口气走开，但你心里一直会挂记着这件衣服。你会一直想：要是我穿上它，没准会特别好看呢！也许会想一两个小时，也许会想一两天，也许会想上几年。

如果，你是一件衣服呢？

很明显，男人选择伴侣的行为与此类似。他们很少会找明显经历过许多男人，一副看破红尘样的女人，他们更加愿意接近仪表端庄、矜持的女人，即使他明知后者之前的性经历比前者更复杂。

如果你善于观察，会发现男人往往会被一些外表时尚、容貌姣好的女子迷住。因为较好的外貌意味着高繁殖力。

太快发生性行为会让结婚的路变得渺茫，同居更是如此——实际上，来自美国的调查显示，100对同居情侣中，有40对会分手，其余的60对中，有35对以离婚收场，只剩下25对能熬过来，他们的离婚率是58.3%，而美国的离婚率是 50%。

婚前同居会让你们的恋情乃至婚姻走入死胡同。在这样的关系中，你已经失去单身的福利，但你又享受不到婚姻的保障。你会想"我们又没结婚，实在相处不来就分手拉倒"，对方也会这么想，于是你们都没有背水一战的勇气。

此外，全美婚姻计划小组在美国 5 个主要的大都会城区针对 21~29 岁、从未结过婚的单身男女进行了一项调查。结果发现许多在过去多次恋爱中拥有长期性生活，最后却分手了的女人会抱怨自己、生气，有受骗和被背叛的感觉。这一点对于未来的恋情产生了"负面累积效应"，她们会对男人产生"全盘不信任感与敌意"，并将这种不满足感带到下一段恋情里面。

这就是常常告诉你"男人没一个好东西"的那些女人的原版，这类怨妇往往让男人望风而逃，就像另一位婚姻专家说的"男人能在一公里之外嗅出这些怨妇的存在，并逃之夭夭"。没错，倘若不想变成怨妇，一开始就要提高警惕。

男人总会趋向于寻找他未曾近距离接触过的另一名女子。如果货源实在欠缺，他们会将目前试过的这位勉强收编，但心里不免遗憾。他们总觉得自己大可以遇到更好的，当出现其他选择的时候他们会继续求新，这就是婚外情的源泉。

人们对太容易得到的物件往往不会珍惜，待之随意。反正只是玩玩嘛，何必太小心翼翼、如履薄冰？

不过，如果你太过冷硬地拒绝试图走近你的男人，会令对方难堪地走掉，这时的他不会有任何讨价还价的冲动，你也因此断了自己的后路。除非你倾国倾城，离开你人家就活不了。除非你有大把青春在手，不愁没有后来人。

倘若女人可以温和地回应他："我并非随便之人，不和你发生性行为（同居）是对我们彼此负责。相信我，我比你想得更出色，如果你愿意，我可以赐予你向我求婚的权利。"男人多半不会走开，即使自身条件够不上，他们也会保留对你的眷恋。

从本能上，男人通过什么来判断你的价值

什么样的女人适合娶回家呢？答：温柔的、有自尊的、独立的、低可得性（性抑制）的女人。说到这一点，又要和男性的混合择偶策略联系起来。

对于男性而言，他要找一个为他生下能够确认是自己亲生骨肉的女人。这个女人重点是要基因好，还得忠诚。当然，相对于忠诚，基因可以稍微做出一点妥协，也就是说，老婆的话，哪怕长得比情人稍微差一点也是没有关系的。毕竟，即使有一个没那么好的后代，也比当冤大头抚养别人的后代强。

为了这一点，男人们总是在努力寻觅一个让他具有安全感的女性——即使他表面上告诉你他多么喜欢辣妹，不过他是不会把她们娶回来的。漂亮在成为妻子这一点上，助益不是特别大。因为漂亮意味着高风险，意味着更难守住她，意味着小孩以后可能没妈。很多男人是不愿意冒这种风险的。只有当他们采取短期择偶策略的时候，他们才需要尽可能开放的漂亮女人——以便彩票中奖。

实际上，如果男人们觉得女性在性关系上是随便的，他们就会将她们归类为情人。男人们的**父性确认机制**让他们不愿意将资源投放到随意对待两性关系的女人身上，不愿意与她们建立长期关系。

那么，具有哪些品行的女人才会让男性觉得值得长期投资（娶回家）呢？

首先，她得**温柔**。温柔意味着她更愿意服从他，也许更愿意崇拜他，在这

样的两性关系下，她更不愿意出轨。他可以掌控她，他是孩子亲生父亲的概率就会更高。

其次，她具有**性抑制**的特性。

她们视性为稀有资源，而物以稀为贵，男人会下意识地认为她是一个不易到手的女人。如果大量的投资是男性获得与她性接触的唯一方法，那么他们只能做这个投资。此外，对普通男性而言，获得与最有魅力女性的繁殖机会是很困难的。鉴于此，女性可以通过抑制性接触来改变男性对自己性价值的知觉。

比如，她不会主动追求他以及其他男性，在感情方面相对被动。这意味着她不太具有雄性特质，不容易出轨或者花心。她会拒绝他。在她不愿意的时候，她会明确地表态——这彰显她没那么容易成为男人的猎物；她没那么容易到手——这意味着她的性十分有价值，值得长期投资。

她对性事并不主动，至少一开始如此。这意味着她多半很年轻，因为性经验是需要时间积累的。杂志永远在教女人主动一些，但实际上主动的老婆可能让老公很满意，主动的女友却很容易把男友吓成性伴侣。

再次，她有自尊。这意味着她更不愿出去偷情，因为低自尊的女性比较喜欢通过性交来获得自我确认和更好的基因。

最后，她有自己的世界，并不完全依赖他。这意味着即使他死于非命，他的孩子依然有存活的可能性——千万不要小看男性这种下意识的焦虑。

明白了这些，就不要试图在男方提出分手时苦苦纠缠，只要尽可能地表现出你的软弱和无助即可。苦苦纠缠将会显得你的卵子是廉价的。

此外，倘若表现出过度的母性和独立的性格，男人们会认为对你采取短期择偶策略比较划算——因为你看起来有能力独立抚养一个孩子。

注意，在本书中，我们始终强调的是生育的基因本能，而不是生育的实际行为。也许一个人非常讨厌小孩，但这并不妨碍他的基因操纵他渴望和女人发生关系。我们都是热爱生殖的祖先的后代，我们热爱生殖的本能，是由一堆堆白骨堆砌而成的。

你是成功人士需要的女人吗

　　一个认识了很久的小姑娘和我聊她的恋爱现状，说她认识了一位富二代，朋友都说这个男生不是那种乱来的人，挺靠谱，喜欢漂亮又真实的女孩，不喜欢扭扭捏捏做作的。于是她顺理成章地和他交往起来。

　　富二代基本上每天早晨都会给她发短信道早安，但一到下午便无音讯。这位小姑娘当然也没有主动发消息给他，女孩子嘛，起初总要矜持点的。富二代每天晚上都会看看她网上的动态，然后给她发发手机短信什么的。不久，问题出现了。某一天两人聊了很多，也聊得挺暧昧的，但第二天早上富二代照常给她道完早安后，就再也没有联系她了。

　　我说，有很多男人会先和你保持密切联系，比如接连给你发一个月的短信，然后突然玩消失，来试探自己在你心中的地位如何。他想看你是否会紧张，有多紧张，以便推断自己在这一场恋爱中的胜算。这样做的男人，只能说明一个问题，他自我控制能力很强，而且对你没有动情，并且很可能是个老手。

　　她问："该怎么办呢？"

　　我说："你可以这样，先别联系他，等他再联系你的时候（可能3天，可能一星期。如果超过了一星期，此男不能要），你就装作若无其事，继续之前的聊天方式。要是他按捺不住主动问你，你就说：'我想你应该很忙，所以没好意思打扰你。'或者说：'怕干扰到你的正常生活规律，而且正好我学校这边也有事，所以就没顾得上深究。'如果他要深入问，你就半开玩笑地说：'你身边那么多女人，少我一个不要紧的。'"

小姑娘说："我突然有种不祥的预感，我貌似又回到了之前和凤凰男相处的阶段了，忽冷忽热的。我真的好伤心，我也不是丑八怪，自我感觉各方面都不错，为什么就没有男人愿意对我动情呢？老是碰到一些所谓的情场高手，被他们耍来耍去的，是我自身有什么问题吗？我真是搞不懂。"

我知道，她最想问的一点就是："我该怎样寻觅一个成功人士并且嫁给他呢？"她很迷惑。

下面我们从一些常见问题入手，剖析一下成功男人究竟需要什么样的女人？

1. 哪类女人是第一拨出局的

我的一位朋友，产业在国外，丧偶，身家超过 10 位数，绝对是钻石级的富一代王老五。征过两次婚，我那时和他的另一个朋友一起义务帮他处理过不少应征者的来信。

哪类来信会被第一时间屏蔽呢？完全不符合条件的女人。关于择偶条件，他们一般会在最开始时提到，之后再也不会提起。

很多时候，当你问一位成功人士："你喜欢什么样的女人？"他可能会略偏一下头告诉你："嗯，漂亮的。"或者他会笑着说："合得来就好。"只有在征婚的时候，他们才会告诉你："她得 22~29 岁，身高 1.65 米以上，大专以上文凭，漂亮，善解人意。"规定得很宽泛，看似所有人都可以对号入座，不过这就是传说中的网大眼小好捞鱼。这类铁板钉钉的要求已经是底线。比如说你如果已经 29 岁，那么大概需要你长着一张明星脸和一副女人见了也要流口水的好身材；如果你已经 35 岁，大概长相如林青霞也不会太合适了。所以一句话，请趁早。

当一个男人，无论是不是成功人士，他看着你的圆脸说："我喜欢脸长一点的女孩。"你就别争取了，即使你侥幸和他有那么一段恋爱，也很难走向婚姻。男人不像女人那么容易被感动，特别是在婚姻问题上，成功人士会非常坚定。婚姻意味着他要寻求一个和他基因有最大差别的女性，以便生出一个确定的优质后代，还得对这个后代进行极大的投资，他必须确保那个女人符合他的喜好。

这一条适用于所有男人。就像你不能强迫猫咪吃胡萝卜一样，你无法强迫男人对你动心。

2. 感情经历越少越好

这一点毋庸置疑，君不见在 5 年前的富豪征婚里，"无性经历"一直是必要选项吗？可能很多女人会对这一点感到不解：为什么有钱人要这样物化女性？甚至还有女权分子声讨这一点。但现在看来，这么做虽然可能会过滤掉一部分好女人，但至少可以保证自己家门不受艳照的侵袭，也不会有前男友的骚扰，更不会有其他一些麻烦事。最关键的是，他们能从这一点上获得更高的父性确认——想想看，要是赚来的亿万家财留给了别人的儿子，那岂不亏大发了。

当然，即便你有过性经历，也不是一定无法嫁入豪门的，富二代们对此就颇为理解。毕竟优质基因是最重要的，对性经历的纠结只是由父性确认心理衍生的增强父性确认的适应行为。

但如果你感情经历太复杂的话，就有待商榷了。比如说，你换过 8 个男朋友，每个 1 年，与只交过 1 个男朋友，持续 8 年相比，他们肯定会选择后者——注意，如果别人认为你挑男人的态度是捡到篮子里就是菜，那么他们肯定不愿意自贬身价去和其他男人一起争夺你。而且他们会认为：你爱点太低，婚后容易出轨。

所以，没有性经历是一个不错的条件，即使不是，相对专一的情感态度也有助于满足男人们的独占心理。

3. 他们都只爱美女对不对

前几天和某位做钢材生意的美籍华人老板一起聊一个项目。这位老板的身家过亿，长得相当端正，年轻时应该是很帅气的。他老婆却瘦瘦高高，貌不惊人。但是，后来我和另一位会员感叹：他老婆简直具有成功人士老婆的一切素质。

首先，她也是名校毕业，和老公相识在国外的某个俱乐部，瘦瘦的高挑个子，不算很漂亮，但皮肤很好，看起来30出头。令人惊诧的是她已经是3个孩子的母亲了，前两个是女孩，最大的一个13岁，老三是个男孩，1岁不到。她老公45岁，她自述年龄和老公一般大，但外貌非常年轻。

我们在闲聊的时候，他老婆有条不紊地将笔记本打开，帮他把所有提到的国外公司资料都一一备齐，以供我们参考。

当我们几个人在视频会议上意见不合，气氛突然紧张起来的时候，她很温柔地说："刚刚你们在讨论的同时我做了一些记录，或许你们有兴趣让我来做一个小结？"

这位女子虽然长相平平，但是在事业和智力上可以和老公并驾齐驱，是老公的得力干将，温柔且善解人意。女性的美貌很重要，但是对富翁而言，女性的智力也很重要，这有助于下一代的繁衍。股神巴菲特有句鲜为人知的名言："人生中最重要的投资决策是，跟什么人结婚。只有在选择未来伴侣这件事上犯了错，你才会真的损失很多。而且这个损失，不仅仅是金钱上的。"

单单只有美貌的女人，可替代性实在太强了。桀骜不驯的性格，顶多只适合做女友——见过有人歌颂野蛮女友，可你见过有人歌颂野蛮老婆吗？

4. 会做家务重要不重要

我认识不少女孩，以十指不沾阳春水为荣。除了她们自己，父母也相当骄纵她们："我家姑娘嫁人又不是为了做家务活，在家都舍不得让她做家务，怎么愿意让她去伺候男人？"

好吧，让我这么假设一下，如果有一位相貌端正，身家30亿以上的钻石王老五，产业涉及各个方面，他单身，爱好独居，家在繁华地带，像个宫殿，有无数的房间，到处摆着奢侈品，甚至散乱着不少现金，连家具都是爱马仕的。他有点喜欢你，可是他喜欢独居，不喜欢有仆人……你怎么办呢？

到那时再想学，已经来不及了。在知道你不擅长厨艺的第一时间，你就已经出局了。

这不是假设，这是真的，这位大佬目前定居北京。成功男人远比你想象中务实得多。即使他们的钱几辈子花不掉，他们也不愿娶一个连家务都不做的女孩。打个比方，即使是布加迪[1]，轮子转不了也没人愿意买。

5. 他们都爱灰姑娘

网上流传一个"好白菜都被猪拱了"的帖子，帖子中多金帅哥一律搂着其貌不扬的姑娘，让多少长相平庸的女孩看得直流口水。娱乐新闻里，总有某某女星嫁入豪门的消息，更是让一干美女跃跃欲试。

你想错了，成功人士又不傻，他们只会爱自身条件好的女人，这些女人不一定要有钱，但起码有职业前景。固然也有灰姑娘中选，不过灰姑娘长得可是挺漂亮的，而且交际手腕一流——她是坐着豪华马车，穿着高级礼服去见的王子。

不是所有的灰姑娘都能碰上白马王子，白雪公主们尚且在排队呢。成功男人们爱的是自身条件好、基因优良的女人。几年前，有人把梁洛施当作灰姑娘的代表人选，先放下她的婚姻是否成功不说，单说她哪里是灰姑娘？人家是混血美女，高挑个子，英皇力捧数年，极为年轻的新晋影后。

Note | [1]布加迪：法国最具有特色的超级跑车车厂之一，起源于意大利北部，以生产世界上最好的及最快的车闻名于世。

此外，成功人士很少头脑发热，他们经历过的女人一般都比较多，对男女之情看得也很淡，如果说普通男人都是顽皮的男孩，那么成功人士可谓是顽皮的大男孩，心理较量的时候你很难胜出。跟这种人相处，一定要冷静。

有的成功男人历尽沧桑，会喜欢单纯如白纸的校园美女；有的却千帆过尽，会喜欢能够在心灵上与自己并驾齐驱的灵魂伴侣，前者纯粹靠美貌和运气，后者也不是单纯的懂几个英文的小资或者谈过几次恋爱便以为把天下男人看穿的女人可以驾驭的。

他们会假装惊艳于你的美貌，假装对你动情，看看你会不会上钩。如果你一直保持冷静和理智，他们会更愿意娶这样自持的女孩子为妻。你需要有极强的定力，才可以坚持到最后一刻。

小结：男人的择偶黄金期很长，我甚至见过不止一位年届 40 却尚未结婚的成功人士。所以如果你不是超凡脱俗得出奇，聪明美丽万里挑一，那么最好还是找个身份、地位相当的男人过日子。

套牢一个男人本是不易，套牢成功男士更是难上加难，运气、技巧缺一不可。而这些心计和手段，必然需要一一学来。

Chapter _ 11

优质美眉的生存法则

To Know Him
Is to Love Him

女孩们一开始就要躲开那种用市场规范来跟你相处的出手大方、不谈未来的男人，而要选择那些用社会规范来跟你相处的男人，这样做虽然看起来没有大量的短期收益，可是你的回报是实实在在的——一个家庭，一个男人，一个孩子，一辈子的幸福。

与众不同的择偶策略

晓雪晚自习后回到宿舍的时候，天已经漆黑了。

同宿舍的 Coco 很兴奋地凑过来说："晓雪你知道吗？我和彭涛那个了。"

晓雪有点不解："哪个？"

Coco 说："讨厌，就是那个啦。我俩那个。"

晓雪有点惊讶地"哦"了一声，不知道该说什么好。

这使得 Coco 像被电击一样睁大了眼睛："难道你和王超没有发生过关系吗？你们都交往两个月了哎。"

晓雪有点不好意思地说："没有……"

Coco 大为惊讶："天哪，我完全没想到，你这么漂亮的女生，大四了不可能还……"

她没有接着说下去。

但是很快，晓雪听到宿舍的其他人窃窃私语，说晓雪假正经，说不准早就被男人上过了。

她们还说："都什么年代了，老土！"

晓雪有点苦闷地上网和一个网友倾诉，网友显然很内行的样子，说："现在都什么年代了，男女平等，女人也应该享受性愉悦。"

晓雪纳闷了。

在繁衍中，男性和女性有着两个微妙的不同：

1. **两性对后代的确认程度不同**。女性永远都知道孩子是不是自己的，而男性永远没有 100% 的可能确定孩子是自己的，即存在**父子关系不确定性**。

2. **两性之间的后代数量各有分别**。即使是繁殖力最强的女性，最多只能生几个孩子，而拥有优秀资源的男性，可以轻而易举地拥有大量的后代。

这两点看似只有一点区别，实际上这小小的蝴蝶翅膀在漫长的进化历程中扇起了巨大的性别风暴，让人类自然发展出了不同的择偶策略。

1. 女性更愿意对孩子投资更多，因为她的繁衍成果主要取决于她是否能拥有更具繁殖力的孩子，是否能把孩子抚养到繁殖年龄；男性对后代的投资意愿并不十分强烈。前者属于重质，后者属于重量。

2. 女性大多以长期择偶策略为主，即寻觅一个愿意向自己投资的男性，以便抚养一个质量高的孩子；而男性，更多地采用混合择偶策略——长期择偶策略和短期择偶策略交叉使用。他们一方面需要长期稳定关系，因为长期稳定关系可以通过合法反复的性接触来加强对后代的父性确认；另一方面，他们会积极主动地寻求与其他婚外性伴侣的短期交往，以便留下更多的子嗣——即使实际上没有留下，但进化让男性保留了这样的适应性行为模式 [1]。

在生活中，我们可以看到繁衍策略的实际行为特征，即在婚姻中，女性与孩子的相处时间比男性长得多。离婚后，抚养孩子的也往往是女性，男性大多仅提供抚养费用而已。因为某些特殊情况，男性甚至会拒绝提供抚养费用，尤其是因为女性不忠而导致的婚姻破裂——这意味着孩子的父性确认较低，因此

Note | [1] 适应性行为模式：又称适应器，Adaptation，指由进化而来的、通过遗传获得的、稳定发展起来的、具有特殊目的的人类心理特性。

他们更加不愿意抚养孩子。

在残疾儿童家庭中，抛妻弃子而去的也往往是男人。究其原因，男方生殖潜能很大，一个孩子只占到他生育潜能的很少一部分，他很容易就可以得到一个新的孩子，而女方则未必。

很明显，女性对繁殖的投入会更多，短期择偶策略对于女性的子嗣数量并没有任何帮助。相反，她还不得不因此而承担巨大的压力——比如说性病的传播、名誉的毁损、怀孕被抛弃的危险、再选择的困难。所以女性在性上一定是更保守和谨慎的，这导致了女性的性资源短缺。因此，部分女性会利用短期择偶策略换取资源，或者获得在丈夫身上无法获得的好基因。

择偶市场的经济学原理告诉我们：

女性很容易就可以获得比现有伴侣更优秀的基因。

也就是说，只要女性不过分纠缠，一个十分出色的男人通常是愿意和一个普通女子发生关系的——反正不用他担负责任，又可以增加子嗣的数目。前面我们已经提到过，英国遗传学家费希尔曾提出过相关的"性感儿子"假设。在这样的假设中，女性完全可以选择一个愿意和她一起抚养后代的缺乏魅力的男性做长期伴侣，然后取得特别有魅力的男性的精子制造孩子——只要不被老公发现，她这个富有魅力的性感儿子会给她带来更多的孙子。

而如果一个女性执意要找一个富有魅力的男性做长期伴侣，她很可能终身没有着落，所以她们最后也会选择没有什么魅力的男性当老公——这大概就是很多男人极度排斥女性"玩够了找个老实人嫁"心态的缘故，因为很显而易见的是，他们下意识地知道自己的基因不够好，而一个知晓世界上存在其他好基因且接触过其他好基因的女性更容易让他们戴上绿帽子。

回到我们一开始的话题上来。生活中，确实有一小撮女性会大力鼓吹性、爱分开是男女平权的表现。男性也很愿意哄抬这样的女性，把她们作为楷模。

这些女性是怎样的一群女性呢？你试着想象那么一小拨人的模样。她们的自身条件在异性的眼里非常不优秀，这使得她们没有办法获得一个优秀的丈夫——也就是说，她们能遇到的大多数男性，都比她们未来丈夫的基因要好。为了得到一个好的后代，她的基因呼吁她们坚决不挑剔所遇到的男性。

为了得到一个比她的丈夫更加优秀的基因，她们决不能错过每一次可能的交配，所以她们会相当地性开放。在她们的眼里，自己的性是没有价值的，性爱当然是公平的。她们体内的基因想要自我改善的渴求是如此迫切，以至于哪怕得不到对方的长期承诺也无所谓。当然，她们管这个叫无怨无悔的爱。

正如研究显示：自尊较低的女性在过去一年内拥有更多的性伴侣，发展过更多的一夜情。而自尊较高的女性则不然，她们往往采用要求男方承诺的长期择偶策略。而女性的自尊又往往与自身条件相联系。当然，显而易见，条件好的女性势必接收到更多的性邀约，如果她们不够挑剔，她们早已被欺骗，她们的基因早已被淘汰，她们甚至会失去生育能力——所以她们势必一开始就拥有自尊，继而更加挑剔。

长得好看的优质女性在人群中的比例大概是 2%，也就是说，世界上绝大多数人的生活法则和优质女性有着截然的不同，大多数女人所采用的择偶策略不适合她。这类条件好的女孩需要从小就认清自己的位置，找出特别的处世策略，不然她们在很多时候就会因为自己的与众不同而不安。

此外，只要你不是条件差得要命，就绝对不应该为所谓的**性爱平权**所迷惑。舆论制造者的用心如此险恶，女孩们不得不警惕这一点。有些女人会主张性开放，她们会毫无顾虑地和男人上床，还会试图拉你下水，教唆你和她们一样来者不拒，向你推荐差劲的男人，甚至通过把你变成一个荡妇来消减你的性吸引力。

但那是非常欠缺**婚姻前景**的女性所使用的择偶策略，不是优质女孩们的做法。如果女孩条件不差，那就完全有资格要求并得到一个愿意和她相伴一生的男人。她们基因的蓝图已经被绘制得很好，完全可以匹配一个同样好基因和好资源的丈夫。优质女孩根本不需要舍弃稳定的生活来交换改善基因的机会。她完全可以要求得到**长期承诺**。

夹缝中生存的稀有动物

有个绝色美女，性情特别温顺，因为一个男人的欺骗，她成了她的小三。后来，她怀孕了。那个男人的老婆是一个聪明绝顶的悍妇，表面上与她姐妹相称，暗地里却买通了妇科大夫，神不知鬼不觉地把她的孩子流掉了。美女被逼得走投无路，最后只好吞金自杀。这个美女我们都认识，她就是《红楼梦》里面的尤二姐。她的这种遭遇在我国古代的野史、正史和各种口耳相传的文字记载中十分常见，所以我们常说：自古红颜多薄命。

为什么自古红颜会多薄命呢？这大概来源于两方面：

1. **男性对美貌女子的兴趣。**
2. **女性对美貌女子的攻击。**

这样的夹击将会带来什么？我们不妨先把这个问题放一放，一起来看一个实验。

在某个实验中，科学家让一群男女观看一段 10 分钟的谈话录像，用以判断双方的性意向。实验结果显示：男性更倾向于对谈话中女孩的性意向做出更高的判断（对男性有意思），而女性认为谈话录像中的女孩对录像中的男性没有太多的兴趣。

同样的实验结果被反复实证过——男性永远更倾向于女性对自己有意思，即便女性对他不存在任何想法。也就是说，也许你不经意的一声关心，那个自我感觉良好的傻小子就认定你爱上了他。

回到 1998 年，作为北美最大的食品和药品零售商之一的西夫韦（Safeway）公司闹过这么一个笑话。当时公司执行了一项"优质客户服务政策"，要求所有员工在收银时都面带微笑，呼唤客户的名字并致谢。结果引来了很多男士的误解，给女员工带来了无穷无尽的性骚扰。最后，有 5 位女员工不堪其扰，将公司告上法庭。无奈之下，公司不得不取消这一服务政策。

之所以会产生这样的结果，是因为两性的不同。从进化上来看，男性总是倾向于认为女性对他有意思，因为他如果错失了女性的暗示，就错过了繁殖的大好机会，而即使弄错了，也没什么要紧，最多是被拒绝而已。女性总是倾向于男性对她没意思，因为她如果错失了一个对她并不热切的男性，她毫无损失；但如果她误以为某人对她有想法而和他上了床，那就面临着怀孕和被抛弃的危险，甚至会因此饮恨终生。也就是说，如果男方始终倾向于女方对他们有意思，他们会得到更好和更多的后代。基因让男性总是更容易产生错觉。

所以男性有时会基于女性的行为推断出并不存在的性意向，这个想象是两性冲突中主要的心理来源，比如性骚扰。

同样的问题，放到美女身上又会发生什么呢？很明显，对男人而言，美貌意味着年轻和健康，意味着更少受到疾病的影响，生殖力强，更利于自己基因的传承乃至利于自己后代的择偶。所以与普通的女性相比，男性更倾向于美貌的女性对他们是有兴趣的，他们经常会误会美女的意思，会更加愿意去接近对方。

可以想象，他错过了一个普通女子，可能也就错过了繁殖一个平庸儿女的可能性，但是他错过了一个与美貌女子性交的机会，那么可能错过了得到一个优秀子女的机会。优秀的子女能给他带来更好的孙代，所以倘若错过了和美貌女子性交的机会，这个损失对男人们而言是巨大的。

所以，越是美丽的女孩，男人们越倾向于她对自己有意思，且对她越来越产生兴趣。美女身边的痴男越多，她的感情就越慢热、内敛和谨慎，因为她们非常容易传承后代，她完全有大量的选择机会，所以大可不必对某个特定的男士如此热切。进化让我们都能通过基因预设的行为得到更好的传承。

可想而知，美女总会陷入极多男性的包围圈。当一个普通女孩在街上问路，大多数情况下对方只是告知路线；而一个美女问路，问题就会突然变得复杂得多：被问路的雄性的积极性会被立即调动起来，各种激素一并分泌，他很可能据此认为她对自己有兴趣，从而愿意护送她过去，然后和她攀谈几句，兴许还要个电话什么的。也许在这个过程中，一部分男人已经对她一见钟情了。

根据美国心理学家布雷姆的研究表示：男性有时为了得到他们所需的资源，会试图欺骗对方，他们在美貌的对象面前，说谎更多。他们甚至愿意掩盖自己的兴趣、性格和收入，以唤起漂亮妞的兴趣。也就是说，一个貌美的女子需要极强的辨认能力，才可以从一堆"骗子"中找出真心对自己的人，但是这种要求对于任何人而言都是很难的，所以美女所面临的危险，比一般女孩大得多。

而上述第二点提到的女性对美貌女子的攻击，显然是长相平平的女子进化出的**适应性行为模式**。因为如果没有办法制约或者消除一部分美貌带来的巨大吸引力，她们自己的基因就更难挑到好的另一半。

她们会怎么做呢？

---

1. 通过对对方的性吸引力的诋毁来贬低对方的繁殖价值。
2. 通过对对方名誉的诋毁来贬低她们的社交价值。

所以，美女们总是被流言蜚语无情地包围着。

我们来看看男性的演化过程：为了传承自己的基因，男性显然需要选择高繁殖力的女性——特别是美女，来为他们生育后代；而另一方面他们又需要忠贞的女性作为长期的伴侣。我们都知道，男性对贞节的重视程度始终高于女性，因为男性需要重视配偶的性忠贞，否则他们很容易到头来抚养的是别人的孩子，基因遭到自然淘汰。但是性忠贞是很难被量化的，所以男性需要一种传播广泛的简便方式来替他们对女性的贞洁进行监督，这个任务就自然而然地落到了语言的身上。

事实如你所见，女性在同性竞争中会很好地利用语言来攻击她们的敌人，更加可怕的是，女人们针对男性的择偶偏好已经进化出了非常完美的诋毁策略：在诋毁情敌或具有潜在竞争关系的女人的时候，她们会更多地贬斥对方的外貌和私生活方式。为什么选择诋毁？因为诋毁是如此便利和不需要花费代价，最重要的是，它给对手造成的损失是巨大的。

现实生活中，美女经常被这两类流言困扰，而互联网上的雌性居民们还擅长用这种方式诋毁假想敌。女性对于同类外貌和胖瘦的缺憾非常敏感，她们不遗余力地揭发同性的缺憾并努力让男性注意到这些，以降低对手们的吸引力。在整容技术和 PS 技术盛行的今天，诋毁者们还多了一种选择，即鉴别美女们美貌的真假。

此外，无论现实还是网上，很多女人会用与"荡妇"类似的词汇攻击对手，她们会贬低对方说："她有很多男人，她人尽可夫。"

很明显，无论是女性自身的吸引力，还是揭发女性吸引力真假的诱因，都直接指向男性的择偶偏好，归根结底，只要存在性吸引力就一定存在来自于他人的诋毁，而诋毁往往都是围绕女性的性吸引力展开的，一个女人越是吸引男人，就会遭到越多的流言困扰。

为什么矛头总是指向女人呢？答案很简单，因为现在的社会是男权社会，女性作为被挑选者，不愿和男性产生正面冲突。对于掌握了社会地位的男性（男性中的强势遗传者），女人们拿他们没有办法，所以他们只好借助信息不对称和舆论压力糟践她们的潜在竞争者，这也就是传说中的女人永远在为难女人。

男权社会这个词显得很学术，我们不妨把它叫作男人占据优势地位的社会。可以说，除了母系氏族以外，人类的绝大多数社会形式——如狩猎（采集）社会、农业社会、工业社会都是男权占优的。无论是在经济地位、社会地位、生理优势和心理优势上，男性往往占据主动权，由此可知，在择偶问题上整个社会也势必是一个以男性为主导的巨大买方市场。在买方市场上存在两种竞争，一种是买家之间的竞争，一种是卖家之间的竞争。

值得一提的是，有时候社会地位的高低往往比金钱的多寡更加吸引女性，一位大学教授往往比没文化的煤老板更吸引人。我们可以理解，货币的出现不过几百年，人类进化则至少经历几万年的历史（由晚期智人进化至今），女性的基因根深蒂固地爱慕着社会地位较高的男性。

买家之间的竞争往往表现在出价上，说白了就是谁的钱多，谁的地位高，谁就能够得到更好的货品。

我们可以据此推测：

1. 雄性总是在试图比较彼此之间的购买力，他们往往为了争夺地位、金钱和其他资源进行斗殴。

2. 雄性和雌性很少处于竞争关系中，两性很少发生正面冲突。

3. 雌性和雌性之间总是在不停地比较双方基因的优劣，有时会通过诋毁对方以便抬高自己的价值。

实际上，根据国外对 1207 位高中生的调查，被拳打脚踢过的男生占 36%，而女生仅仅占 9%。这个调查证实了猜测，即争斗更多地发生在男性之间。实际上，在男人被拳打脚踢的时候，女孩子们在承担流言蜚语。

在针对初中女生所做的同样的调查进行对比后发现，高中女生比初中女生更容易骂对方是"婊子""荡妇""贱货""娼妇"等。对此唯一的解释，就是因为初中女生还没有发育到需要参与两性竞争阶段的缘故。

两性竞争，势必给具有竞争力的群体带来极大的风险。倘若她们不懂得保护自己，那就更甚。某些被众人称之为"荡妇"的女人实际上并不如我们想象中那般卖弄风情，她们很可能只是因为长得漂亮而又不具备强大的意志和能力，结果沦为男权社会中男性争抢和女性诋毁下的牺牲品。

当然，一个女孩长得漂亮，就像树木长得高一样，绝对是优点，但是倘若它长在一堆灌木中，那就另当别论了，所谓"木秀于林，风必摧之"。

针对男性和其他女性的夹击，美女们势必进化出一套处事的方案，也就是适应器，即前文我们提到的适应性行为模式。

第一，美女一般都是冷漠的。一个漂亮的女孩，她在23岁以前可能会遇到上百或者上千次来自于男性的邀约，如果她不懂得快速拒绝的话，她每天都会不停地纠缠于这种事情而无法脱身。这就是我们经常听到有人说"冷美人"的缘故。

第二，美女们更多是性抑制的。她们对多数男性采取性抑制的方法以便于更有选择性地将性资源分配给自己中意的男人。所以，得到一位美人的芳心总是非常困难的。

第三，美女们会更加洁身自好。因为追到美女的男性更倾向于炫耀他们的战利品，而这种炫耀很可能导致美女的名誉大幅度毁损。

自古红颜多薄命的奥秘，到此可以揭晓了。如同后人对尤二姐的评价一样："美貌其实是一件奢侈品，一个女人越美，她所需的智慧和意志力就越高，否则她就没有办法掌控自己的美貌。就好比一个人佩戴价值连城的珠宝在闹市中行走，一定得有武器甚至保镖防身。"

久租的婚纱不好卖

　　女孩在大学里就是出众的女生，家教良好，身高170厘米，身材匀称，长相绝对对得起观众。她之前遇到的追求者很多，而且都很慷慨，有的会给她买LV的包，只求她能够被当作"花瓶"带出去一次；追她的男孩也有混血的，他们把妹无数，在夜店纵横驰骋，特别吃得开；还有的男人出手就请她去马尔代夫旅游，但是从不问她要什么。

　　后来，她认识了一个男孩。这个男孩对她非常好，可以凌晨1点去给她买烤串，只因为她突然想吃；他会烹调可口的饭菜等她下班回来，并且耐心地听她讲公司里发生的琐碎事情；他还会经常推掉跟朋友的应酬，只因为女孩说："我今天想跟你在一起了。"而且他还很认真地告诉女孩："我想跟你在一起结婚生子。"

　　可是，这个男孩的家庭环境不是特别好，他的个子跟这个女孩差不多，长相中等偏下，他们逛商场的时候经常都是女孩自己花钱，如果这个男孩自己要买衣服的话，就会到大卖场去，因为他真的买不起大牌子。女孩很纳闷，就想：这样的男人工资这么低，在北京一年也就挣个七万块钱，我是应该好好珍惜他呢，还是应该面对现实找个至少条件相当，但并不那么爱自己的男人？

美丽是一种很容易贬值的商品，一个聪明的男人不会对一个仅仅拥有漂亮脸蛋的女人做长期投资，因为美丽永远都有重复性、时效性和可替代性。他现在娶了一个天姿国色但缺乏其他优秀品质的女孩，10年以后这个女人的相貌贬值了，他找谁哭去呢？

所以，面对美丽，很多有钱男人会采取"租赁"（短期择偶策略），而不是"购买"（长期择偶策略）的方式。他们愿意明码实价来购买女孩的性资源。

我们同时生活在两个不同的世界里，其中一个由**社会规范**主导，另外一个则由**市场规范**来制定法则。社会规范是友好的，界限不明的，它不要求及时的报偿。在两性交往中，有婚姻前景的交往服从于社会规范。而市场规范界限十分清楚，一切交换都是损益分明的，当你身处市场规范统治的世界里，你就必须服从按劳取酬的规则，无婚姻前景，有金钱交换的短期性关系就隶属于市场规范。

值得注意的是，某些一开始就存在阻碍的、服从于市场规范的短期性关系，如已婚男人的婚外情，往往会发展为符合社会规范的长期性关系，这种关系的出现欺骗着不计其数的女孩。

与市场规范相比，社会规范是很容易被打破的。曾经有一些热衷于行为研究的科学家，在一个日托的幼儿园里，针对从社会规范转到市场规范对人们的长期影响做了巧妙的测试。他们设立了罚款，并且观察这种措施是否能有效减少某些家长接孩子迟到的行为。

结果是罚款的效果并不好，事实上它还会带来长期的负面效应。为什么呢？因为实施罚款的老师和家长之间是社会的关系，是用社会规范来约束迟到的，如果家长迟到了，他们就会感到内疚，以后他们就会准时来接孩子；但是一旦实施了罚款，就无可挽回地把市场规范用作了社会规范的替代品，既然家长们为他们的迟到付了钱，他们就觉得自己早来或者晚来都无所谓了。

同理，一个22岁容貌出众的女孩，男人们都十分愿意带她出去，愿意和她交往，她是非常受欢迎的。可是，她没有办法漂亮到34岁。很多男人只想租赁女孩的美丽，他们并没有也不会打算对女孩承诺婚姻，他们只用短期的相伴或者附加的钱财来换取跟女孩相处的机会和性关系。一旦他们付了钱，他们就对挥霍女孩的青春全无负罪感。当时机到了，他们就会毫无愧疚地甩掉女孩。这些女孩在繁衍下一代的黄金时期里并未获得长期承诺，当青春和美丽都化为乌有之后，她们只能欲哭无泪。

上面那个实验还没完，好戏在后头。一个星期以后，科学家取消了罚款，幼儿园重新回到了社会规范主导的时期。那么家长也重新由社会规范主导了吗？没有！自从取消了罚款，家长们在接孩子的时候继续迟到，并且数量有增无减。实际上，市场规范和社会规范此刻都已不复存在了，也就是说一旦社会规范与市场规范发生碰撞，社会规范就会退出，此后社会规范很难被重新拾起，一旦被打败，它就很难再发挥任何效力。

也就是说，当一个女孩已经习惯了身边的男人在明码实价地租赁她，在没有婚姻承诺的情况下，给予她一定的报酬以换取她的性资源，那么她就很难再跟与自己实际匹配的男性相处。当然，后者是想要购买她，购买的价格势必赶不上通过多次短期租赁所获得的报酬，因为租赁的风险在女人手里，购买的风险却是在男方手里。

当美貌的租金很高的时候，女孩子是不会想到总有一天当脸蛋折价之后，自己是会栽在自己手里的，是没有办法再将自己推销出去的。就这样变成剩女的人，并不是少数。

因此，女孩们一开始就要躲开那种用市场规范来跟你相处的出手大方、不谈未来的男人，而要选择那些用社会规范来跟你相处的男人，这样做虽然看起来没有大量的短期收益，可是你的回报是实实在在的——一个家庭，一个男人，一个孩子，一辈子的幸福。

唯偏执的女人不被劈腿

资深美女 IVY，相貌上佳，身家清白，难得的是还会其他三国的语言。

从初中起，追求 IVY 的人就从来没有间断过；高中的时候，男生开始为她打架；大学里，她更受欢迎，不管走到哪里，都会有一群专门围着她转的男生。她的专业是酒店管理，因为家里的关系，她一毕业就被安排进了五星级宾馆当客户总监。

周围人都说，不会有人再比 IVY 更顺利了。可是有一天深夜，她突然在 MSN 上冒出一句话："我的男朋友背叛我了，我也被劈腿了。"

她的男友我们都见过，大家一起吃过饭，唱过歌，实在是乏善可陈的一个人。当初 IVY 选他，最大的原因就是看上去忠厚老实。

然而，忠厚老实也是可以变的。

让她不甘心的是，那个男人不过尔尔。当初是他苦苦追求 IVY，而她这只骄傲的白天鹅最后还是勉为其难地接受了。

后来事情就开始变得可耻起来。那段时间她忙于进修，而男方就在那个时候勾搭上了自己公司的前台小姐。

不知道是谁先主动，但事实就是男方开始叫她宝贝，和她看电影，一起去开房。

IVY 为了公司合同忙得不可开交的时候，男方正和前台打得火热。她不想去质问他什么，只是硬生生切断了一切联系。可是，用她的话说："即使失去我，他会捶胸顿足，可我的心也一样会痛。也许过段时间我会恢复，但是我一样也被这段感情狠狠伤过了。"

不要张大嘴，难道你不知道，美女比起相貌平平的女子更容易被男人劈腿？

为什么美女更容易被男人劈腿？来自资深泡妞达人的答案是这样的：

"首先，美女一般都自信满满，认为没有男人会在和她们相处的同时心有旁骛，所以一般而言，她们的防范和警戒心理不会那么重，当你和她好上之后，即使出去劈腿，美女们也不会察觉，反而很容易就搪塞过去。"

举例说，倘若交往一个普通女友，她看见男友手机上的暧昧短信势必要追问到底。但是美女一般都有种自大的心理，只要告诉她："那是别人喜欢我才发的，她根本没有资格和你比。"美女们便会信以为真不再追究，而普通女友不会相信自己有那么大的魅力，从而埋下怀疑的种子。更重要的是，美女们很少有此类经验教训，很难识别男方哪怕漏洞百出的谎言。

再者，美女大都心高气傲，倘若男生惹她生气，她一定要等对方放下身段去哄她，她才会回来的。所以如果时间上安排不开，比如女人节、情人节或者两边约会时间撞车，只要故意惹她生气就可以分身去赴其他的约会，回头再俯首帖耳做谦恭状，她便不会有任何怀疑。再说，和美女在一起的男人，态度多半早已谦卑惯了，完全无所谓偶尔客串小丑的角色。

相反，条件本身就不太出众的女孩子，反而喜欢无孔不入地缠着男方，让他没有任何花心的时间和精力，身处这种关系之中的男人根本分身乏术。女孩一遇到小问题便马上疑心重重、风声鹤唳，让人连暧昧的机会都不会有，也就更谈不上去花心、劈腿了。

同理，我们可以推断，条件不好的男孩也更容易死缠着美女，所以生活中我们常常可以看到美女手挽着"青蛙"，相貌落差令人唏嘘。这很大程度上是因为美女都没有太多的时间和精力换人，而她们身边的"青蛙"则始终在紧紧盯人。

但他们在紧紧盯人的同时，还经常会基于男人的本性同时采用短期择偶策略，简直是对美女们的相貌、眼光和智商的多重打击。所以，千万不要以为长得漂亮就不会遭到男人的背叛。

这一点也适用于其他"下嫁"的女孩，很多女孩写信会问："虽然男友条件不好，自家父母又反对，但两个人很相爱，该分手还是继续？"标准答案是：如果你和他结婚了，以后他出轨了，你仍然不后悔当初没有找个更好的，你就完全可以和目前的男友继续在一起发展。

也就是说，如果你现在不顾众人反对，义无反顾地和男友在一起，那么你就不要觉得自己高人一等，觉得自己做出了伟大的牺牲，也不要觉得男友亏欠自己什么。因为是你自己心甘情愿选择的，没人逼你。你选的男人跟天底下的其他男人并没有区别，同样有出轨背叛你的可能。并不是说你选择了他，他就要感恩戴德，把你供奉起来，对你从一而终，对你矢志不渝。而你，从选择他的一开始就背负着这样的压力，相比其他嫁得好的同龄女孩子，你到时候会感觉更加悲惨。

回到开头这个活生生的事例，它提醒我们：

1. 美女是很多的，可替代性是很强的，所以不要把自己的美貌当成对方不会背叛你的依据。

2. 对方未必需要你这么优秀的对象，他需要的是更高的性价比。

3. 如果遇到自身条件本来就不太好，又对你并不热情如火的异性，你要小心了，他可能是个"劈腿狂"。

4. 一开始接受对方追求的时候，就应该想到被劈腿的可能，哪怕他的条件远不如你。

5. 提防在重大节日故意惹你生气或者放你鸽子的男人，哪怕你始终高高在上，也需要经常留意裙下之臣的去向。

幸福与美丽无关

美女就一定能嫁入豪门吗？美貌的女子在婚姻市场上的状况是怎样的呢？答案也许会让很多女孩失望。

可以想象，倘若美貌都伴随强势遗传，长相不好的基因势必早被淘汰得一干二净了。然而正是因为美好的事物更容易遭到毁灭，它才更加难以遗传下来，因此才更加稀有。

美貌之所以难以强势遗传，很大程度上就是和其他女性对于美貌的诋毁有关。如果美貌女子势必吸引最优秀的男人，那么其他的弱势基因很快就会被全部淘汰。资源的集中令其他人恐慌，所以后者总是试图阻止这种优势资源的集中化。

可想而知，一个美貌的女子和一个社会地位高的男人都是稀缺资源，美貌之于男性的价值就像社会地位之于女性的价值一样，但美貌在女人很年轻的时候便可以显现出来，而财富和地位等资源则需要长时间的积累，也就是说，男人的黄金时期比美女来得晚得多。那些与你年龄相近的同学或同事们中的男人是很难理解美女的各种遭遇的，除非他们特别出众。否则很多年以后他才会知道，当初说美女坏话的人是妒忌她们，不怀好意的人纠缠美女不是美女的错，追求美女的人多并不代表美女水性杨花。

> 总结起来，美丽是好事，但缺乏驾驭美貌能力的女子，反而比不美的女子更难生存。

权威人士揭示：外表的美丽与个人的终身幸福仅有 10% 的关系。也就是说，美丽和幸福根本就是风马牛不相及的两个概念。漂亮是件好事，但并不通向嫁得好这条道路，就好比学历很重要，但并不必然得到高薪的工作。一个女孩子如果长得漂亮，从小就应该认清自己的价值并学会运用美貌的处事方式，不要为自己的好条件吸引男性的爱慕而不安，不要假装看不到这一点，更不要以为把头埋在沙子里装作不知道自己漂亮就安全了。

在生活中，平淡地看待你的美貌，坦然对待对方的好意甚至追求，千万不要不安。那是他们自己选择的，你又没有逼他们。你以为他们对你心动，主动追求你是为了你好吗？当然不是。他们是为了满足自己内心的需求，完全是为了他们自己好。

为什么美女总是配猪头

　　我们在第 6 章曾经提到过经济学里的独特现象——逆向选择，也就是说，当伪劣产品和优质产品同时出现在市场上的时候，如果放任不管的话，就特别容易出现优质产品自然地从市场上消失，伪劣产品反而四处充斥的现象。

　　为什么会出现这样的现象呢？经济学家为我们做出了解答，我们来看一个场景：假设在网络竞拍中有 A、B 两个卖家，A 出售的是价值 5000 元以上的真品名牌，而 B 虽然出售的是同一款产品，却是做工精巧的假冒名牌，因此只值 1000 元。这个时候买家想通过网络购买这个名牌产品，但非常遗憾的是，在网上购物特别难以事先确认产品的质量，他也知道自己容易被假货蒙骗，所以说他会认为在网络竞拍中 A、B 两样的卖家各占一半，由于他很有受骗的可能，所以他会把两种商品的价值平均起来，即愿意将 3000 元作为自己的最高出价。

　　可是当他只愿意拿出 3000 元的时候，需要卖到 5000 元以上才能赢利的 A 卖家就会丧失销售真品名牌的欲望，相反出售假冒名牌的 B 卖家能够获取巨额的利润，所以他会积极地进行销售，结果出售正品名牌的人就越来越少，市场上只剩下出售假冒名牌的卖家，这就是典型的**逆向选择现象**。

　　在二手汽车市场上也很容易出现这样的现象，一辆翻新车只值 3 万元，但一辆新车可能值 13 万元。买家仅愿意出 8 万元，结果必须要卖 13 万才能够本的卖家就消失了，市场上只剩下愿意出售的低劣翻修车。

我们可以想想，这样的经济原理在恋爱和婚姻中会起到怎样的作用？

如果我们将男生是否能够提供婚姻，是否能够给女生带来不错的生活作为优劣评定依据的话，很显然，劣质男人自知自身的竞争力是很缺乏的，所以他们往往装成一副深情的样子，使出甜言蜜语，表现出无微不至的关怀，对女生死缠烂打。但优秀的男人会觉得："我这么好，你看不中我，肯定是你自己没有眼光，我自身素质已经不错了，难道还要无微不至地去哄着你这样的女人，那不是有病吗？年轻漂亮不用哄的小姑娘多了去了，你不选我是你眼光有问题。"

此外，劣质男人的机会成本很低，优质男人的机会成本却很高。

所以会死缠烂打，苦苦修炼各种恋爱技巧的男人，除了PUA[1]以外，都是为了追求远远超出自己条件并不门当户对的女孩。

最后，女孩认为这个男人天天缠着自己，这么爱自己，另外那个男人虽然看起来不错，但他对自己可能没有那么上心，没有那么好吧。她通过这种表面现象去思考，然后我们的社会就成为美女配"猪头"的社会。

这个道理在女性里面也是一样的，缺乏竞争力的女生往往会死缠着对方不放，主动选择那种好男人，主动进攻，虽然男人不喜欢主动的女人，但是也许他就半推半就了，所以说我们常常看到的是"恐龙"配帅哥，美女配"青蛙"。

美女想要避开那些不好的男人，最重要的一点就是不要把自己太当回事，不要拿着3000元想去买正品。一个男人发疯一样地追求你，或者纠缠你，那不叫爱，叫变态。

Note | [1]PUA：一般指把妹达人。

Chapter 12

做到这些，他会把你当成最爱

To Know Him
Is to Love Him

一个男人，他只有足够喜欢你，他才会风雨无阻地来见你，才会无时无刻地想着你；一个男人，他只有足够喜欢你，他才会珍视你和你的青春，才能容得下你那些小脾气、小心思；一个男人，他只有足够喜欢你，你的发嗲他才不会觉得肉麻，你的发怒他才不会感到厌烦；一个男人，他只有足够喜欢你，才会想要和你携手走进婚姻殿堂，将自己的下半生忠实地拴在你的左手无名指上。

为什么不能倒追

　　亲戚给小樱介绍了一个不错的男孩子，他高高瘦瘦、斯斯文文的，正好是小樱喜欢的类型。他不爱抽烟，很少喝酒，无不良嗜好；工作稳定，收入也还可以。而且他心地善良，待人也很真诚，各方面都让小樱很满意。唯一不足的是，他很少主动联系小樱，在他们相处的日子里，从来都是小樱主动给他打电话。

　　当小樱问起时，他说，他之所以不主动联系，是怕他们感情太深了，以后万一不能在一起，会辜负小樱。

　　他们认识了大半年，见面的次数还不到5次，电话平均1个星期都不到1次。小樱因为这个问题常生闷气。

　　小樱也问过他到底是不是真的喜欢自己，他肯定地回答："喜欢。"可小樱就纳闷了：喜欢一个人为什么不愿接近这个人呢？

　　平心而论，小樱的条件不差，很多朋友都说她完全可以找个比他条件好很多的男人，可小樱偏偏就只喜欢他。他身边没有其他的女人，因为工作已经占据了他的绝大部分业余时间，而且他也不是那种喜欢跟女人搭讪的男人。他性格比较内向，人也比较老实，小樱觉得他以后会是个好男人。

　　他总说小樱是个好女人，跟自己在一起不划算，他现在没房、没车。老实说，小樱是真心地喜欢他，不管他有没有房、车，小樱都愿意跟他在一起。可跟他交往的这段时间里，小樱觉得一直都是她一个人在战斗，特别累！

小樱无法抉择，是该主动一点追求他，还是该忍痛放弃这段感情呢？

的确，会有一些女性杂志告诉女人们：喜欢，就大胆地追求他吧！这样的口号多么能够鼓动某些女孩子脑海里蠢蠢欲动的念头，刺激她们的购买欲，从而使杂志获得更高的销售量啊！是啊，男人可以，女人为什么不可以？她们多么渴望和对方在一起，以至于忽视了男女本身的性别差异。当然，也就傻乎乎地刺激了杂志的销售量和网站的点击率。

杂志上的铅字并没有那么神秘，它并不意味着真理，编写这些内容的记者、编辑都是什么样的人呢？

也许是男性，刚刚追求一位女孩未果，心力交瘁。这时他们当然乐于享受一段女方扑上来的感情。于是他们策划了一个选题，告诉你：“爱他，就大胆追求他吧！”事实上，他们在臆想一段轻松愉悦的性关系，就像他们想去马尔代夫度假一样。很多男性想要故意这么误导你，以便于他们自己或者他们的同胞享受不费吹灰之力的性。但别忘了，在性的可得性问题上，男女是对立的。

也许是女性，她们刚刚大学毕业，正在实习期——她们每个月能从报社拿到约莫1000元钱，而工作却是在公众媒体上为大家比较 Dior（迪奥）和 Chanel（香奈儿）的新品优劣。包括“爱他，就大胆去追求吧！”这些铅字多半就是出于她们之手。你不能指望这些20岁出头，并未婚配，自己也在情路上跌跌撞撞的女孩子给你什么良好的教益。

当然，杂志社的女性中也确实有资深的、比较懂得人情世故的内容编辑，不过你放心，她们不会亲自动手，内容的编写一般都会交给新入门的新手记者，懂得人情世故的内容编辑在杂志社的地位就像教授一样，书并不用自己写，只需要带几个博士研究生，把课题分给他们就行。

更何况，她们也不太可能接受过正规的恋爱教育。她们需要的只是眼球，为了刺激销量，她们会想出各种选题来，但她们本身并不是专家。

当你听信了这些话，对男人们发起主动追求，就好像是羚羊试图捕猎老虎一样让人错愕。

正常的好男人会拒绝你——在他的心目中，追求难道不是男人分内的事吗？怎么他突然扮演了女人的角色呢？最好的结果是他未必拒绝你，但会感到惊慌失措——就好像他突然在地上捡到一个包，里面装有10万元现金和一把手枪。即使他很缺钱，也会感到强烈的不安，甚至恐惧。

不好不坏的男人即使选择了和你在一起，他们还是不会放弃寻觅自己真正想要的女人，他们未必是存心去占你的便宜。也许他们只是随性地享受性别给他们带来的好处罢了。他们并未察觉到自己的性别优势，但这或许意味着他们无意间的举动将会给你带来无穷的伤害，就像一个大个子开玩笑推了小个子一把，结果小个子一个趔趄摔得鲜血淋漓，然后他才开始察觉到两个人身板不同，下次应该小心一些。还记得你对自己从街边大甩卖淘来的东西有多么不珍惜吗？那就对了。

坏男人不会拒绝你，这正是他们想要的——一份免费的不需要任何付出就可以吃到的山珍海味。他们更加不会认真对待你，而是将你视为和男性同胞一样，"玩得起""看得开"的女人，在厌倦的时候，他们会毫不犹豫地甩掉你。

很多女人以为性是男人追求女人的原始动力。殊不知，**性吸引**才是男人的动力。什么能让男人如痴如醉？性？不不不！正确的答案是：**追逐性的过程**。什么能让男人浑身冒汗？脱光衣服的女人？不不不！正确答案是：脱光衣服的过程。如同一件礼物，我们很少使用现金作为礼物，送出的礼物也很少用透明盒子包装。我们为它层层叠叠加上精美的包装，主要原因之一是由于神秘感和伪装一直都是欲望的源泉。直白虽然经常被认为是一种好的品行，但在两性关系上并无助益。

《诗经》里面说："窈窕淑女，君子好逑。"这一句说的是美丽。而下一句"求之不得，辗转反侧"说的是女人的矜持，矜持意味着她的难得，难得意味着忠贞，忠贞正是触发男人长期择偶策略机关的关键，这就是女性性吸引力的最大来源。也许《诗经》里这位"淑女"也是同样喜欢这位"君子"的，但是她绝对不会把自己赤条条地送上门去。她会把自己包装得很精美，然后等着他进一步的"求"。这样的矜持是女人的天性，也是吸引男人的关键所在。

美丽吸引男性这一点容易理解，水汪汪的大眼睛，尖而小的下颌，饱满光滑的皮肤，是生殖力健康的表征；而矜持则比较难以理解，为什么有时候羞怯甚至拒绝会更深层次地吸引男性呢？因为与女人相比，男人更在意伴侣的忠诚度，因为女人永远能确认孩子是不是自己的，但男人却无法百分之百肯定孩子是不是自己的。

当一名女性过快地与男性产生亲密接触，过于开放和主动，她会被认为具有雄性特性，而雄性特性是和花心紧密联系在一起的。男性的潜意识会认为你更有可能出轨，会认为他更难以成为你孩子生物学上的父亲，所以也更难将你当作长期伴侣对待，也更不愿意和你建立严肃认真的婚姻关系。

所以，不要主动追任何男人，最多可以暗示，千万不能追——哪怕对方条件不如你也不能追。倘若在你对他进行了暗示以后，他仍旧没有主动接近你，那他多半不是单身，或者没那么喜欢你。

聪明的女人，永远等着男人的主动进攻。只有不聪明的女人才会主动追求男人，也只有不聪明或不可靠的男人，才会接受女性的追求。

你坚持要追他，没有问题，前提是你已经默认以下条款：

你主动追求他之后，你应该每天主动打电话给他，主动和他上床，自备避孕工具；要记得在情人节为他买玫瑰花，买一枚钻戒给他，在必要的时候跪地求婚，赚钱给他花，照顾他和宝宝。最重要的是，如果他离开你，你要努力克制自己，像个男子汉一样把眼泪吞进肚子里。

为什么不能太主动

尽管现代社会越来越开放，但在求婚这件事上，我们知道，在世界上任何一个社会、任何一个国家，求婚都不是由女性提出的。哪怕是最开放的性爱之邦——希腊，求婚也是由男人来完成的。

如果我们把镜头聚焦在动物世界，我们会看到什么？

我们会看到雄山雀为雌鸟衔来嫩枝和植物的果实；阿德里企鹅为了乞求和雌性交配，在冰天雪地里到处寻找罕见的石头用作求偶；公螳螂为了延续后代，甚至愿意在交配之后就被它的伴侣一口把头咬下来……

如果一只雄性动物不肯对雌性做出相应的投资，它便不配得到交配机会。你能想象雄鸟不衔嫩枝去求偶吗？除非它们疯了。

然而，在海马和瓣蹼鹬[1]身上，我们可以看到截然相反的现象：作为生活在加勒比海的鱼类，雌海马会追求雄海马，把卵下在对方的育儿袋中；而雌瓣蹼鹬会成群结队地追逐雄鸟，因为后者承担孵蛋的责任。雌性发起的追求是如此的猛烈，有时候连雄性看了也自愧不如。

决定谁来追求谁的根本原因是什么呢？答案很简单，这和性别本身没有太

Note | [1] 瓣蹼鹬：鸟类的一种。雌鸟的体形比雄鸟大，颜色也更靓丽，能进行占区争斗和做求偶表态。雄鸟则负担孵蛋任务。

大关系，只和亲代投资的多寡有关。谁在生殖与繁殖后代中投入更多，谁就应该成为追逐的对象；谁在生殖与繁殖后代中投入更少，谁就应该成为主动的一方。

没错，海马是由雄海马来孵化小海马的，而我们刚才提到的瓣蹼鹬也是由雄性来孵化小鸟的。

当然，即便是雄追雌，雄性也并不全是迫切的，有的雄性格外谨慎，比如灌木蟋蟀就是这样一个鲜活的案例。雄性在一次性交中，所射出的精液足足占据总体重的 25%，这是送给雌性的能量储备。它们一生中，仅能进行为数不多的几次性交——这使得雄蟋蟀非常挑剔——就像人类的女性一样。

所以，为什么不能主动追求男人呢？答案是：因为子宫在女人身上，而且男性性交所需要付出的代价太少了。

这个看似滑稽答案的背后隐含着生物界的大秘密：雄性的生殖潜力是无穷的，而雌性的生殖潜力是有限的，前者可以借由性交获益而不必付出太大的代价，而雌性则必须考虑到抚养的负担问题。倘若性交对于不承担孕育后代风险那一方而言，没有任何损失，只可能带来好处，那么他们必须为求欢付出代价。不同的成本收益铸就了不同的择偶方式，男人比女人更热衷于性交。

从经济学的基本原理我们可以得知，由于性具有得失不对等性、不同的需求性，必然导致性的稀缺，这就意味着性势必成为雄性意欲获取的标的物，成为女人被动提供给男人的服务。实际上，就像女性主义理论家安卓丽雅·柔金（Andrea Dworkin）认为的一样："每个男人都会想从女人那儿得到一样她所拥有的东西——那就是性爱。他可以将它偷走（强暴），说服她把这样东西给他（诱惑），或是将它租借下来（透过美国式的婚姻制度），又或是完全地独占拥有它（在大部分人类社会里出现的婚姻关系）。"

而根据另一位进化生物学家的说法是："在所有人类社会里的大部分甚至是所有的情况下，男人都是发起追求、说服、引诱、利用爱情魔力，赠予礼品以交换性服务、偿付聘金（而不是收受嫁妆）、花钱嫖妓和犯下强暴罪行的一方。"

换言之，女性（也包括生物界的其他雌性）需要承担生育的义务，决定了女性选择性交对象时更挑剔，继而决定了男性应该主动追求女性。他们必须付出若干代价，从而得到性资源。

可以说，男人生来就是应该主动追求女人的，这种追求的主动性并不仅仅是老古板的做法或者封建社会的遗毒，它是人的生物本能，跨越了文化、种族、国界甚至人与动物的分界线。换言之，只要你认为自己不是龙舌兰或者野生蕨类，你就应该把追求的权利交给男人。只要怀孕和哺乳的不是男人，那么你们之间的关系就应该由他主动发起。他应该主动追求你、珍爱你、呵护你、照顾你，以此来求得你们之间的欢愉。不能否认，一夫一妻制在一定程度上改变了人类的求偶特性，在男性的鼓吹下，有一部分女性会稀里糊涂地将性"免费"送货上门。

要知道，女人为了怀孕所做的付出是巨大的。她在怀孕期间所消耗的热量，总计达到 8 万卡路里，相当于跑步 1000 公里（30 个马拉松）；而男人的一次性行为顶多等于跑步 2 公里。——一夜情里，女人也许需要承担 500 倍男性的负担。

另外，据不完全统计，世界上子嗣最多的男性有 1042 个孩子，而子嗣最多的女性只有 67 个孩子，前者是由超过 20 个的女性为他生育的。实际上，一汤匙的人类精子，足以让所有南非妇女怀孕，如果再来一次，则又可以让整个菲律宾的成年女性受孕。

男性的生殖潜力如此之大，女性完全不能从单纯的性爱中获得任何好处。并且这意味着女性的卵子比男性的精子有价值得多，这就是为什么只要长得可以的女人投怀送抱，75% 的男人都不会拒绝跟她一夜情的缘故（根据对大学生的调查显示）。

能激发男性的本能冲动算不了什么，重要的是能把他长期地留住。你得让他来主动追求你，不然他会在和你完事后逃之夭夭。

我们可以揣测一下男性的心理，当一个女孩主动追求另外一个男孩时，会诱发男性怎样的想法呢？

第一，她的卵子价值很低。

第二，她身上具有雄性特征。

她的卵子价值很低，这导致他并不想和她共同抚养并投资一个后代——不过这不妨碍他播种之后拍屁股走人。

此外，雄性特征是和不专情紧密联系在一起的——由于男性永远都没有办法 100% 得知对方的孩子是不是自己的，所以他们更需要一些父性确认，这些懂得要求父性确认的，好猜忌，或者说好妒忌的男人会比正常男性拥有更多的后代，繁殖的结果更为成功——所以，当你表现出雄性特质即主动接近他们的时候，你会被他认为是一个不专情的女子，让他们感觉更容易被背叛、被蒙蔽，他们的潜意识令他们不愿意和你在一起。

总而言之，无论基于什么情况，当你主动追求他时，你就相当于在告诉他："我基因不好，我身上有着雄性特征，我还和男人一样有着花心的潜质。"

于是，他的潜意识会认为：你更有可能出轨，他更难以成为你孩子生物学上的父亲，你剥夺了他选择配偶的可能，所以他更难将你当作未来的妻子对待。

另外，如果你太快地满足他，他会更快地厌倦你。

所以，你明白了吗？当你喜欢一个男人，你得让他来追你，为你付出。否则你将会被认为是花心、不专情、基因价值很低的二等品。倒追和倒贴只能导致男人愿意和你一夜情，但是并不能为你带来你想要的长久关系。即使他们勉强从了，婚后也更容易出轨。

为什么不能顺其自然

很多时候，女孩们会遇见所谓"顺其自然"的爱情。

同事给某甲介绍女友，觉得他们挺般配的，唯独女生学历低一些，于是同事极力撮合，某甲却说："最近工作太忙，没时间追女孩子，要不认识一下，顺其自然好啦。"

某乙的女友提出分手，众人劝得苦口婆心，某乙却说："大家别劝了，她就是那样的脾气，我们顺其自然吧。"

小璐遇到一位心仪的男生，自己喜欢得不行，男生告诉她："我们相隔得太远，顺其自然吧。"

类似的还有琪琪，她喜欢上一个不该喜欢的人，那个男人告诉她："我也很喜欢你，只是我们大概不属于彼此，我们顺其自然吧。"

接下来的故事是这么发展的：

某甲见到同事介绍的另一位女孩，惊为天人，于是奋起直追，没事就送花、送礼物，车接、车送。

某乙分手后飞快地与公司女同事打得火热，原来他们早就已经看对眼，只欠东风。

　　小璐心仪的男生赴美签证下来了，招呼都没打一声，直到人到了国外才告知小璐。

　　琪琪喜欢的男人，原来早已和异地的女友领证，只欠婚礼仪式。

　　这些"顺其自然"的爱情，看得旁人丈二和尚摸不着头脑。

　　男人们口中的顺其自然，表面上是一种妥协和无奈，更多就是采取放任、得之我幸失之我命、听之任之的态度。实际上，他们是采取不作为来作为分手的妙计：你不是不好，我不是不想要，只是如果失去，对我而言也没有什么大不了的。你对我而言，或许很重要，只是并不值得我去努力争取。或许根本就无所谓，能到手也好，不能到手也没关系。

　　你愿意拥有这么一段感情吗？

　　真正喜欢你的男人，自会像某甲对待第二个女孩那样奋起直追，不会愿意和你"顺其自然"的。所谓的顺其自然，是对待可有可无者的态度，就好比某甲在没有看中第一位女孩子时，他那种懒洋洋的状态。

　　一个男人不主动追求你，可能有一万种理由，但绝对不会是因为太爱你。他可能有着与众不同的性取向，也可能因为其他原因自认不能给你女人应有的幸福。你要知道，要求一个男人克制住基因中与生俱来的花心本性是多么困难，要不是足够爱你，他势必无法战胜自己体内的激素。

　　一个男人，他只有足够喜欢你，他才会风雨无阻地来见你，才会无时无刻地想着你；一个男人，他只有足够喜欢你，他才会珍视你和你的青春，才能容得下你那些小脾气、小心思；一个男人，他只有足够喜欢你，你的发嗲他才不会觉得肉麻，你的发怒他才不会感到厌烦；一个男人，他只有足够喜欢你，才会想要和你携手走进婚姻殿堂，将自己的下半生忠实地拴在你的左手无名指上；一个男人，他只有足够喜欢你，他才会想和你有一个共同的孩子，一起看着他慢慢长大；一个男人，他只有足够喜欢你，他才会克制自己的欲望，忠于你和你们的家庭。

而一个不愿意主动追求你的男人，他势必是不够喜欢你的，甚至可能连喜欢这个词也欠奉。只是你从头到尾都陷在自己的钟情妄想里而已。

所以当一个男人告诉你，我们顺其自然地发展吧。他的意思就是：我可以和你维持现状，只是如果有其他更好的人选出现，我也不会放弃我的选择权。或者是：其实我心里还有别人，只是你也不错。再者，顺其自然往往隐含着一个难以启齿的意思：若目前的不利局面进一步恶化，咱俩就别继续了吧。

为什么不能把一见钟情当成爱

公司销售部高大英俊的 Eric 和文案部的 Belle 都是单身。在总公司的年终联谊会上，他们被同事们起哄着授予了最佳"金童玉女"的称谓。之前两人并无太多交集，害羞的 Belle 偷偷望向 Eric，不想对方也投来炽热的眼光。

同事们都是喜欢起哄的年轻人，他们怂恿 Eric 与 Belle 对唱情歌，Belle 正要拒绝，Eric 却大方地站出来邀请她一起合唱《有一点动心》。唱到动情处，他牵了她的手，她脸一下子红了。

散场后，Eric 负责送 Belle 回家。下车的时候，也许是趁着酒意吧，他吻了一下她。两个人就此顺理成章地交往起来。

在 Belle 的心里，既然他们都是同事，也算知根知底了。他们很快发生了关系，Eric 对她非常温柔，他说他十分需要 Belle，正好她房租到期，索性搬到他家与他同居了。谁知没几天，Belle 发现 Eric 总是喜欢半夜上网聊天，她这才知道他和国外的前女友竟然一直藕断丝连，而那个女孩，今年 10 月就要回来了。

Eric 说："我爱你，但我必须对她负责。可我真的很爱你，不能没有你。"说着说着竟然流泪了，Belle 心疼地抱住了他。

结局当然是一个悲剧。Eric 跳槽并且结婚了，Belle 在他结婚以后还当了他好一段时间的情人。

我们可以从这个"一见钟情"的故事里看出什么呢？

首先，**两个人看对眼不等于一见钟情**。尤其是男性对女性表露的好感，很可能只是他短期择偶策略的一种外在表现。据心理学家研究，一见钟情和细水长流的离婚率是一样的，可见一见钟情也不是什么靠谱的事，不过由于披上了一层浪漫的外衣，前者很容易吸引年轻人深陷其中。

其次，**一见钟情也不等于爱**。所谓的一见钟情，很可能只是女性在心动，而男人只想误导她，以便和她上床。国外的泡妞高手甚至会故意带女孩子一起去超市采购，然后一起下厨做饭，以便激活女孩子的伴侣幻想，从而达到上床的目的。

最后，**上床绝不等于承诺**。男人经常会表露出脆弱和火花式的需要，在他清醒的时候，他会告诉你："我很喜欢你，可是我们没有未来。""现在这样不是很好吗？以后的事以后再说。"这些都是他们为你而敲的善意的警钟。但他醉了之后会给你打电话说他很想你，或者告诉你只有你才能理解他，或者求你留下过夜。每逢此时，你都要当他在说胡话。如果他只有在脆弱或者痛苦的时候才能想起你，那你显然已经被他当成了镇痛剂。他们只需在痛苦或者难受的时候来上一针，怎么会愿意长期注射？你需要知道，即使一个男人和你上床了，也不会因此去思考你们的未来。

故事中的 Belle 一开始就被闲人的瞎起哄弄乱了头绪，把看对眼当成了一见钟情，又把一见钟情当成爱，没有和他谈过对这段关系的态度，最后还把发生性关系当成承诺，当然会沦为人家的性伴侣。

了解一个人需要时间，但一见钟情恰恰缺失了这最为重要的一环。快速的关系对女孩而言是很难抉择和判断的，是女孩子受骗的最大温床。那么，一见钟情关系里的女孩子们应该怎么做呢？

首先，在你最有资本讨价还价的时候，最好多从他嘴里套一些话出来。在你们接吻后，在最后的亲密之前，男人会更愿意承诺，更愿意讨论你们的相处模式和未来，因为那个时候他满脑子都是你，确认你们未来的大方向之后，你才应该选择是否和他上床。女孩子们不要稀里糊涂都不知道对方什么心态、什么情况、是否单身、是否有发展就莫名其妙地变身为对方的免费性伴侣了。

从适度的拒绝中你也能看出他对你的重视程度。不用担心拒绝之后他就不见了，放心，男人经得起来自心仪女性的拒绝，而且会更有劲头追逐你。看看相亲节目你就明白了，被拒绝的男人90%都会勇往直前。如果你一拒绝，他就不见了，只能说明他一开始就没有打算和你长期交往。

从心理上来说，很多成年人不愿意吃鸡蛋，就是因为幼年的时候吃腻了的缘故，所以过快发生关系很容易导致这种腻味感的产生。再者，科学上早有定论，难以自我控制和延迟满足的人，在社会上会相对失败一些。也就是说，过于急色的男人，更难以获得事业的成功，而且也更容易厌倦你，拒绝他们未尝不是件好事。

其次，需要注意的是：

男人对女人的性邀约其实并不见得是真实的生理冲动，很可能只是在试探你是否已经是他的猎物，是否愿意和他进行快速的发展。

也就是说，当交往不久的一名男性对你说："你为什么不愿意给我，你真的爱我吗？"你告诉他："我爱你，但还没爱到愿意和你发生关系的地步。我是个很谨慎的人，除非你表现出够格当我孩子父亲的全部特质，否则我是不会愿意和你上床的。"他虽然会郁闷一会儿，但他会因此而更加珍惜你。

这段话是最强大的照妖镜。如果他连你的小小拒绝都经受不起，你还能指望他以后能在危急关头为了你和其他强大的力量对抗？你还能指望他以后会迎来事业的辉煌？

当然，被拒绝了，他一定会不高兴，没准还扔几句闲话，这是人之常情。你踢一下家里的猫猫狗狗，它们还会叫两声，躲你几天呢。但是如果你踢它一脚它就跑了，或者给你来上一口，这样的宠物你敢养吗？

为什么不要钟情妄想

　　Cecilia 在年前开始跟现在的男友王毅交往。王毅大她 10 岁，是一个离异并且有一个孩子的男人。他追求她的时候并没有坦白这些，后来她知道的时候，虽然有些生气，但由于王毅是她的第一个男人，有很多放不下的回忆，于是她忍了下来，选择了继续留在他身边。

　　Cecilia 是独生女，家里的条件很不错，为了跟王毅在一起，她才选择在这个陌生的城市留了下来。去年，Cecilia 家里知道了王毅的事情，全体反对他们交往，因为王毅不仅在婚姻的问题上做了隐瞒，还没有稳定收入，而且跟他妈妈住在一起，没有存款也买不起房子，生活条件非常不好。

　　Cecilia 为了跟王毅在一起，和所有的亲人都断了联系，但是意想不到的事情发生了。王毅要创业，他需要 Cecilia 这个贤内助，不想她出去工作。Cecilia 听了他的话，做了全职主妇，但是王毅的妈妈一直想要儿子找个家里条件好、有事业的女人，当她看到 Cecilia 不出去工作时，就开始摆出一副 Cecilia 没人要了，只能嫁给王毅的样子，对 Cecilia 的态度不冷不热，吃饭也不乐意叫她一声。

　　王毅虽然也会安慰她，但她还是能够察觉到，王毅心里只有他妈和孩子，自己只是一个外人罢了。他们本来说好以后单独生活，但是王毅现在还一直表示着他要跟妈一起过。

今年开始，身边的朋友们陆续做了妈妈，但40岁的王毅还是老样子，事业毫无起色，Cecilia有时候会说："你这样大钱赚不上、小钱看不上的，这么大年纪了，还有几年可以荒废？你应该好好踏踏实实地做点事情才对。"每次王毅都很生气，会摔门而去，弄得Cecilia不知如何是好。

每一次她想跟王毅好好说说，他都不愿意。只要她一开口，他就严词指责说："你有什么计划，是不是找好了退路，要跟我分手？"说Cecilia又开始拖他的后腿，在他想努力的时候给他泄气了。于是，她只能将委屈吞到肚子里。

Cecilia真的很想说：你现在知道努力了，前10年你干吗去了？但是这种话她根本没机会说。

有一次Cecilia说以后生了孩子，让自己爸妈过来跟他们一起生活，也可以照顾好自己和宝宝，王毅就立刻反对，他口口声声说娶的是她，不是她的家，但是又一面要求她接受着他的整个家……当她说自己想念父母时，王毅最多只会说："你想家了就回去看看。"王毅让她和自己的妈妈以及孩子住在一起，却不能接受她的父母跟他们生活在一起。

Cecilia的妈妈告诉女儿，如果王毅肯去他们家发展，就给他们一套房，让他们结婚，王毅却不同意。开始Cecilia以为他觉得是在自己的城市好发展机会多，但是现在她知道，王毅是因为放不下他自己的家人。Cecilia气不过，说："我不也为你放开了我的父母吗？"王毅竟然似笑非笑地说："我从来没有要求你放弃你的家、你的父母啊……"

所有的朋友见到Cecilia都说她的精神差，瘦了好多。Cecilia不知道这算不算自己在作践自己。她现在真的想好好地大哭一场。

也许你看出来了，Cecilia是一个有着自虐倾向的女人。

很多女人都有类似的情结，她们觉得如果把自己献给了某个差劲的男人，这个男人就因此而不忧郁了、不苦闷了、不痛苦了，哪怕有家仇都不必报了。我管这个叫**奉献妄想**。

奉献妄想的本质是基于奉献的幻想进行自虐，并且从自虐中得到快感。女孩从身边人对她的关爱中获取温暖能量，并且将它投注到男方身上。

上面的例子中，Cecilia 的家人都反对他们在一起，其实在她的心里，已经可以料想到故事的结局了。只是人都有种逆反心理，越阻止她，她越觉得自己独具慧眼，非要证明给大家看不可。

王毅并不爱 Cecilia，旁观者一眼就能看出来。如果这个女人要出走，他是多半不会去找她并为之改变的。要处理这种纠纷很简单，Cecilia 应该尽早离开这个男人的家，如果他来找她，她可以提出让他把孩子托付给母亲，跟她一起回自己的家乡工作。他既不愿意为 Cecilia 付出，也不愿意承认 Cecilia 的付出，这个女人在他心里轻如鸿毛，以至于他完全不需要顾及她的感受。说白了，他只想占 Cecilia 的便宜，他对她的感情除了无穷无尽的索取和耍赖（装作没她不行），再无其他。

"每一次 Cecilia 想跟他好好说说，王毅都不跟 Cecilia 好好谈，只要 Cecilia 一开口，他就严词指责 Cecilia 说：'你有什么计划，是不是找好了退路？要跟我分手。'"——这让人想起一个笑话，某位好心男子常施舍钱给他家附近的一个乞丐。有一天，乞丐对他说："先生，我想请教你一个问题。两年前，你每次都给我 10 块钱，去年减为 5 块，到了今年，只有 1 块了，是什么缘故呢？"那人回答："两年前我还是个单身汉，去年我结婚了，今年家里添了一个孩子。为了家用，我只好节省自己的花费。"乞丐听了，生气地说："你怎么可以拿我的钱去养活你的家人呢？"这个故事生动地说明了，吃白食的人吃惯了白食，失去的时候会觉得浑身不舒服。为什么？因为他们本来就没有羞耻感。

当你决定离开他，不想再痴痴奉献的时候，对方一定会苦苦挽留，用尽各种手段让你留下来。用道德胁迫你，给你安上各种罪名根本不算什么，倘若继续和他纠缠下去，他可能会用上一些极端的手段恐吓你。而且，**越是本身条件不够好的男人，越是更加倾向于纠缠对方。**

李银河老师曾做过一项调查，结果显示：那些生活或曾经生活在家庭暴力环境中的人，很少能理解或喜爱 SM 游戏 [1]，只有那些成长环境中完全没有暴力行为的人才会喜爱这种游戏。暴力环境是是否喜爱性虐待游戏的必要条件。

我们容易看出，这和心理学上的钟情妄想有着类似的地方。两者同样是妄想，但奉献妄想一般发生在女孩身上，通过自虐和被虐来得到快感；而钟情妄想多数是通过纠缠对方来得到快感。

当然，男权文化呼唤这种不问回报的奉献精神。尤其因为奉献妄想往往与性紧密相连，它更是被一些人所推崇和追捧。比如说浪子回头的故事，一般就是一个女人通过奉献打动对方的故事。她双手呈上自己的清白、青春以及未来，不问任何回报地放在他的面前：拿去吧，我的主。也许这个主儿好想要安顿下来，于是他安顿下来了。当然，更多的时候他会辜负她们。

没人希望这事发生在自己身上，所以我们必需要学会及时脱离带有这种苗头的生活。

我们需要知道的是，爱可以改变很多东西，但并不代表它可以改变一个人的本性，他们已经在这个地球上生活了几十年了，长久以来的生活氛围已经形成了他们固有的生活习惯模式，形成了他们的人格，你无法改变这一点，就像你无法让时光倒流一样。

Cecilia 其实就是一个被父母惯坏的小孩，惯得自己忘乎所以，竟然以为自己无所不能了，能够"拯救"一个离异、有子、恋母的老男人。然后，她花光了父母家人奉献给她的所有温暖能量，吃足了苦头，才肯悔悟——不，她还

Note [1]SM 游戏: SM 就是性虐恋（英文 sadomasochism）的简称，SM 游戏是一种性快感与痛感联系在一起的特殊性游戏，即通过痛感获得性快感的性游戏。

没有悔悟，或者说，她还徘徊在悔悟的路上，不知道到底应该一条胡同走到黑，还是应该悬崖勒马浪女回头。

被惯坏的小女孩特别容易栽在此类恋情上，究其原因，一则是上面所说的，她已经习惯了得到任何东西，一切都那么不费吹灰之力，所以容易轻信；二则是她们比较幼稚，易于控制；最关键的，是她们有着竭力证明自己成长的内在冲动，当一切都变得不再那么有挑战性的时候，她们会试图通过掌控别人眼中的高难度关系来见证自己的成长——就像寓言中那个做出了一对机械翅膀的天才，在众人的大力吹捧下，他误以为自己没有翅膀也能飞——结局是他掉落高塔万劫不复，就像故事中和故事外的女孩们一样。

这一类的女孩自尊心很强，尤其在宠爱她们的人的面前，她们绝对不愿意承认自己的过失，接受他们善意的揶揄。面对曾经苦口婆心的劝诫，她们甚至与亲人不惜翻脸。与之相比，她们宁愿忍受外人对自己的不敬。

也许你很难理解。刀子嘴豆腐心固然不好受，但怎么着也比刀子嘴刀子心强吧？但实际上，这些女孩是在竭力保护着自己最后的幻想不被打破。只要还在这样的关系中逗留，她们就可以自欺地认为自己并没有失败。

不过，即使是这样的自欺，也是需要代价的。故事中王毅的妈妈对Cecilia 的态度，就是 Cecilia 所需要付出的代价。她吃准了 Cecilia 要改正错误所需要付出的代价很昂贵，所以笃信她不会离去，于是可以作践她。

如果你遇到这样的极品男人，拿定主意，打点好自己的必需品，悄悄不告而别吧。即使需要损失一些财物，也比损失青春甚至生命来得好。有时问题的关键不在于你失去了什么，而是继续这么下去，你还会失去什么。

为什么不可千依百顺

　　米米是一个很开朗的女孩，但是她最近总不开心，因为她男朋友的前任女友。

　　他的前任女友住在上海，据说是一个很不错的女孩，每一次男朋友提起这位前女友都很痛苦，和提起其他女朋友的时候完全不一样。为什么呢？因为这段恋爱是在男友不愿意的情况下分手的。据男友说，他们当时已经谈婚论嫁，但女方要求他拿 100 万出来，他拿不出来，结果就被女方无情地抛弃了。

　　男友对这个前女友念念不忘，经常跑到上海去看她，却很少去看同一个城市里的米米。

　　米米总觉得在这段感情中没有安全感，可是男友说："你太敏感了，你要上进，你要多做一些对自己有利的事情，不要老是想着两个人之间的恋爱。"

　　男友还说："我是很喜欢你的，但是没必要时时刻刻表现出来。生活本来就是很平淡的，结婚和恋爱是两码事，只要咱们两个人合适就可以了，爱不爱就没什么重要了。"

　　男友的理性让米米很不安。他说跟米米在一起很开心，但是从来都没有说过爱她。米米觉得自己就像是一个治愈系的女生，在为男友疗伤，可是并没有得到他真心的关爱。她在想：为什么男友不会爱上自己呢？难道男人都喜欢那种显得非常高不可攀的女孩吗？他为什么会想念抛弃他的前女友呢？

令人惊讶的答案仍然来自进化心理学：一个不在乎孩子是否为自己亲生的男人，更容易陷入为别人抚养后代的境地，于是他们的基因就这么灭绝了，反而是那些好猜忌和妒忌的男性有机会留下更多的后代。

这样的好猜忌基因会迅速地扩散开来，经过数万年的更替，男性中的大多数都是这些好猜忌的男性后代。而女性因为要面临生育的艰辛，理应很少滥交，因为她们滥交不会给她们带来任何利益，反而容易让自己得不到原有的保障。

这很容易理解，如果说一个男人一年内跟 100 位女性滥交，他兴许能够得到 100 个孩子；但是一个女人在一年内跟 100 个男人滥交，她最多也就得到一个孩子（多胞胎除外）。但现实是，女性常常用短期择偶策略来换取资源或更好的基因。

换取资源是很容易理解的，在任何文化里我们都能找到用性来换取资源的女性——比如说妓女、二奶。得到好的基因如何解释呢？我们可以想象，因为女性的性资源相对稀缺，她们很容易就可以得到一个基因比自己老公好的，富有魅力的交欢对象。有个笑话是这么讲的："对女人而言，最好的办法是嫁给一个亿万富翁，然后和他英俊的保安偷情生个孩子。"

有些女人会跟愿意娶她的老实人结婚，然后再去寻找一个富于性魅力的男人，产下后者的子女，这个子女可能具有更多的性魅力，可以给她带来更多的孙代。她们通过这样的方式来使自己的**基因遗传最大化**。

那么，什么样的女性容易和男人发生短期性关系呢？我们在第十一章提到过，自尊较低的女性较自尊心高的女性往往自青春期以来拥有更多的性伴侣，在过去的一年内拥有更多的性伴侣，更多的一夜情。

> 也就是说，短期择偶策略的采用与自我知觉的配偶价值无关，却和较低的自尊有关。

自尊较高的女性往往采用要求承诺的长期择偶策略，而自尊较低的女性往往采用短期择偶策略。科学家并没有揭示究竟为什么自尊能够如此有效地预测短期择偶的发生，但男性的基因能够下意识地注意到这一点，并且把它应用在日常的择偶偏好之中。

回到开篇的案例上来，事情变得简单了，如果一个女孩子，她的自尊较低，那么男性的下意识就会认为她是一个很容易滥交、会发生婚外情、容易给他戴绿帽子的女人。他们也更不愿意成为这些女性的孩子的亲生父亲。

当一个女人面对男人的时候显得自尊格外低下，或者对他异常地顺从，他都会认为这个女人自尊较低，然后他会下意识地认为她有着更多出轨的可能性，注意我们在这里说的是潜意识，而不是意识。这样的女性更难以得到男性的真心和青睐。

回到开头，你明白为什么男人都喜欢那种显得高不可攀的女人了吗？你明白男人为什么会对踢掉他的前女友念念不忘，却无法爱上对自己痴心一片的女孩了吗？当然，这不是全部的原因，却是至关紧要的原因之一。

不唠叨的女人是男人的最爱

小希走出厨房，对着电脑前的阿 Sam 叫道："准备吃饭了。"

阿 Sam 头也不抬地应了一声："嗯。"

小希正要坐下来，一看还少一双筷子，马上又折回厨房里，边走边唠叨："也不知道在忙什么，整天那么忙。"

在厨房里，小希顺手将垃圾打了个包，洗了洗手。她拿着筷子出来的时候，阿 Sam 依然专注在电脑前。

小希又叫了一声："吃饭了。"

大概是听出了小希威胁的语气，阿 Sam 很快关闭了电脑，坐到了桌子前。

"你怎么也不洗洗手？天哪，你袖子上都是些什么东西？在电脑桌上蹭的吗？为什么那么脏？你到底整天都在忙什么？不是说最近工作不忙吗？家里的酱油没了，说了多少次也没见你去买。对了，厨房的灯有点问题，你什么时候给换换？"

阿 Sam 不吭声，继续扒着饭。他知道只要他一接口，将会有新一轮的唠叨风暴向他袭来。

这是他们两个人世界里常见的一幕。

长期以来，国外的书籍和杂志在描述男女语言交流的差别时，引用过这样一种说法：女性平均每天使用 20,000 个单词，而男性每天只说 7,000 个单词，即女性每天要说的话接近男性的 3 倍，这种说法一直被大众所接受。男人喜欢引用一些报道来嘲笑女人：其实女人天生说话就是比我们多，她们天天唠叨，没办法。

为什么女人在唠叨？为什么貌似永远都是女人在唠叨？女人说的话真的天生就比男人多吗？完全不是。之前曾有研究人员对数百名来自美国和墨西哥的学生进行了 2~10 天的跟踪调查，调查结果显示，男人和女人在一天中说话的次数非常相似——女人平均每天讲 16,215 字，男人每天平均为 15,669 字。男女说的话在同一天中，基本上是一样的，甚至有的时候男性还要多一点点。

不过问题在于：男人为什么总在抱怨女人唠叨？

我们放下问题，来看看另一个女孩萱萱的故事。

萱萱是一个非常不喜欢反复念叨的人。但结婚以后的某一天，萱萱的老公说："我发现婚前你不这样啊，现在变得越来越唠叨啊，同一件事情要讲好几遍，你是怎么回事？"

萱萱问："什么事情我讲好几遍了？"

老公说："你一直叫我去洗衣服，或者一直叫我去洗碗。"

萱萱说："拜托，那是因为你一直都没有去洗衣服，再说厨房里的碗堆成山了，你把它们洗了不就结了吗？"

老公说："我就不想洗，你一念叨我就更不想洗。"

事实上，萱萱念叨的时候，扮演的是对方的督促者，她在试图替代他的自我监督机制。

这么一来，老公容易错把自己的责任当成了萱萱要求他履行的义务，结果老公就更加不愿意履行，更加不愿意洗碗、洗衣服，或者做其他的家务。

这就好比一个小朋友，应该要做作业，但他就不做。他特别贪玩，于是拖啊拖，直到父母一再地催促他，老师一再地批评他。最后他还是不想做，甚至连学都不想上了。

他完全可以不用变成差生，就像萱萱的丈夫一样，在他内心没有建立起这种强大的自我监督机制的时候，倘若别人因为某些因素不知不觉地介入，扮演他的督促者，扮演他的良心，他就更加有理由没有良心，更加有理由没有自我监督意识。最后就变成了女方开始唠叨，试图通过反复的教导来逼迫他行动。

更有甚者，女人在唠叨的同时就顺手替对方完成了应做的事，她唠叨半天，丈夫都不去洗碗，最后她一想，唠叨这么久也没用，我自己洗了吧。好，从此这个碗就归女方了。

结果是，女方染上了唠叨这个坏毛病，而对方更加乐得偷懒——当只需忍受念叨就可以避免做家务，何乐而不为呢？可怕的是，女方虽然说不出所以然，但也会对丈夫偷懒这种行为心生怨气，并试图发泄在其他的地方。

如果唠叨和抱怨不足以发泄怨气，女方会下意识地试图破坏俩人之间的亲密关系——这很可能是不可逆的。

所有的育儿书都教导母亲要树立自己的威信，让孩子清楚地知道你的底线在哪里，培养他们的自我监督意识。这对老公同样适用。

这里最关键的一点，就是你得提出你的要求和惩戒。然后，不要再重复。简单本身就是一种力量。

军官带领士兵的时候，如果让他们立正，他会怎样？他会说"立——正"，他不会说"立正立正立正，快快，赶紧立正……"你需要的不是一再地重复唠叨，你应该只命令一次，多次的重复会大大降低你的说服力和威信。

所以，一件事，只说一次。如果他不履行，你需要给出惩罚的措施。事前给出警告，身体力行地履行惩罚措施。

　　建议女方告诉男方：以后什么事情我只会说一遍。如果你没有洗掉水池里所有的碗，你第二天就发现它们会爬到你的那边床上。

　　从此以后，你家的碗一定都是干净的，可能他有时忘记了洗碗。只要你一讲到碗还没有洗，他就马上很警惕，然后去把碗给洗掉。当然，他必须足够爱你，能够忍受你恶作剧式的玩笑。

　　当你多次重复，不停地纠结于同一件事情上的时候，你就会丧失威信。而失去威信的你，就要被迫采用唠叨的方式来进一步强化你的权威，这是一个没有尽头的恶性循环。所以当你对家务劳动的偏斜或其他情况感到不满，请不要试图用唠叨来发泄怒气，不要把唠叨变成两个人之间的生活常态。

　　做一个不唠叨的女人，男人会敬重你，把你当成一个理智的、平等的、可以长期相处的女神一样的爱人。

后　记

Postscript

/聪明爱：别拿男人不当动物/

　　亲爱的读者，很高兴你坚持读完了此书。如你所见，它不是一本通俗的恋爱故事书或者恋爱总结书，它和我以前的《女人想结婚，男人想私奔》《我和幸福有个误会》等爱情散文集、问答集也有着很大的不同。如果让我以局外人的身份来形容，我愿意把它看作是一本结合了经济学、生物学、社会学、进化心理学来指导两性相处之道的书籍。

　　我从高中开始在报纸上发表恋爱随笔，大学期间便拥有了情感专栏。那时的我毫不谦虚地认为，自己在两性情感方面有着天生的观察和感知力。但是在这本书的写作期间，我逐渐感觉到以前的自己像是一只古老的鹦鹉螺，静静地坐在一扇一碰就可以打开的大门外面，却一直没有推开它，因此始终没能窥见人类爱情行为背后真正的奥秘。

　　在这本书的写作过程中，我查阅了大量的文献资料。参考书目里面只列出了引用较多的书籍，其他书目在国内尚未出版，只有英文资料和"字幕组"的杰作可供查阅。之所以查阅如此繁多的资料，并不是我主动想看，而是被它们召唤得身不由己。我像是一个被无形的意念操纵着的木偶，鬼使神差地在知识的汪洋中摸索前行，讽刺的是我并不知道自己要找的究竟是什么。

然而，事实被直觉牵引着，我所研读的大量相关知识巧妙地结合到了一起，终于借着笔端喷薄而出。在整个写作过程中，我甚至连续几天都完成了1万字的书稿——要知道，这种工作量对一个每天最多磨叽2000字的作者而言，是极其不可思议的。因此本书的前期工作完成得很快，大量的时间被用在了后期修订上。这也是截止到目前，我写作生涯中最有乐趣的一次挑战。

当然，这本书引起了诸多的争议。因为它的主旨是用一些原本与爱情毫无关联的学科，尤其是用进化心理学来解读人类的恋爱行为。

要知道，即便是进化论或者心理学，一个世纪前还被大众视为伪科学或者边缘科学。进化心理学（又称演化心理学）也一向被部分"科学人士"斥为"纯属讲故事"的学问，直到近年才开始逐渐得到平反。所以这本书，呃，好吧，我已经看到了男性沙文主义和激进女权主义者们投来的愤怒眼神……

我想说的是，只要经济独立，一位女孩完全可以不用附和男性对于女性外在的偏好，不用刻意地吸引男性，只做"最真实的自己"。

为保障读者能够最大限度地了解书中提到的相关理论，在此列出了主要参考书目，以方便有兴趣的读者查阅国内外相关资料。对于一些国内或国外著作中尚未提及的概念，我认为确有自行翻译的必要。疏漏之处在所难免，望读者不吝批评指正。

[1] 渡边邦夫 . 灵长类的社会进化 [M]. 张鹏，译 . 广州：中山大学出版社，2009

[2] 杰拉德·戴蒙德 . 第三种猩猩——人类的身世与未来 [M]. 王道还，译 . 海口：海南出版社，2004

[3] 皮文，伯根尼希特，沃里克 . 约会安全手册 [M]. 路旦俊，译 . 长沙：湖南文艺出版社，2007

[4] 里德利 . 基因组：人种自传 23 章 [M]. 刘菁，译 . 北京：北京理工大学出版社，2003

[5] 罗宾·贝克 . 精子战争 [M]. 李沛沂、章蓓蕾，译 . 海口：海南出版社，2004

[6] 埃普 . 不要爱上混蛋 [M]. 金棣，译 . 北京：东方出版社，2010

[7] 萨丽·考德威尔 . 浪漫欺骗——如何识破男人的谎言 [M]. 韦月丽、丁兰，译 . 南宁：广西人民出版社，2003

[8] 玛丽·科比特，希拉·科比特.基恩.你知道他想娶你吗？[M].苑爱玲、曹爱菊，译.北京：中信出版社，2007

[9] 莱特.谁是我的理想伴侣[M].罗育龄，译.南昌：江西人民出版社，2009

[10] 姜永进.丑陋的孔雀——人体审美的社会生物学[M].济南：山东人民出版社，2007

[11] 布里吉特·布森克普夫.调情的艺术：人类交际的终生艺术[M].毛小红，译.海口：海南出版社，2002

[12] 阿伦森.社会性动物[M]（第九版）.邢占军，译.上海：华东师范大学出版社，2007

[13] 德斯蒙德·莫利斯.裸猿[M].何道宽，译.上海：复旦大学出版社，2010

[14] 库尔克.精子来自男人.卵子来自女人[M].张荣建、贺微、唐宁，译.重庆：重庆出版社，2009

[15] 王向贤.性别来了：一位女性研究者的性别观察[M].天津：天津人民出版社，2009

[16] 罗伯特·格林，朱斯特·艾尔弗斯.诱惑的艺术[M].刘春芳，译.上海：东方出版中心，2007

[17] 亚伦·皮斯，芭芭拉·皮斯.为什么男人爱说谎女人爱哭[M].罗玲妃、陈丽娟，译.北京：中国城市出版社，2009

[18] 张雷.进化心理学[M].广州：广东高等教育出版社，2007

[19] 巴斯.进化心理学：心理的新科学[M].熊哲宏、张勇、晏倩，译.上海：华东师范大学出版社，2007

[20] 贾德森.动物性趣[M].杜然，译.北京：中国财政经济出版社，2003

[21] 里德利.红色皇后：性与人性的演化[M].范昱峰，译.成都：四川人民出版社，2002

[22] 罗伯·赖特.性·演化·达尔文[M].林淑贞，译.呼和浩特：内蒙古

人民出版社，1999

[23] 艾伦·米勒，金泽哲.生猛的进化心理学 [M].吴婷婷，译.沈阳：万卷出版公司，2010

[24] 李银河.中国女性的感情与性 [M].呼和浩特市：内蒙古大学出版社，2009

[25] 莎伦·布雷姆等.爱情心理学 [M]（第 3 版）.郭辉等，译.北京：人民邮电出版社，2010

[26] 史帝芬·品克.心智探奇 [M].韩定中、刘倩娟，译，台北：台湾商务印书馆，2006